MINGUO TONGSU XIAOSHUO
DIANCANG WENKU

民国通俗小说典藏文库·冯玉奇卷

姑嫂情深·暖谷生春

冯玉奇◎著

中国文史出版社

图书在版编目（CIP）数据

姑嫂情深·暖谷生春 / 冯玉奇著. — 北京：中国
文史出版社，2018.3

（民国通俗小说典藏文库·冯玉奇卷）

ISBN 978 – 7 – 5205 – 0035 – 7

Ⅰ. ①姑… Ⅱ. ①冯… Ⅲ. ①长篇小说 – 中国 – 现代
Ⅳ. ①I246.5

中国版本图书馆 CIP 数据核字（2018）第 010435 号

点　　校：冯英梅

责任编辑：蔡晓欧

出版发行：**中国文史出版社**

社　　址：北京市西城区太平桥大街 23 号　邮编：100811

电　　话：010 – 66173572　66168268　66192736（发行部）

传　　真：010 – 66192703

印　　装：廊坊市海涛印刷有限公司

经　　销：全国新华书店

开　　本：720 × 1020　1/16

印　　张：16.25　　字数：191 千字

版　　次：2018 年 7 月第 1 版

印　　次：2018 年 7 月第 1 次印刷

定　　价：48.00 元

目　录

姑嫂情深

暖谷生春

姑嫂情深

一　娇柔弱质哪堪狂风猛施虐

　　盛夏的季节，天气真是非常炎热。太阳的光，猛烈地照耀着整个宇宙，大地上的万物似乎受到了一种威胁，而都显出垂头丧气很萎顿的样子。只有绿叶丛中的知了好像还以十分倔强的态度，引吭高歌，发出"吱吱喳，吱吱喳"强有力的呐喊。在这静悄悄的下午的空气里，那鸣声更是显得分外嘹亮。前面是一条小河，因为好久没有下雨的缘故，所以河水并不十分涨满。小河的两岸，只有垂柳和桃枝，柳丝已罩上了翠黄的衣服，而桃花早已凋谢，所剩的也不过是几朵零零落落的残花。这时在那株绿叶成荫的柳树下面，站着一个十八九岁的姑娘，她穿着一件湖青麻纱的旗袍，手儿拈着飞舞的柳丝，微蹙了两条细长的眉毛，凝眸远望着前面河水上的对对鸭群，呆呆地出神。看她的意态，满面笼着愁云，而且眼角旁沾着晶莹莹的眼泪，显然她是有着十二分不如意的心事，所以还在不时地长吁短叹哩！

　　她站立了一会儿之后，又慢慢地在小河边的草地上坐了下来，望着那洁净的河水，忽然河面上似乎映现了一个中年妇人慈祥的脸儿，她仿佛也愁眉不展地望着那姑娘。因此在那姑娘的芳心之中更激起了思亲之痛，她的眼泪像雨点般滚落下来，并且自言自语地说道：

　　"妈，你太狠心了！你为什么要老早地抛弃我独个儿走了呢？假使你还活在世界上的话，你可怜的女儿何至于今日吃后母这样的苦楚呢？唉！爸爸是被这个狐狸迷住了，他怎么还会来疼爱我？他竟然帮着后母把我当作眼中钉那么看待，做人做到这般地步还有什么滋味呢？妈，你等着我，我就跟你一块儿去了吧！”

那姑娘边泣边说，说到这里立刻又站起身子，她好像已下了一个决心，咬牙切齿，把两脚一顿，身子便要蹿向小河里去了。不料她的手却被后面一个身穿学生装的青年拉住了，青年满面显出惊慌的神情，口吃地说道：

“莹英，你……你……疯了吗？你……好好儿怎么竟要投河自杀了呢？”

“哦，增辉，呜呜……”

莹英回身一见那个青年，原来是住在同村自己的知心朋友全增辉。因为自己没有兄弟姐妹，母亲又早亡故，所以孤孤单单的没有一个亲密的人。此刻见了增辉，好比见了亲兄弟一样，满腔的哀怨一时也无从发泄，所以投入增辉的怀抱，忍不住呜呜咽咽地哭泣起来了。全增辉自然有些莫名其妙，他紧抱着莹英的肩胛，叹了一口气，很难过的样子，说道：“莹英，你是一个年轻的姑娘，你不要太傻了，你难道要毁灭你自己的青春吗？况且一个人的生命是多么宝贵啊！”

“别人的生命也许是宝贵的，但我这个苦命女子的生命又有什么宝贵可言呢？死了完了，在我倒也可以除却永远的烦恼。在我这个黑暗的家庭呢，也许他们还希望我早一些死，让他们可以快快活活地做人。”

莹英无限怨恨地回答，她说到后面，神情更有些愤激。但到底抵不过她心头的悲痛，眼泪又像泉水一般涌了上来。增辉拉着她的身子，一同在草地上坐下了，又取出手帕来，亲自给她拭眼泪，温情地说道：

"莹英，你忍心一死倒也罢了，叫活着的人又怎么办呢？你难道这样狠心把我抛掉吗？况且你死了之后，你的妈就没有后代了，她老人家在天之灵岂不是也要痛哭流涕了吗？所以我劝你千万死不得，总要忍耐才好。"

"忍耐？我在这样恶劣的环境之下，实在是忍无可忍了，我觉得多活一天我的精神上就多痛苦一天。"

全增辉拍拍她的肩胛，拿手帕给她拭泪。听她这样说，便摇摇头表示不以为然的样子，说道：

"莹英，你又不是要在这个黑暗家庭中过一辈子，你难道连这些日子都忍耐不了了吗？假使你心中真的爱着我，那么你终要为我暂时受一些委屈、受一点痛苦才好。"

"我……要不是为着你的缘故，照着我的性子，我早已死了好几次了！"

"唉，只怪我太没有能力，否则，你又何至于老待在家里受气吃苦，所以我心里对你实在有些惭愧。"

增辉听她又眼泪汪汪地说，显然，后母待她的凶恶是到怎一分样儿的程度。他一时叹了一口气，低着头，满面显出歉疚的样子。莹英听他怨到他自己头上了，这就把秋波逗了他一瞥温情的媚眼，低着头说道：

"增辉，这是我的家庭不良，如何能怨到你身上呢？"

"假使我环境很好的话，我就可以央人向你爸爸来提亲了，现在呢，唉！我自己也是寄人篱下，处处地方都要仰人鼻息，我如何还有能力来娶你呢？莹英，好在这学期我已高中毕业了，叔父虽然要我去读大学，但我预备放弃了，我要找事情做。如果经济可以独立的话，那我就可以跟你结婚了。"

莹英见他十二分诚恳的神情，望着自己很真挚地说。一时芳心里非常感动，遂紧紧地握着他的手，摇摇头说道：

"不，我不希望你为了我而放弃你的学业，因为你是一个有才干的青年，假使没有高深的学问，怎么能够为国家干大事业呢？所以我情愿自己多受一些委屈和痛苦，我希望你听从叔父的话，还是读大学去吧！"

"话虽不错，但是我到外面读大学去，我更不能时常见到你了，万一你像今天那么受不住后母的委屈而又投河自杀了，那我就是到海外去留了学，我做人也是没有什么滋味啊！况且叔父虽有叫我读大学的意思，而婶娘却大为不赞成，冷言冷语地讥笑我，说我没有出息，活了二十岁了还在家里吃闲饭，不会赚钱。我听了也很不受用，所以我要到社会上去找事情做，一半固然是为了你，而大半还是为了我自己的前途做打算哩！"

"唉，我和你的身世真可说是同病相怜，想不到我们的环境这样恶劣，增辉，我希望你去读大学，以后我一定不会再自杀了。"

莹英十分感叹，她还是低低地劝说，一面把娇躯偎到增辉的怀抱里去了。增辉偎着她的粉脸，用手理着她被风吹乱的头发，点头说道：

"是的，你以后切不要再有自杀的举动了，因为这不是开玩笑的事情，常言道'蝼蚁尚且惜生'，何况是一个人呢？尤其是像你这样貌艳于花的姑娘……"

"可惜的是命薄如纸啊！"

莹英不等他说下去就接着说了这两句话，她显出哀怨的神情，又连声叹气。增辉却把手去按住她的嘴，摇头说道：

"不，你并不算命薄，年轻的时候吃些苦，这不是真正的苦，只要将来我们大家有好日子过，那就会得到人生最有价值最有意义的乐趣了！不过，我千叮万嘱地关照你，你不能自杀啊！自杀原是最懦弱、最没有勇气的人才会去做，我们活在世界上，追求人类的自由平等，我们是需要努力奋斗才好啊！莹英，你以为我这些话也说得有道理吗？"

"有道理，有意思，增辉，我以后就记着你这些话了。"

增辉这一番鼓励的话，听到莹英的耳朵里，一颗芳心似乎深深地得到了无上的安慰，她频频地点头，粉脸上万分哀怨的表情之中到此也不禁浮现了一丝喜悦的微笑，这笑容在增辉看来更觉得说不出的娇艳好看。熏风一阵一阵地吹送，虽然是有一分炎热，但是在莹英身上传过来的女子的幽香，送进增辉鼻端，芬芳而甜蜜，实在使人有些心神欲醉。增辉情不自禁地捧着她的粉脸，脉脉含情地呆望了一回，忽然凑上嘴去，向她啧啧地亲了一下。不料莹英早有防备，她拿手背预先按着自己的小嘴，因此增辉吻着的不过是莹英的手心而已。莹英忍俊不禁，她便逗给增辉一个神秘的媚眼，哧哧地笑出声音来了。增辉对于她这个举动虽然有些失望，但也感到她的淘气可爱，于是故意装出不高兴的样子，还有些孩子撒娇的表情，说道：

"莹英，你这样狡猾，你这样小气，难道你不肯给我享受一点甜蜜的温存吗？"

"也不知是你狡猾还是我狡猾呢？"

"我狡猾什么呀？"

"你想出其不意、攻其不备地亲我嘴吗？为什么预先不征求我的同意呢？这不是显得你狡猾吗？"

莹英向他这样责问，倒把增辉问得哑口无言，一时望着她的娇靥，连自己也笑出声音来了。遂低低地说道：

"莹英，是我错了，请你原谅我吧！"

"你自己也知道错了，那么应该受罚呀！"

"好的，你说吧，你要怎样责罚我就怎样责罚，只要你吩咐一句，我绝对不敢说一个不字。"

莹英听他这么说，遂把眼珠在长睫毛里滴溜溜地一转，盈盈地瞟了他一眼，笑嘻嘻地说道：

"你真的肯听从我的话吗？"

"当然真的，你吩咐的事，我长了几颗脑袋敢违背呢？"

"好！那么我就罚你不许亲我的嘴。"

"啊！这个……你……"

"我怎么样？"

"你太开我的玩笑了，莹英，别的责罚就是杀了我的头我也情愿，可是对于这种责罚，未免叫我太痛心了。"

增辉听了她的话，失望得好像要哭出来的样子，低低地说。莹英娇憨地拍了一下他的肩胛，以俏皮的口吻向他问道：

"你长了几颗脑袋敢违背我的命令呢？"

"我自然不敢违背，但我再三要求你，希望你能够撤销这道命令，用别的条件来处罚我好吗？"

莹英听了，却不再作答，掀着酒窝儿只是微微地笑。增辉知道她无非是假意刁难自己，也许此刻她已有默允的意思了。这就放大了胆子，把莹英的脖子紧紧抱住，低下头去，这回在她的小嘴上便真的唝吻住了。莹英坐在草地上是盘着膝踝的，被他热烈地抱住亲吻的时候，忽然触痛了她腿上什么似的，立刻皱了翠眉，嗯了一声，急急地把增辉推开了。增辉正在享受甜蜜的当儿，被她这么一推，心中很是奇怪，遂低低地问道：

"你干吗？有什么不舒服吗？"

"没有什么……"

莹英口里虽然这样否认着，但她的神情显得十分凄凉，而且她的玉手还在轻轻地抚摸着自己的大腿。增辉向她呆望了一会儿，怔怔地问道：

"你腿上怎么了？被我弄痛了吗？"

"不是……"

增辉听她说这一声不是，喉间已有哽咽的成分，同时两眼也有些泪汪汪的样子，一时暗暗生疑，遂伸手把她的旗袍下摆高高地掀起，忽见她粉嫩雪白的大腿上有两块紫红的伤痕。因为时处仲夏天气，她当然没有穿着长袜子，所以那伤痕映在增辉的眼帘下，自然特别清楚，因此由不得呀了一声，惊慌地叫起来。莹英却把旗袍下摆又很快地放下来，不等增辉问话，眼泪早像断线珍珠似的滚下了两颗。增辉虽然猜得着，但口里不得不低低地问道：

"莹英，你这伤痕是打哪儿来的？"

"别问了，说来还不是我的命苦吗？"

"啊！这么说，难道是你后母虐待的吗？"

莹英没有什么话再可回答，她又惭愧又痛恨，伏在增辉的肩胛上忍不住哇的一声哭起来了。全增辉心中暗想，原来莹英受了她后母这样的委屈，那就无怪她痛不欲生自寻短见了。一时感到十分不平，遂抱着她身子，一面温情地抚慰，一面怒气冲冲地说道：

"他妈的，这该死的泼妇，竟用这种手段来虐待你吗？那真是太可杀了！莹英，你也不是三岁两岁的小孩子了，难道甘心受她这么欺侮吗？你也有两只手，你不曾向她反抗吗？"

"反抗？唉，除非不在她家吃饭……"

莹英虽然是停止了哭泣，但眼泪还像雨点一般滚落下来，增辉哼哼地冷笑了一阵，握紧了拳头说道：

"这又不是她的家，是你爸爸的家，你是你爸的女儿，也可说是你的家呀！老实说，她比你后进门来，凭什么神气活现呢？"

"在这无可理喻的黑暗家庭里，你还讲什么道理呢？这个世界、这个社会，强权便是公理，武力就是后盾。我没有一个叔伯，我也没有一个兄弟，有谁能给我做个保障，向他们提出交涉呢？要住在这个家里，只好忍气吞声地受委屈受侮辱，除非死……"

莹英说到死的时候，她的粉脸立刻又悲哀起来，增辉急得什么似的，连忙摇摇头说道：

"死不得，死不得，莹英，你……为了我，为了你将来的幸福，我劝你千万再忍耐一点吧，但愿我在一年之中，能够有自立的能力，那时候你就会像小鸟儿飞出了笼子一样自由自在了。"

"是的，我也这样希望着、期待着……"

"莹英，我相信不久的将来，我们的希望一定会实现。我们能够有一个美满而幸福的小家庭，那时候我们还会养一个白白胖胖的小宝宝，他长得活泼聪明，他会叫你妈妈，他会叫我爸爸，我们在星期日放假的时候，带了小宝宝一同到公园里去游玩，我们看着他蹦蹦跳跳，我们看着他唱歌，莹英，你说我们心中欢喜不欢喜呢？"

增辉这一番话说得莹英的芳心里这一阵悲哀早已被甜蜜遮掩过去了，因此粉颊儿浮现了羞涩的红晕，秋波脉脉含情地斜乜了他一眼，眼角旁也不免透露出一丝欢悦的笑痕来。但她却用手指在增辉脸颊上划了划，赧然笑道：

"哼，亏你说得出这些话来，难道不怕难为情吗？"

"这怕什么难为情啊？莹英，你不是期待着有这样的日子吗？"

"嗯，嗯。"

莹英娇羞欲绝的表情，却把粉脸儿藏到他的肩胛上去了。增辉抱着她的娇躯，好像得到了无上安慰的样子，说道：

"莹英，你真是我的灵魂，你也真是我的生命。没有见到你的时

10

候，我的心里总觉得死沉沉的感到寂寞，不过，我只要一见到了你的脸之后，我就觉得什么痛苦都会忘得干净了。所以我是为你而活着，只要我们有美满的结合，我什么艰难都不怕，我什么痛苦都肯牺牲。莹英，你听，这树丛内的鸣蝉声声不是在鼓舞我们努力奋斗的勇气吗？"

"嗯，我希望我能够永远躺在你的怀抱里，那我一切的痛苦也都会忘记了！"

两人低低地说着，紧紧地偎着身子，柔情如水，蜜意如云，大有永远不再分离的意思。这时太阳已向西山脚下慢慢沉下去，四周的空气似乎凉爽了许多。蓝色的天空浮着片片桃红的晚霞，衬着远处飞扬上来的炊烟，笼着丝丝的柳条如烟如雾，倒是一番很美丽的乡村景致。莹英呆呆地出了一会儿神，忽然见三五成群的小鸟掠着翅膀横空归巢，这就猛然想到时已不早，若不回去恐怕又要受后母的责骂，于是低低地说道：

"增辉，已经黄昏时分了，我该回去了！"

"你忙什么，刚才炎热的太阳照着大地，此刻凉风拂面，我们乐得乘一会儿凉、谈一会儿心，你瞧，这黄昏的美景是多么使人留恋，尤其和心爱的人伴在一起，我实在是乐而忘返了！"

"增辉，黄昏的美景虽然令人留恋，但它的时间到底是太短促了，因为不多一会儿，夜色就要降临大地，宇宙间又会呈现恐怖的颜色。所以我不希望留恋在这短促的美景里，我们要永远步入良辰美景的环境中，过着没有黑暗降临的生活。所以你要为我恶劣的处境着想，你应该让我回去，否则，我被后母折磨起来免不了又是一顿打骂。所以我们要求永远地相聚在一处，还得你多多努力奋斗才好。"

增辉听她说了这一番话，知道她在淫威下，实在也是没有了办法，遂很同情地点点头，一面扶起她的身子，一面拍拍她的肩胛，说道：

"好的，我听从你的话，我一定奋斗到底，来完成我们美满的理想。"

"嗯，那么你也早些回去吧！"

"不过，你千万要忍耐，我们度过了这黑暗时期，光明就会降临在我们头上的。"

两人一面说着话，一面已走到那条板桥上了。莹英偎着木栏杆，望着下面不疾不徐的流水，又木然了一会儿，忽然抬头说道：

"增辉，你不要送我了，我们再会吧！"

"再见……"

增辉和她紧紧地握了一阵手，黯然神伤地说了一声再见，方才匆匆地回身走了。莹英站在桥头上，眼望着增辉身子消失了，她情不自禁地叹了一口气，只觉无限怅惘！她低了头，穿过板桥，正欲回家的时候，忽然见那边树蓬里走出一个身穿白竹布短衫裤的男子来，年约二十岁，生得獐头鼠目，头发上还有几处癞痢。他向莹英笑嘻嘻地叫道：

"表妹，好啊，今天被我瞧见了，原来你跟全增辉在谈爱情呀！"

"不，不，表哥，你不要胡说八道，我几时跟人家谈……"

莹英见那男子就是自己后母许丽贞的外甥孙得根，因为听他这样乱说，自然大吃了一惊，一时血红了粉颊，忍不住急急地辩白。但孙得根不等她再往下说，就呸了一声，扮着鬼脸，说道：

"哼！哼！这是我亲眼看见的事情，你倒还想瞒着我吗？哎哟，亲热得来，勾肩搭背，倒像是对夫妻的样子。"

"我的事情，不用你管什么闲账！"

莹英因为他说话粗俗，明明有讥笑的意思，一时把心一横，索性板起了面孔，恨恨地回答。孙得根阴险地说道：

"你叫我不要管闲账，但我却偏偏要管一管。回头见了姨母，我一定把这件事情告诉她，看你下次对我凶不凶？"

莹英本来是急急向前走了，此刻听了他的话，不由把脚步缓了下来，回过身子，秋波逗了他一瞥怨恨的目光。但表面上却只好带了央求的口吻，低低地说道：

"表哥，你何苦损人不利己地要苦苦害我呢？假使妈知道了，把我责骂了一顿，于你也没有什么好处呀！"

"我虽然没有好处，但我心中也好出一口怨气。"

"奇怪了，我和你井水不犯河水，到底与我有什么怨气呢？"

"那你为什么跟别人去谈爱情，却不肯和我来亲热亲热呀？"

孙得根贼秃嘻嘻的样子，望着莹英恨恨地问。莹英暗想，你这种癞子也配跟我来谈爱情，真是在做梦了。但口里却还辩白着说道：

"我根本没有和什么人谈过爱情，表哥，请你不要冤枉我好吗？"

"你不是要我不去告诉姨妈吗？这也可以，但你得依我一个条件。"

"依你什么条件呢？"

"嫁给我做老婆，你答应不答应？"

"哈哈！哈哈！我没有人要了，也不会嫁给你这种低贱的东西！"

莹英忍不住讽刺地大笑了一阵，她怒气冲冲地说完了这两句话，便头也不回地奔回家中去了。孙得根气得什么似的，握了拳头，在地上呸呸地吐了两口唾沫，咬牙切齿地冷笑了一阵，也跟着她匆匆地赶到莹英家中来了。

莹英的父亲陶静光，已经是个五十多岁的老年人了，在镇上开设了一家洋布店，每日早出晚归，十分简朴，所以颇有积蓄，在这个村子里也可说是小康之家。静光在四十六岁的时候不幸死了妻子，中年丧偶原是最为痛苦，那时候莹英只有十二岁，家中乏人照料，静光内外兼顾，自然不胜劳心劳力，故而亲友们都劝静光续弦，并且有人给他做媒，因此静光就娶了后妻许丽贞。丽贞二十八岁嫁给静光，到如今六年工夫，还只有三十四岁，平日之间颇喜装饰且薄具姿色，虽然徐娘半老却风韵犹存，涂脂抹粉打扮得妖妖娆娆，在老夫少妻的情形之下，陶静光安得不给她迷得糊糊涂涂团团转呢。所以对于丽贞虐待莹英，虽有庇护之心，却终不敢有责骂丽贞的勇气。可怜懦弱的静光，他心头的痛苦，真也不是一支秃笔所能形容其万一的了。

这天静光回家，见丽贞没有在房，于是便走到女儿的房中来，不料见女儿坐在床边暗暗地伤心流泪，一时急急地问道：

"莹英，你怎么了？好好儿又在伤心了呀？"

"爸爸，你回来了吗?"

莹英见了父亲，连忙收束眼泪，站起身子，低低地呼叫。静光见女儿并不回答，心中早已料到了几分，遂蹙了眉毛，又轻声问道：

"孩子，是不是你妈又责骂了你呢?"

"爸爸……"

莹英被父亲这么一问，她再也忍熬不住呜呜咽咽地哭起来了，静光不由得深长地叹了一口气，拍拍她的肩胛，说道：

"好啦，好啦，女孩儿家早晚要嫁人的，你就忍耐些吧！你妈虽然跟你意见不合，但你也不会一辈子在她手下做人呀！"

"爸爸，她无缘无故地打我骂我，我到底不是三岁两岁的小孩子，这种生活叫我如何能过得下去？"

莹英听父亲的口气，好像还有些嗔怪自己不肯忍耐的意思，一时满肚子的委屈更加无从发泄，因此倒在床上，又抽抽噎噎地哭泣起来。静光呆住了一会儿，慢慢儿挨近床边，表示疼爱的样子，

14

说道：

"你妈到底也是吃饭的人，她无缘无故怎会打你呢？唉！我想你的脾气一定也很倔强，所以她恼羞成怒了。我说你总要看在我的分上，什么事情只好受些委屈。她骂你，你只当没有听见，当她在放屁一样。她若打你，你就逃开一点，这样不就完了吗？"

"她抓住了我，好像要把我吞吃下去的样子，叫我逃也逃不了。爸爸，你瞧吧，你可怜的女儿在过地狱的生活，你教我怎么不痛哭流涕呢？"

静光见女儿边哭边说，同时伸手把旗袍撩起，给自己看大腿上的伤痕。当静光见到这两个紫红的血块，他一阵子气愤，全身禁不住瑟瑟发抖。这就伸手颤抖地去抚摸女儿的大腿，心痛地说道：

"什么？什么？这……女人竟……如此狠毒吗？孩子，爸爸悔不该……续弦，害你吃……这样的苦！"

"爸爸，这怨不了你，我恨我的妈为什么要这样早丢掉我们死了！"

父女两人正在伤心地说着话，不料丽贞已悄悄地走进房中来。当她看到静光用手抚摸着莹英的大腿的时候，立刻妒火中烧，冷笑了一声，不管三七二十一地大叫起来：

"好啊！好啊！你们父女两人预备偷偷摸摸地通奸吗？"

"丽贞！丽贞！你……你……这是什么话？你……竟然说出这种下流的话来吗？这……这……简直是放屁！"

陶静光想不到丽贞会这样含血喷人，一时气得灰白了脸，转过身子，睁大了眼睛，戟指怒骂着说。莹英也又气又急地从床上猛可跳起来，涨红了两颊，说道：

"妈，你说这种话，你的人格在什么地方啊？"

"哼，女儿不是三岁两岁，做父亲的还可以摸女儿的下身吗？你们不要脸，做出这样下流的事情，还敢说我没有人格，我给你们到外面去评评道理，你们父女是不是在通奸！"

莹英听她口口声声地还是那么说，一时急得哇的一声，忍不住又放声大哭起来。静光因为这事情可不是开玩笑的，生怕这个泼妇真的向外面闹了开去，岂不是弄得有口难辩吗？所以拉住了丽贞，气喘吁吁地说道：

"丽贞，你疯了吗？你疯了吗？我……老实对你说，女儿有什么错处？凭你所说她不是三岁两岁的女孩子，你……你竟把她打成这个样子！平日之间，我什么事情都说女儿不好，今天你还说出这样混账的话来，你真是把我气都气死了！"

"好啊，你这短命老头子，你有了女儿，就没有了我啊！你们两个人欺侮我啊！我还做什么人呢？倒不如死了干净，给你们父女快快活活地做人！喔，天哪！天哪！你有眼睛，叫我早些死啊！"

丽贞见静光从来没有发过这样大的脾气，知道今天的事情原是自己这句话说得太过分的缘故。不过自己进了陶家门以来，无论什么事情都没有认过错，今天岂能承认自己不好呢？所以一不做二不休地把身子往地上一滚，这就寻死觅活地大哭大闹起来。

孙得根在厨房里，原在丽贞面前搬弄是非，说莹英在外面有了相好，这是自己亲眼所见的事情。丽贞捏着了把柄，正预备向静光进谗，忽听莹英房内有哭声，所以进来一看究竟，见静光已经回家而且又在抚摸着莹英的大腿，因此疯狂地大闹不止。当时孙得根在外面听了这番天翻地覆的哭闹之声，遂匆匆进房，故作莫名其妙的样子，急急地问道：

"啊呀，姨妈，你这是做什么呢？快不要哭了，你自己的身子也该保重一些呀！回头气出病痛来，我瞧你也太犯不着了。"

"他们父女两人欺侮我，我还做什么人？我情愿死，我情愿马上就死！"

"姨妈，不要这个样子，我扶你回房去休息吧！"

孙得根一面说，一面扶着她的身子向房外走，丽贞在这个情形之下也就落得顺水推舟呜呜咽咽地回房中去了。莹英在床上躺着，也是哭个不停。静光气得流着眼泪，连连顿脚，说道：

"这样下去，简直要逼得我死，要逼得我死！"

"爸爸，你……千万别说死。千错万错总是女儿的错，为了我这个不孝的女儿，害得年老的爸爸这样痛苦。唉，天哪！倒不如让我死了，这个家庭才不会有吵吵闹闹的事情发生了。"

莹英听父亲说死，心中大为不忍，这就又从床上坐起，停止了哭泣，万念俱灰地回答。静光听了，回身抱住了莹英，不禁也失声哭泣，说道：

"孩子！你也千万不要说死啊，可怜我只有你这一点骨血啊，你若死了，我做人岂不是更没有滋味了吗？"

"爸爸！那么你……你也不能说死的……"

莹英口里低低地回答，眼泪早就像雨点一般滚落下来。父女两人各自劝慰了一回，静光恐怕丽贞还要寻死觅活地吵闹，他只好又匆匆走回到自己的卧房里去安慰丽贞了。这晚的饭，大家都没有吃，倒是孙得根舒舒服服地饱餐了一顿，抹抹嘴巴，很得意地回去了。

夜里，丽贞沐过了浴，身上只穿一件丝背心和一条小纺短裤，呆呆地坐在窗口出神，手里挥着扇子，那神情显然还是十二分的生气。静光在油灯的光芒下，见到她这副勾人灵魂的骚态，刚才那股子情绪早已消去了大半。遂悄悄地走了上去，搭着她的肩胛，含笑叫道：

"丽贞，快十二点钟了，此刻凉快了不少，你坐在窗口吹着夜风，当心着凉，我劝你还是可以安睡了！"

"不要你来管我!"

丽贞猛把手儿狠狠地摔脱了,兀是怒气冲冲地回答。静光只好忍气吞声地赔着笑容,仍旧温情地说道:

"丽贞,我是好意对你说,你为什么要拿这种态度来对付我呀?"

"哼!我看你还是到房中去陪陪女儿吧,我没有这样好福气来承蒙你这般的关心。"

"这……这……是什么话?丽贞!我……活了这么老的年纪了,你……红口白舌地冤枉人,你……难道不怕犯天打吗?"

静光皱着眉毛,搓着双手,他涨红了脸,急得额角上的汗点像珍珠般冒上来了。丽贞把秋波斜白了他一眼,撇着嘴儿说道:

"那么你干吗一回家就到女儿房中去,而且还摸着女儿的大腿?幸亏看见的是我,假使给旁人看见了,传到外面去,那时候你才没有脸再做人了。"

"唉,我回家之后当然先到你房中,因为你没有在,所以我到了女儿房中去了,万不料她却在哭泣呢……"

丽贞听了,心中明白,那时候自己正在厨房里听得根说话,但表面上依然很生气的样子,不等他说完,就急急地问道:

"是不是这个贱人说我虐待她呢?"

"……我也不明白到底为了什么事,但女儿腿上的伤痕是不能假装出来的。"

静光沉吟了一会儿,想起女儿的委屈,他到底鼓足了勇气很严肃地说出了这两句话。丽贞把自己在洗浴的时候预先抓伤的臂膀伸给他看,还眼泪汪汪的,说道:

"你看,你看,你女儿是老实人,她把我抓伤了,难道是应该的吗?我虽然不好,到底也算是她的娘,现在女儿打起娘来,这世界不是造了反了吗?"

"啊！你……你……也被她抓伤了？"

静光捧着她白白胖胖的臂膀，果然见有被指甲抓破的丝丝血痕，遂显出很肉疼的样子，惊讶地问。丽贞把手臂缩了回来，气愤愤地说道：

"哼，我这伤痕难道是装出来的不成？"

"这……贱人太可恶了，就是你做娘的有什么不是的地方，做小辈的岂能如此没有礼貌呢？我明天非教训她不可。丽贞，请你原谅我一时糊涂，千万不要生气吧！明儿给她好好坏坏地找个婆家，还是把她早点嫁了人，以后也就眼不见为净了。"

静光这时的心境和刚才在莹英面前又完全不同了，他也表示出非常怨恨的样子，讨厌地回答。一面拉了丽贞的手，一面走到床边去了。丽贞听静光的话又转变了方向，心中自然暗暗欢喜，遂也不显出倔强的态度，很柔顺地跟着他一同坐到床边去，一面淡淡地笑了笑，秋波逗了他一瞥媚眼，俏皮地说道：

"我倒并不是讨厌她，一个女孩儿年纪大了，做爸爸的也确实应该给女儿留心留心才好，要不然，喜酒没有给人家吃，只怕你我倒先可以抱外孙了。"

"丽贞，你这话是打哪儿说起的啊？"

丽贞说的明明话中有刺，静光当然十分猜疑，这就皱了眉毛，向她奇怪地问。丽贞冷笑着说道：

"等你知道，只怕老母鸡早已变鸭子了，我老实告诉你，你这个好女儿在外面已经有姘夫了。哼！哼！你做爸爸的有面子，风光不风光？"

"什么，你这话可当真？"

"没有证据，我如何能冤枉她？"

丽贞认乎其真地回答，她用柔媚的手段，把软绵绵的身子偎到静光的怀内去。静光听了这个消息，不禁又气得全身发抖，说道：

"你说，你说，你到底捏着了什么证据？快告诉了我，我可以要这个贱人的狗命。"

"今天下午，在村子前面那条小河边，她和一个男子在幽会，这是实实在在的事情。"

"是你亲眼瞧见的吗？那男子是谁？你可认识他？"

"不是我眼见，却是得根亲眼见到的，那男子叫什么名字我忘记了，刚才得根还告诉过我呢！说他们很亲热地相偎在一处，简直像对小夫妻的样子哩！"

静光听她说是得根看见的，一时把满腔的愤怒倒又慢慢平静下来，心中暗想：得根这小子我就瞧不入眼，鬼头鬼脑的样子，完全是个没有出息的下流种子。他说的话，十句倒有九句靠不住，说不定是他造的谣言，故意来搬弄是非，那我倒不能轻易地上了他的当呢！静光一面想，一面还竭力装出愤怒的模样，说道：

"这姑娘倒是人小心不小啊，可恶极了！我明天一定给她马上配了人家，省得败了我陶家的门风。丽贞，你说我这个意思好吗？"

"我的意思，最好送给人家做养媳妇，那么也可以少陪一份嫁妆。老实说，你的年纪大了，我却这么年轻，万一有了不测之事，叫我孤零零一个人以后怎么生活下去呢？"

丽贞说完了这两句话，她却倒床上暗暗啜泣起来了。静光暗想，我还没有死哩，你哭也太早呀！心中虽然这样想，但表面上却还显出温情蜜意的样子，和她并头躺下，抱着她的身子，含笑说道：

"你放心，我老虽老，但精神还很好，活到八九十岁，那也算不了稀奇呀！丽贞，你不要伤心，假使你不相信我的话，我们不妨生一个白白胖胖的儿子怎么样？"

"啐！省省吧，我瞧你留些精神多做几年人吧。"

丽贞见他说到后面，却显出贼秃嘻嘻的样子，这就啐了一口，又白了他一个媚眼。一面嫣然地笑起来，一面却把床边桌子上那盏油灯吹熄了。

　　第二天早晨，静光匆匆地又到镇上洋布店里去了。在十时左右的时候，忽然来了一个静光多年不见的老朋友胡文正，当时两人握手言欢，共叙阔别。原来胡文正已迁居到上海，这次回乡，是来料理一些族中的事情，因为老朋友多年不见，所以特地来望望静光的。静光当下十分欢喜，就在店内留他吃了午饭，还在酒菜馆里喊了几样小菜，款待文正。两人喝着酒，谈着彼此的境况，方知胡文正有一个儿子一个女儿，儿子叫宗祥，女儿叫爱娟，都在高中读书。静光听了，不免触动了心事，遂问宗祥几岁了。文正说还只有十九岁，孩子倒很聪明，而且读书也很用功，只不过身子比较弱一点。静光想了一会儿，方才低低地把自己欲把女儿配给宗祥为室的意思告诉他，并问他心中可赞成？文正听了，非常欢喜，当下两人自作主意，一言为定，彼此留了通信地点。静光的本意欲请文正到家去住几天，无奈文正在上海还有许多公务未完，所以急于返沪。吃完午饭，便匆匆分手别去。静光完成了女儿这头婚事，心中十分高兴，这天下午，提早赶回家来，不料在那条板桥之上，果然见女儿和一个青年男子携手行来，一时心头乱跳，不免又愤怒起来了。

二　同病相怜怎禁骇浪痛打击

全增辉那天别了莹英，匆匆回到家里。在走到小院子的时候，忽听卧房中叔父和婶娘在口角的声音，恶声恶气地播送出来，于是停步不前，悄悄地躲在窗口外。只听叔父的声音，怒气冲冲地说道：

"你这个女人真是器量太小了，为了增辉读大学的事情，我瞧你唠唠叨叨的只管和我多缠绕些什么呢？老实说，侄子和儿子一样，把他好好栽培之后，将来他有了出息，我们不是也有面子吗？"

"面子？哼！哼！自己儿子也不中用哩，何况是别人家的儿子。像我的爸爸吧，他辛苦地也把我一个伯父的儿子抚养成人，到现在他在上海坐汽车住洋房，把我爸爸的恩典早已忘到九霄云外了。这也是一个侄子，你瞧瞧，他有什么良心呢？"

"你爸爸的侄子和我的侄子不是一个人，人心不同呀！增辉是个有天良有希望的好孩子，他绝不会像你爸爸那个侄子一样忘恩负义，你只管放心吧！我再明白告诉你，增辉读书的钱，根本是用他自己的。因为我哥哥临死之前把所有的账款和产业都交给了我，他含了眼泪叮嘱我，无非叫我把增辉当作自己儿子那么看待。现在我们所以能过这样安安稳稳的日子，实在还是靠着增辉的福气哩！"

全增辉听到这里，心中方才恍然大悟起来，暗自想道，原来我爸爸临死的时候本有产业交给叔父的，怪不得叔父待我还算是有天良呢！这时又听婶娘冷冷地笑道：

22

"你放什么臭屁，要没有你把增辉抚养成人，一个孤儿，也不知被人家卖到什么地方去了，他的生命全都靠着我们长成呢，倒还说我们靠着他的福气，这简直是放屁之至！"

"你才是放屁之极，我是一家之主，这个主都不能做，我还做什么人？"

"我偏叫他学生意去，看你有什么办法对付我？"

"什么？什么？你……居然掼起东西来了吗？好！好！你这个贱人，我今天就和你见个高低吧！"

屋子里你一句我一句地吵着骂着，接着乒乒乓乓的一阵茶杯摔在地上的声音，还有两个孩子哭叫的声音，同时更有砰砰的打骂声一齐发作起来。增辉到底是个忠厚的人，他再也听不下去，三脚两步奔进卧房内去了。只见叔父抓着婶娘的头发，婶娘拉住叔父的胸襟，两人互相殴打不停。旁边的两个十岁八岁的堂弟妹却又急又怕的样子，哇哇地哭个不止。增辉慌忙走上前去，把叔父身子拉了开来。婶娘一见增辉，心中又痛恨又羞愧，便倒在地上，索性号啕大哭起来。增辉却管自拉了叔父，匆匆到书房里来，一面劝他坐下，一面还给他倒了杯茶。增辉的叔父全仲仁兀自怒气冲冲地连吸烟卷，口里骂着岂有此理。增辉想了一会儿，方才老实说道：

"叔父！你们为什么在吵闹，我已经知道得很详细了。"

"啊！你……怎么知道的呢？"

"我在窗外听了很多时候了，无非是为了我的读书问题罢了。"

"什么？你……你……还听见了什么话没有？"

仲仁显出局促不安的态度，很惊慌地追问他。增辉当然明白叔父所以吃惊是为了账款产业这四个字，一时微微笑了笑，低低地说道：

"我什么都听得很明白，我也很感激叔父，因为叔父待我确实像

23

你自己的儿子一样疼爱和关怀。不过,我也体谅叔父心中的痛苦,为了使叔父和婶娘的感情不至于闹得破裂,我决定牺牲自己。叔父!我不想再读什么大学,我要到社会上去谋职业,因为我知道一个青年不应该依赖他人,需要自立才好。所以叔父不用再和婶娘吵闹了,免得大家伤了和气。"

"唉,增辉,你太好了,你处处地方固然是关怀着我,但叫我心中怎么能对得住你呢?"

"叔父,你这是什么话?承蒙你老人家辛辛苦苦地抚养我成人,我心里已经很感激你的养育之恩了。你再这么说,那叫我心中不是反而感到不好意思吗?"

"增辉,你的话虽然不错,但是现在这个社会,粥少僧多,人浮于事,要找个职业,也不是一件容易的事情呀!"

全仲仁听增辉并不提及产业之事,虽然心中放下了一块大石头,但为他前途而设想,却又表示很忧愁的样子,低低地说道。增辉反而劝慰他道:

"叔父,你放心,一个人只怕勤吃懒做,那前途就没有救了。我们年轻之人,有的是两只手,只要肯吃苦,我想不至于会没有立足之地吧。所以我的意思,预备明天动身到上海去,将来若有扬眉之日,一定回乡来报答你叔父老人家的。"

"在上海,我们也没有什么亲戚朋友,你一个人孤零零的到异乡客地去飘零,叫我心里如何过意得去呢?"

增辉说到后面几句话的时候,神情不免有些凄凉的成分,因此全仲仁的良心感到极度不安,他皱了眉毛,大有眼泪盈眶的样子。增辉却不作答,呆呆地出了一会子神,方才向仲仁说声我去整理整理衣箱,便匆匆地回房去了。

增辉一个人在房中整理着行李,忽然间仲仁又悄悄地走进房来,他的脸上颇有难受的神气，用了低沉的声音说道：

"增辉，你难道决心到上海去了吗？"

"是的，叔父！"

"我想，你何必急着要在明天动身呢？"

"明天后天不是一样吗？反正住在故乡也没有什么事情，再说找职业倒是应该越快越好的。叔父，你不用难过的。"

仲仁听他这样说，一时倒又愣住了。过了一会儿，才伸手在袋内摸出五百元钱来，颤巍巍地交到增辉的手里，说道：

"这五百元钱给你做盘费，你一路上千万小心，到了上海之后，倘有安身之所，便即写信来告诉我，也好叫我放心。假使你有什么急用而不够花费的时候，你也只管写信给我，我可以设法汇给你。"

"叔父，你待侄儿这样好，真不知叫我如何报答你才好啊。"

"孩子，你别说这些话，本来侄子和儿子原是一样，当然那是我做叔父的应尽的责任，我期望什么报答的吗？"

增辉听了，于是不再说话，两人默然了一会儿，忽然仆妇李妈叫老爷少爷吃晚饭去。第二天下午，增辉匆匆地来找莹英，莹英正在院子里屋檐下坐着做针线活，当时一见增辉，便放下针线活，急急地迎了出来，低低地问道：

"这大热的天气你怎么又会来望我呀？"

"我有些话儿跟你谈谈。"

增辉拿着手帕，拭着额角上冒出来的汗水，低声回答。莹英见他满头大汗的情景，实在想请他到里面去休息一会儿。但是一想到恐怕后母会责骂，因此又觉得不敢冒昧，但口里却不得不说道：

"你有什么话要跟我说？要不要到屋子里去坐一会儿？"

"不，最好你跟我到外面去走一会儿，你此刻有空吗？"

莹英心中其实巴不得增辉说这两句话，当下回头向屋子里面张望了一眼，见后母没有出来，她便一面点头，一面拉了增辉的手，急匆匆地走到院子外去了。两人仍旧在小河的旁边、柳树的荫下坐着，莹英有些迫不及待的样子，望着增辉，急急地问道：

"增辉，你到底有什么要紧话儿跟我谈呢？"

"莹英，我准备今天乘六点钟那班火车动身到上海去了，所以此刻来找你，是特地来跟你告别的。"

这消息突然听到莹英的耳朵里，她那颗芳心自然是感到万分吃惊，因此涨红了两颊，伸手一把拉住增辉臂膀，这动作显然是恋恋不舍的意思，眼泪汪汪地说道：

"难道你为了我，所以立刻动身到上海找寻生意去了吗？"

"不，我并非是为了你，莹英你不要难过呀。"

增辉见她眼泪已夺眶流了下来，这就慌忙抱住了她的娇躯，向她柔软地安慰，莹英趁此靠在他的怀内，抬了粉颊，脉脉含情地望着增辉，似乎有说不出的感激之情。她叹息地说道：

"你何必还瞒骗我呢，增辉！在这样炎热的暑夏的天气，你长途跋涉流浪到异乡客地去，叫我心中如何能够安呢？所以，我的意思，且等秋凉的时候，你再出外去找事情，那也不算迟呀！"

"我不是已经对你说过，并非完全为了你吗？这次我到上海去找事情大半还是为了我自己的前途。其实，一个青年，株守家园，到底太无出息，所以我到上海去以图发展，这实在是件使你感到欢喜的事，你怎么反而感觉悲伤起来了呢？"

增辉拿手指抹着莹英颊上的泪水，向她温情地安慰着。莹英垂了粉脸，不再说什么了，两人默然了一会儿，增辉又低低地说下去道：

"莹英，到了上海后假使有了安身的地方，我一定会写信来告诉你。不过，我有句话要向你叮嘱，后母无论怎么虐待你，你总不能存了自杀的念头，你要这样想，渡过了这目前的难关，不久就可以步入幸福的乐园了。莹英，你能听我这些话吗？"

"我知道，我再不会自杀了。因为我还年轻，我不能就这样毁灭我的生命。增辉，你一个人到老远的他乡去，千万也要自己保重才好。"

莹英说到这里，眼泪又扑簌簌地滚了下来。增辉微微地叹了一口气，偎着她的粉脸，说道：

"我一切都会小心，你不要伤心呀！你这么一哭，我的心会片片地碎了。"

"我心里不知怎么的此刻会感到无限恐怖，好像我们今天这一分别之后，我的四周仿佛更有不少的魔鬼，张牙舞爪地要来陷害我的样子，我简直感到害怕极了。"

莹英说完了这几句话，紧紧地偎着增辉的胸怀，粉脸上浮现了惊慌和恐怖的色彩。增辉听了，那颗心立刻像小鹿般乱撞起来，连忙说道：

"这是你过分忧虑的缘故，所以才有这样恐怖的幻想。莹英，两人同心，其利断金。又道是精诚所至，金石为开，我们只要抱定坚决的宗旨，我相信四周魔鬼虽多，但亦动摇不得我们的这两颗心。莹英，你以为我这两句话说得对吗？"

"是的，我们只要抱着坚定的心，那就什么都不怕了。但上海是繁华之地，并不像乡村那样朴素，尤其是上海的女人，我听说个个都有花朵儿般的粉脸，水蛇似的腰肢，所以我想起来又觉得很担忧。"

"你担忧什么呀？"

"我……我……怕你到了上海，会被这种妖精般的女人迷住了心。"

莹英支支吾吾的，用秋波斜乜了他一眼，方才忧心煎煎地说出了这两句话。增辉听了，却微微地笑起来说道：

"那你也太会自寻烦恼了，我可不是三岁两岁的小孩子，我怎么会给人家迷住了心呢？你放心，我的心始终是向着你的，除非我死了，那才……"

"不许你再说下去！……"

"那么你应该相信我才是呀！"

增辉见她又怨恨又焦急的神情，一面把手扪住了自己的嘴，一面还是娇嗔地喝阻着说，这就紧紧地握住她的手，向她真挚地回答。莹英方才微微一点头，秋波向他一瞟，嫣然笑起来了。增辉认为她这一笑笑得非常妩媚可爱，于是低下头去，在她的小嘴上紧紧地吻住了。良久之后，方才慢慢地分开了嘴唇，大家再互相望了一眼，倒又赧然地感到不好意思起来了。

在临别的一刹那之间，辰光也好像过得特别快速。各人心中的话，好像还只倾吐了十分之一的光景，而太阳的光却又要向西山脚下慢慢沉下去了。增辉一见手表已经四点多了，这就急急站起身子，说道：

"时候不早，我该回去了。"

"那么让我送你一程吧！"

"你要送我，倒还不如我来送你回家去，因为你出来的时间太多了，你后母不是又要责骂你的吗？"

莹英听他这样说，一时脑海里不免又浮起了后母那张狰狞得可怕的脸，因此她的心中又开始感到担忧，所以没有表示拒绝的意思，挽着增辉手臂走回家中去了。在走过那条板桥的时候，莹英忽然又停了步，说道：

"不对，你是马上就要离开家乡到上海去的人了，照情理说，终该是我送送你的。虽然我不能送你到火车站，但我至少尽我一份儿的心来送你一程路，哪有你来反而送我回家之理呢？这似乎叫我心中太说不过去了。"

"莹英，其实我俩之间何必还用再闹这些客套呢？常言道，送客千里终须一别，反正往后我们见面的日子长哩！"

"那你难道不愿意我来送你吗？"

增辉见她鼓着红红的粉腮子，好像撒娇那种表情，妩媚地说。这就不忍再违拗她的情谊，笑了一笑，拉着她的纤手，又在桥头上转过身子两人一同向后走了。不料这情景却映在静光的眼睛里，一时想到昨夜丽贞告诉自己的话，万不料倒是真实的事情，所以心头的愤怒立刻由头顶心冒了上来。本欲当面把两人训斥一顿，但转念一想，反正我把女儿已经许配了婆家，何必在半路上急急地发脾气呢？万一惊动了四周居民，大家出来看热闹，那我不是自己在坍自己的台吗？静光在这样转念之下，他把要发出来的火星又熄了下来，而且把身子还急急躲进树蓬里去，等莹英和增辉走过了之后，方才闪身出来，先急匆匆地赶回家中去了。

丽贞在客厅里坐着，一个人闷闷不乐地吸着烟卷，见了静光回家，便猛可地站起身子，逗给他一个白眼，冷笑着说道：

"昨天晚上我告诉你，你好像不大相信，今天是我亲眼看到的事情，难道还会冤枉了你的好女儿吗？"

"丽贞，什么事情，什么事情？有话好好说，何必向我发这么大的脾气呢？"

静光因为在路上亦已碰见了女儿确实有男朋友的事情，所以此刻对于丽贞的大发脾气，心中早已明白缘故。不过他表面上还故作莫名其妙的样子，向她急急地问。丽贞恨恨地说道：

"你女婿亲自寻上门来了，约了你的好女儿，不知又到什么地方幽会去了。到此刻去了快四个钟点了，却还没有回家，你想她的胆子大不大？”

“那你为什么不阻拦她呢？你可以把这个小子骂出去呀！”

丽贞被静光这样一说，倒是怔怔地愣住了一回，但立刻又显出愤恨的态度，唠唠叨叨地说道：

“我本来想阻止她的，后来我仔细一想，女儿人大心大，况且她平日又不肯听我的话，假使她对我倔强，事情一定要闹了开来，那么被四邻知道了，岂不是你做老头子的坍台吗？我也无非为了你的名誉关系，所以在客厅里虽然看见了他们，也只装不知道，让他们偷偷地又去寻欢作乐了。静光，我的意思，莹英既然喜欢他，这样偷偷摸摸的大起肚子来，到底不是一件好听的事，还是爽爽快快地跟着这个小子去了，我们倒也眼不见为净呢！你说我这意思好不好呢？”

“女儿若不明不白地跟着这个小子走了，这对我的名誉仍旧大有损害。况且我今天所以这样早回家，原是来告诉你们，因为我把女儿已经许配给人家做媳妇了。”

“什么，你这话当真吗？”

“当然真的，我为什么要和你开玩笑？”

“不知道配给哪一家做媳妇呀？”

“这事情说起来也真凑巧得很，今天早晨十时光景，忽然来了一个老朋友，此人姓胡名叫文正，我们多年不见，就留他在店里吃饭。大家偶然谈起家中的人口，我方才知道他的儿子宗祥已经长成十九岁了。于是我就触动了心事，对他说，愿意把女儿许给他做媳妇。胡文正这人倒也很直爽，当下一口答应。我想女儿有了婆家，那么早晚终是胡家的人，所以你也不再会受她的气了，同时我做父亲的，也算是放下一头的心事。”

丽贞听他滔滔不绝地说出了这一大篇的话，心中虽然十分怨恨，她是舍不得陪上一副嫁奁给莹英的。在她的意思，最好把莹英就此赶了出去，不过这种意思，她口里当然不能贸然表白出来。所以呆住了一会儿，方才又颓伤地问道：

"那么这个姓胡的家里住在什么地方啊？"

"嗯！他的家已迁居到上海去了，现在这个孩子还在上海读中学哩！"

"什么？他们家住在上海吗？那将来结婚的时候，我们难道还要把嫁妆运输到上海去吗？这似乎太不便当了。"

静光听她这样说，心中已经知道了她的一点意思了，遂笑了一笑，伸手拈着人中上的胡须，附了她耳朵，低低地说道：

"你这人也太呆笨了，我说他们住在上海只有好啊！将来结婚的时候，我可以推说路上诸多不便，一应嫁奁，还是请他们男家在上海买些，这样一来，我们不是便宜了许多吗？"

"嗯！嗯！这……倒不错啊！那么就准定这样决定了吧！"

丽贞嗯了两声，方才回嗔作喜，连连点头，很得意地回答。就在这个时候，忽然见莹英垂头丧气地走进屋里来了。当她抬头见到父亲已经回家的时候，心中似乎有些微惊。但她还是竭力镇静了态度，含笑道：

"爸爸，你今天怎么回来得早一点了？"

"是的，因为我在外面做了一件欢喜的事情，所以特别早回来了。莹英，大热的天气你在什么地方啊？"

静光故意不动声色的样子，还是满面喜悦的表情，向女儿低低地问。丽贞却冷笑了一声，管自在椅子上坐了下来。莹英因为担着虚心，所以两颊微微有些发烧，但口里却低声答道：

"因为我心中有些烦闷，所以在外面树荫下散一会儿步。"

31

"莹英，你心中也不必烦闷了，为父告诉你一个喜讯，因为我已经把你许配婆家了。"

"啊！爸爸！你……你……"

莹英心中这一吃惊真是非同小可，那粉颊立刻涨得绯红，她愁眉苦脸的样子，支支吾吾的口吻，几乎要哭起来了。静光连忙说道：

"做什么？莹英，你难道不喜欢吗？"

"并不是不喜欢，因为我的年纪还小，所以我觉得嫁人太早了。"

"这是什么话？十八岁的女孩子还能说小吗？别人家十六岁做母亲的也很多很多呢！莹英，你还不知道对方是个什么人呢！我告诉你，那边孩子是我好朋友胡文正的儿子，名叫宗祥，今年十九岁，比你大一年，这不是一头美满的良缘吗？"

静光听了莹英这两句矛盾的话，心中不免有些着恼起来，这就把脸色一沉，很严肃地说。说到后面的时候，语气转变得缓和了一些，表示自己完全是一番好心的意思。但莹英刚和增辉分手，怎么肯就此变心答应这头亲事呢？所以显出强硬的态度，极端地反对道：

"爸爸！这个……请你老人家原谅我，女儿实在还不想嫁人。"

"哼，你何必找借口来推脱呢？我明白了！"

静光听她再三拒绝，一时心中大为愤怒起来，遂冷笑了一声，瞪着眼睛回答。丽贞在旁边，却故意用了俏皮的口吻，低低地问道：

"你明白什么呀？"

"我明白这贱人在外面一定爱上了野小子！"

"爸爸！我……我……没有……你……不要冤枉我……"

莹英被爸爸这么一说，顿时急得芳容失色，忍不住双泪交流，急急地声辩。丽贞不等静光先开口就伸手把桌子一拍，大骂道：

"放屁，你爸爸会冤枉你吗？这是我亲眼所见的事情，我问你，你这一下午的时间和那个野小子究竟在什么地方幽会？快快给我说出来，你这个贱货还有脸做人吗？"

"妈，请你把话说得清爽一点，女儿虽是个没有知识的女子，但也颇知洁身自爱，绝不做无耻苟且之事。你这样侮辱我，那你不是等于侮辱你自己吗？"

莹英见她破口大骂，而且言语不堪入耳，一时羞愤交迸，鼓着勇气，也情不自禁回了这几句嘴。丽贞见她竟敢大胆冲撞，这就痛恨入骨，伸手抓起茶杯，在地上狠命地摔得粉碎。一面指手画脚，大骂大吵，撞颠过去，似乎恨不得将莹英吞吃下去的样子。静光这时候也嗔怪女儿太没有礼貌，他一面拉住丽贞，叫她不要气坏了身子，一面怒视着莹英，冷冷地问道：

"莹英！你为什么不答应这头亲事？你给我说出一个道理来。"

"没有什么道理可说，我觉得还不需要嫁人。"

"哼哼，你这贱人还敢强辩吗？我老实告诉你，你和一个野小子刚才挽手同行，我也亲眼瞧见的。我活了这五十多年，从来不说一句谎话，也从来不冤枉人，你……难道还能够再抵赖吗？"

静光见女儿兀是倔强的神气，娇嗔的回答，这就一迭连声地冷笑不止，拍着桌子，愤怒到透顶地喝问她。莹英听了，全身冷了半截，不免瑟瑟发抖，这就低了头，默不作答。静光接着又道：

"我陶静光在这个地方到底也是有些小名望的人，你要给我败门风，干出下流的勾当来，这是万万也不能够的！"

"爸爸，女儿并无做什么下流的事情，也绝不会败爸爸的门风，您老人家千万请放心吧！"

"放心？哼！哼！你的肚子也快要大起来了！你这死不要脸的贱人，还来充什么假正经吗？"

丽贞在旁边好像插冷拳似的向莹英责骂着，满面显出幸灾乐祸的神气。莹英不愿和她说话，所以并不理她，静光这时又说道：

33

"你一个姑娘家，挽了野男子在外面东跑西跑，还不能说是败我的门风吗?"

"这……这……是我从小的同学，人家也是一个有为的青年，我们的友谊非常纯洁，就说在一处说话，那也没有什么大不了啊!"

"好! 好! 你还敢犟嘴吗? 一个女孩儿家，交了男朋友，还说没有什么大不了，这真是造了反了! 我老实对你说，在我这个家庭里，办不到! 办不到! 现在我最后警告你，你答应我这头亲事便罢，否则，我没有你这个女儿，你给我马上去死!"

静光气得灰白了脸，全身抖个不停，瞥见茶几上放着一把剪刀，遂伸手抓来向地上一摔，痛恨切齿地说。丽贞见了这个情形，心中不免暗暗欢喜。她又故作温情的样子，扶着静光，说:"你犯不着生这么大的气，气坏了身子，不是自己吃苦吗? 我扶你到房中去休息一会儿吧。"丽贞一面说，一面向莹英白了一眼，便扶着静光到房中去了。

可怜莹英这时心中的痛苦，好像有刀在割一样。她一个人站在客厅里，泪流如雨般呆呆地出神。暗自想道:爸爸竟用这种强迫的手段来对付我，显然他是完全听信了后母的谗言，所以毫无父女之情了。我若答应这头亲事，心中如何对得住增辉? 他为我苦苦地到上海去流浪，临走的时候又向我殷殷地安慰，情深如海，义薄云天。假使我负了他，我不是成了爱不专一的姑娘了吗? 那么这头婚姻，我万万不能答应下来。但是我若拒绝了婚事，爸爸必定不放过我，在这样左右为难的情形之下，使自己简直没有了办法。低头瞥见地上爸爸刚才丢着的一把亮闪闪的剪刀，于是她的脑海里又浮上了一个死，觉得事情除了一死之外，简直没有办法把自己身子来安插一下。虽然一个人说到死，好像是一件最痛苦的事情，然而在自己的环境之中，倒觉得死是件最安逸的事情。因为死不但能解决一切困

34

难，而且还可以免掉自己终身的痛苦和烦恼。莹英在这样的思忖之下，望着那把剪刀忍不住独个儿惨笑起来。忽然咬紧银齿，把脚一顿，猛可俯身拾起剪刀，望着天空，一面哭泣，一面叫道：

"增辉！我终也算对得住你了！妈！你……苦命的女儿跟着你来了！"

莹英说完了这两句话，正欲把那剪刀向自己喉管里直刺的时候，忽然背后有人抢步上前，把她手中的剪刀拼命夺下，同时口里急急地说道：

"小姐！小姐！你疯了吗？这可不是开玩笑的事情，这么一刀刺下去，你的性命不是完了吗？"

"我知道，可是我活不下去，我只好死啊！……噢！妈呀！你……怎么知道你的女儿竟在阳间吃这种苦楚呢？"

莹英回头一看，原来是厨房里的仆妇张妈，她惊慌着脸儿，急急地说，一时痛到心头，伏到桌子上去，一面说，一面又呜呜咽咽地痛哭起来了。张妈把剪刀藏入抽屉之内，走到莹英身旁，拍拍她的肩胛，用了慈祥的口吻，低低地说道：

"小姐，你们刚才吵闹的事情，我在窗门外早已听得很清楚了。小姐，假使为了不肯嫁人而自杀，我觉得你也未免太傻了。就是你到了阴世之路，你亲生的娘恐怕也会责骂你不孝哩！因为你妈只留了你一个人，她虽然死了，我知道她一定希望你给她争气，在社会上好好做人，给她传后代。现在你若自杀而死，岂不是叫她在九泉之下也要痛哭流涕了吗？小姐，我劝你不要太痴心，你还是听从老爷的话，就答应这头亲事吧！你要知道，自杀是最没有出息的人啊！"

莹英听了张妈这一番话，猛可想到增辉也曾经再三再四地劝自己不能自杀，那么我到底不能把生命看得这样轻微啊！我且暂时答

35

应了爸爸，希望不会马上结婚，那么将来增辉在上海有了安身之所，我不是可以悄悄逃到上海去找增辉的吗？莹英既然这样打定主意，她便将计就计地忍痛含泪把这头亲身答应了下来了。

从此以后，莹英心中的希望是只等增辉有信札寄来，使她可以知道增辉的地址，那么就能逃到上海去找他了。万不料莹英望眼欲穿，终不见增辉有一个字寄到她手里。可怜莹英是那么焦急和悲痛，暗暗地以泪洗面，人也日日消瘦起来。光阴匆匆，暑夏不知不觉地过去了，在几张落叶之中，降临了凄凉的秋天。这日黄昏的时候，静光从镇上回来，却带来了一个胡文正，说是来陪莹英到上海结婚去的。莹英心中这一急，真是急断肚肠，这回连要自杀都来不及了。

三　婚姻多买卖含悲忍泪离家园

　　胡文正的家是在上海华德路三民村十五号那幢二楼二底的石库门房子里，这幢房子都是他一家人住的，并无分租给人家，所以在这寸金之地的上海，他们居然也可以像在乡下一样分出卧房、书房、客厅、浴室的布置。这样舒舒服服地住着，那也可见得胡文正手里确实是很多着几个钱了。胡文正自从和陶静光分手之后，便匆匆动身回到上海。当他到家里的时候，已经是晚上十一时半了。胡太太的卧房，是在楼下厢房里，所以文正回家除了胡太太知道，他的儿子宗祥和女儿爱娟却正在楼上房里做他们甜蜜的好梦，一点儿也不知道。当时胡太太吩咐仆妇给老爷备好洗浴的水，给文正先在浴室内沐了浴，然后开了一瓶汽水，让胡文正坐在电风扇旁边，好好休息一会儿，一面关照仆妇李妈自去睡觉，一面关上房门，和文正谈了些这趟回乡下去的经过情形。文正一面喝着汽水，一面把家事叙述完毕，然后笑嘻嘻地望着胡太太，说道：

　　“太太，我这次回乡，已定下一房媳妇了，你可以做婆太太了，你心里可欢喜吗？”

　　“你开什么玩笑？这次回乡下去一共也不过十天的日子，况且原有许多事情在办理，怎么忽而会想着给儿子定亲了呢？我可有些不相信。”

　　胡太太满面慈祥地微笑，似信不信的样子，低低地回答。文正取过一支烟卷，划了火柴，吸了一口烟，似乎很得意的神情，说道：

"谁和你开什么玩笑，我说的当然是实在的事情。"

"那么是谁家的姑娘呢？有些亲戚关系吗？"

胡太太听了，方才一本正经的样子，向他很关切地询问。胡文正摇摇头，把嘴里的烟圈吐完了，遂说道：

"是我一个老朋友的女儿，他姓陶，名叫静光，在故乡开设一家洋布店，虽不是大富之家，也可说家道小康，和我们门户倒是很相当的……"

"瞧你，瞧你这个人真好笑！我要紧地问他女儿，谁知道你却把她的父亲介绍一番。老实说，有钱没钱我倒也不甚计较，不要说他只开一家洋布店，就是开了十家吧，我也不稀罕他会送一家洋布店作为嫁妆。我的意思第一要紧的是姑娘的人才长得好不好？因为我们宗祥虽然老实忠厚，但到底是在上海学校里读书的人，都市里的小姐们看惯了，假使给他娶个乡气十足的姑娘做妻子，他心中恐怕也会感到不大情愿吧！"

胡文正听太太絮絮地说了这一番话，觉得慈母爱子之心，真所谓天无其高的了。于是微微笑起来，说道：

"你考虑得确实很有道理，但是你也太性急了，我要说的终得从头告诉你才对。现在我就把姑娘的人品告诉你听听：她的名字叫莹英，今年十八岁，也有初中程度。因为从小死了亲娘，在后母身边长大的，我可以猜到她多少是受着一点委屈，所以这种环境里的姑娘娶来做媳妇，我们只要待她好一些，她一定会十分知足而孝顺我们的。至于她的容貌，在她十岁左右的时候，我是曾经见过她的，这孩子长得娇小玲珑，聪明可爱，我想黄毛丫头十八变，幼年时候，已经这么可爱了，现在到了豆蔻年华的时期，你想，当然是长得亭亭玉立，更加娇艳妩媚了。"

"照你说来，是个十全十美的好人才了。"

"虽然不能保险到十全十美，但人品至少是在七成以上的，那我可说绝对有把握。"

"我的意思，你也得问他们要张相片来，最好给宗祥自己看一看，不知道他的心中喜欢不喜欢。"

"那又何必呢？老实说，一个孩子也不能太放纵了他的，娶媳妇嫁女儿，这都是大事情，应得由父母拿主意。我们这个家庭里，假使给儿女闹着过分的新派，我就看不入眼。"

胡文正绝对有着专制的思想，所以听了胡太太的话，却表示十分不喜悦，沉着脸色，很严肃地回答。胡太太平日也有些畏惧文正的，所以只好微微一笑，顺从他的意思，说道：

"只要宗祥肯听从你的话，在我是绝对没有什么不欢喜的道理。我怕孩子人大心大，终身大事，他们也会有一半的主意哩！"

"那可没有这样容易吧？父母给儿女们做的事，他们要反对一个不字，我就马上叫他们滚出去！他们有本领到外面自己去过生活，我就什么都不管的了！"

"我说你这人越老越像小孩子了，好好的一件欢喜的事情，你又何苦来无缘无故地向我发脾气呢！时候不早了，你一路上也辛苦了，还是早些休息吧！"

胡文正的火气很大，但胡太太却相反地脱了火似的笑嘻嘻地说。文正自己想想也不觉感到好笑，于是不再说什么，打了一个呵欠，夫妇俩遂也熄灯安寝了。第二天原是星期日，宗祥和爱娟都不读书，一清早听了李妈的话，两人便匆匆地到上房来请安。胡文正比他们还早就起来了，坐在沙发上看报纸，茶几上放着一杯牛奶和一叠威士忌早茶饼干，文正握着牛奶杯子，正在微微地呷着。爱娟先笑盈盈地坐到沙发靠臂上去，顽皮地把手挽了爸爸的脖子，叫道：

“爸爸！爸爸！你昨夜十二点回家的吗？为什么不叫醒我们呢？我们却一些儿也不知道呢！嗯！我明白了，爸爸在路上一定带来很好吃的东西，不肯给我们吃，和妈妈偷偷自个儿吃了，对不对？”

“哎！哎！瞧你这孩子还是那么淘气，已经十七岁啦！明儿嫁了人，生了孩子，就可以做妈妈哩！”

胡文正被她一抱，手里拿着的那杯牛奶几乎倒翻了一身，这就忙把牛奶杯子放到茶几上，拉了她的纤手，用又笑又嗔的口吻，向她低低地说。众人听了，都不觉笑了起来。爱娟的粉颊，早已飞过了一朵桃花似的红晕，她嗯嗯了两声，却缠绕着文正闹着不依起来。文正笑道：

“怎么？我这句话说错了吗？女孩儿年纪大了，谁不要嫁丈夫呢？”

“我不要嫁丈夫，哎，我一辈子也不嫁，难道爸爸能把我撵出去吗？”

爱娟噘着小嘴，羞人答答地说，这神态完全还包含了小女儿娇憨的成分。胡文正一面笑，一面却望着宗祥的脸，说道：

“你不要就不要，我也没有强叫你去嫁人，只是你的哥哥，我却要给他娶一房妻子哩！”

“爸爸，真的吗？好啊，好啊！我们家里可以多着一个嫂嫂了，我赞成！我赞成！最好明儿就给哥哥结婚。爸爸，你瞧哥哥不是咧开了嘴在笑吗？”

爱娟确实是个怪顽皮的姑娘，她一听爸爸说话的目标转移到哥哥身上去了，一时乐得扬着眉毛，拍着纤掌，也笑嘻嘻地取笑着哥哥。宗祥淡白的脸儿，也不免浮现了一层羞涩的红晕，指着爱娟，生气地说道：

“妹妹，你这人也太混账了！说到你自己头上，你便急得了不得，说到别人家的头上，你就幸灾乐祸地大吃其豆腐了，你自己想想应该不应该呢？"

"这倒也算不得是幸灾乐祸，爱娟赞成你娶嫂嫂，使家里多一个人可以热闹热闹，同时我们也可以早些抱孙子，所以你妹妹倒可说完全是一番好意呢！"

胡太太在旁边也咧着嘴笑嘻嘻说，她的神情显得万分欢悦。宗祥听了不免急了起来，连耳根子都涨红了，说道：

"她自己不要出嫁，倒赞成我来娶妻子，这是什么道理呢？"

"傻孩子，你也值得这样急吗？我正经对你说，因为你的年纪不小了，所以我这次回故乡去，顺便给你定了一门亲事。说起这个姑娘，真是一个好人才哩！"

"什么？爸爸！开开玩笑的话怎么竟真的有着一回事情了吗？"

宗祥想不到爸爸把事情已经办好回来了，这就皱眉搓手，急得好像要哭出来的样子。爱娟伸手按着文正的肩胛，仰着粉脸，也笑问道：

"爸爸，你真的把我嫂嫂已经定好了吗？不知道她的容貌生得好不好呀？"

"容貌是生得再好也没有了，而且性情也好，这样十全十美的姑娘，在上海都市里就很不容易找到呢！"

文正为了要博得儿子的欢心，所以他不得不故意说得更加好一些。但宗祥听了，却连连摇头，表示很不愿意，低低地叫了一声爸爸，似乎正欲有所推却。但文正早已把脸一沉，瞪着眼睛，说道：

"怎么？爸爸给你定下的亲事，你觉得不喜欢吗？"

"爸爸！孩儿不是这个意思，因为孩儿年纪太轻，而且还在求学时代，对于婚姻的事情实在没有想到呢！"

"我也没有叫你马上结婚呀！定一门亲事，早不早有什么问题？

像你爸爸小时候，你爷爷给我做事情，不要说发表什么意见，连哼一声都不许哩！"

文正声色俱厉地回答，而且他又举一个例子来比方，表示宗祥在他面前也绝对得服从的意思。宗祥听了父亲的话，心中自然很痛苦，呆呆地愕住了一会儿，方才又低低地说道：

"爸爸给我定亲当然是一番好意，不过，孩儿的身体实在太虚弱，对于结婚实在非迟些不可。所以这样早定下了亲事，岂不是会耽误了人家姑娘的青春吗？"

"照你的意思预备几岁方能结婚呢？"

"我的意思，至少再过十年。"

"发你的神经病了，再过十年，难道到三十岁结婚吗？不行，不行，我是一个有地位的人，人家说起来，倒以为我家贫穷讨不起媳妇呢！"

宗祥很颓伤地在椅子上坐了下来，微微地叹了一口气，明眸含了哀怨的神情，向文正逗了那么一瞥，说道：

"爸爸，你以为再过十年觉得太迟吗？但照我的意思，最好一辈子不结婚呢！"

"这是什么缘故？"

胡太太听了他的话，也有些不明白起来，望着宗祥，呆呆地问。宗祥脸上浮现着忧愁的神色，带着悲哀的口吻，说道：

"妈，我这个人恐怕已患了肺病，秋风起的时候，常闹着咳嗽，而且每天到晚上的时候，身子总像有些热度的样子，所以我觉得结婚之后，对于身子恐怕大有损害，假使要多活几年性命的话，实在还是不结婚的好。"

"嗳！嗳！我倒忘记了，前儿叫你到张静柏医师那儿去打针，你到底去过了没有？我在外面事情很忙，这些事情，照理你是应该留心留心的。"

文正听见儿子这样说，遂望着胡太太眼急急地问。胡太太听文正有埋怨的意思，连忙说道：

"我怎么不留心呢？春天里早就陪着他去瞧过张医师。据张医师说，最好不要用脑过度，需要静静休养。但事实上哪办得到，宗祥这孩子空下来的时候，偏喜欢拿了一本书，坐在写字台旁，不知写些什么东西。叫他出去公园散散步，透透空气，他总是不大高兴哩！"

"我想今天下午我亲自陪你再去给张医生看看，趁早打针吃药，你们年轻的孩子，那病自然很容易好起来的。宗祥！我说你平日之间，好像太沉默，所以就会患这种病症，年轻人不能无春夏之气，什么事情应以乐观为旨。所以你倒要学学你妹妹的样子，瞧她一天到晚不是无忧无虑很高兴很强健吗？"

"爸爸这话很不错，哥哥所以身子这样衰弱，完全是少运动的缘故，比方说，在学校里，我们和同学们踢球啊，赛跑啊，可是哥哥这些运动都不肯参加，老是躲在课室里读书，其实太用功也不大好的。"

爱娟在旁边也插嘴回答，似乎劝哥哥以后要多活动的意思。宗祥摇摇头，望着妹妹的粉脸，说道：

"妹妹，这并不是因为我不喜欢运动所以身子才衰弱的，话应该掉转来说，是因为我身子衰弱，才没有精神去运动的。所以一个人的健康和衰弱会影响到生活和思想，身子越衰弱的人，他的思想当然也越加消极了！"

"唉！宗祥的身子是小时候一场伤寒病症坏的，所以逐年亏虚下来，不过只要休养得好，复原也是容易的事情。"

文正对于儿子的话表示同情，他在回忆宗祥幼年时候的生病，因此暗暗感伤，不禁叹了一口气。胡太太听了，便向宗祥劝告道：

"所以我劝你还是不要太用功了，学问虽然要紧，但身子不是更要紧吗？有了强健的身子，才能干伟大的事业哩！"

"你妈这些话是金玉良言，宗祥要听从着才是。"

宗祥点点头，也不说什么。李妈把早点端上来，于是胡太太和儿女们便在桌子旁坐下吃起来，因此没把这头婚姻再继续说下去。宗祥的心中以为爸爸是取消这个主意了，但文正的意思却是算作定下的了。

光阴匆匆过去，不知不觉已到了金风送凉、篱外菊绽的秋天季节了。宗祥近来的身子更觉得不好了，不是头晕就是气喘，起初还勉强支撑着到学校里去读书，到后来终于慢慢病倒在床上了。文正给他请医生诊治，医生当然回答说是肺病，需要休养，再不能劳心劳力。文正当夜和胡太太暗暗商量，说道：

"太太，宗祥既然病倒在床上了，我想他日夜里总要好好的有个人服侍才好。所以我现在有个主意，不知道你心中也赞成吗？"

"你有什么好主意呢？"

"夏天的时候，我在乡下不是给宗祥定下一门亲事了吗？现在我想和他们去商量，最好把那姑娘给我陪到上海来，就此和宗祥结了婚。一面宗祥可以有个知心着意的人儿服侍了，一面也可以冲冲喜，说不定宗祥的病就会好起来的。"

胡太太听文正这样说，自不免沉吟了一会儿，然后低低地说道：

"这主意虽然很好，但只怕对方不肯答应。因为这样草草地把人家姑娘接到上海来就此结婚，岂不是太委屈了人家的姑娘吗？"

"所以我预备去和他们商量商量再说，因为这个姑娘早晚终是我们胡家的人了，也许陶静光肯依从我这样办也说不定呢！"

"也好，那么你明天就去一次吧！"

文正夫妇两人商量停当之后，第二天下午文正就乘火车到乡下去了。在镇上洋布店里碰见了静光，静光见亲家到来，自然殷殷地招待。文正于是把自己的来意向静光悄悄地说了，并征求他的同意。静光正因为女儿和后妻的不睦，时常口角，害得自己左右为难，也刻刻地烦恼，现在一听文正这个要求，那真是求之不得的事情，所以自不免暗暗欢喜，但表面上却做考虑的样子，望着文正，低低地说道：

　　"你这个意思，别的倒没有什么问题，就是事情来得这样局促，叫我们嫁妆也来不及预备呀！"

　　"亲家，你还说什么嫁妆呢！只要你肯答应把女儿给我带到上海去，我什么嫁妆也不要，反正我们上海什么用品都舒齐。至于媳妇的衣服，我在上海也会给她统统做舒齐的！"

　　"亲家，虽然这样说，但我心中终有些不好意思。"

　　"嗳！你何必这么说呢！其实我们已经很委屈你的小姐了。假使承蒙答应的话，我连夜就要带了媳妇回上海去的。"

　　"我想你心中也太性急了，对于被褥衣服等东西，多少总要备些儿才好。假使真的只有一个光身跟着你到上海去，恐怕被人笑话哩！"

　　"这是我的主意，谁敢笑话你们啊！亲家，你到底怎么样呢？"

　　静光见他这样焦急的神情，一时倒忍不住感觉好笑，遂吸了一口烟，点点头，说道：

　　"只要你们没有人在我女儿面前说什么丑话，我当然答应你，因为女儿既然许给了你家，早晚终是你家的人了，我藏着也没有用啊！"

　　"如此甚好，我们这就到你府上去吧！"

　　文正听他答应，心中很是欢喜，遂站起身子，是预备要跟他回家的样子。静光在回家的途中又向文正低低地问道："你说令郎有些小病，需要人好好服侍，不知他患的是什么病症呢?"

"也没什么大病，无非是患一些感冒而已。老实对你说，孩子年纪大了，不免有什么三朋四友，约了一同到舞厅去游玩，我怕孩子入了邪路，所以趁此机会，把令爱带到上海去给他们完婚，使孩子们在外面再不会有什么野心了。"

文正不敢说是患了肺病，所以眼珠一转，计上心来，就圆了这几句谎话。静光听了，倒信以为真，点点头，不再说话，两人匆匆地赶回家中来了。

当静光把这个消息告诉给莹英听的时候，可怜的莹英又急又恨，涨红了两颊，几乎昏厥过去。此刻再要想自杀，却也已经来不及了。但丽贞的心中，却暗暗欢喜，乐得扬着眉毛，咧开了嘴儿嘻嘻地笑。一面故作亲热的样子，一面拍着莹英的肩胛，低低地说道：

"孩子，你爷爷既然亲自来陪伴你，那你就整理一点衣服去吧！但愿你早生贵子，幸福无量。将来为娘的到上海来望你，心里也好欢喜哩！"

"爸爸……"

莹英心中真是痛苦极了，她含了眼泪，叫了一声爸爸，似乎欲说什么的样子。但静光早已不等她往下说，就接口道：

"孩子，你不要难过，女孩儿长大了，早晚终要嫁人的。你瞧哪一个姑娘，在家里有过着一辈子的吗？丽贞，你快把莹英的皮箱整理整理，好让亲家带着女儿马上动身到上海去呢！"

"好的，好的！我马上去给她整理。"

丽贞巴不得静光有这一句话，就好像是拔出去了一枚眼中钉那么高兴，遂连声答应，急急地走到莹英房中去了。莹英见父母的情景，仿佛是把自己出卖了的样子，可见他们对待自己的心真像豺狼一般狠毒了，那么我在这个家，根本也没有什么留恋的了。可怜莹英这时的心境，好像是迷途的羔羊、失了群的孤雁、无家可归的小鸟，她有些失魂落魄的样子，颓然地倒在椅子上，真不知如何是好，因此眼泪扑簌簌地像雨点一般滚落下来。

文正见莹英泪眼盈盈，好像是万分伤心，一时还以为她舍不得离开父母，这当然也是一个做女儿的应该如此，方合情理之中，所以对于莹英，倒很为同情。因为见莹英出落得清秀脱俗、妩媚可爱，心里代宗祥暗暗庆幸，十分欢喜，遂向莹英望了一眼，温和地安慰道：

"莹英，你不要难过，好在这儿离上海很近，乘火车也不过两三个钟点就可以到达，所以你将来要回家望父母，那也是很便当的事情。我这次草草带你去结婚，虽然是很委屈了你，但往后的生活，我绝不亏待你，你千万放心吧！"

"莹英，你爷爷的话说得很有道理，你也快不要闹孩子气了。"

静光听文正这样安慰着莹英，于是自己也附和着说。就在这个时候，丽贞提了一只皮箱，匆匆从房中出来，说道：

"孩子，我把你衣服都整理好了。哎呀！瞧你这个小姑娘真也有趣，欢欢喜喜的事情倒反而伤心起来了，那你不也太傻了吗？"

"时候不早，亲家，那么我们走了。"

文正于是站起身子，向他们告别了。丽贞听了，还假痴假呆地客气着说亲家真也太性急，否则，在这儿玩几天，我们也好给莹英备一点嫁妆。口里虽是这样说，但她的两手已把莹英扶起身，暗中恶狠狠地大有推她跟文正走出院子外去的意思。莹英在这个情形之下，还有什么办法呢，也只好含悲忍泪地移步走出院子来，她的心头仿佛刀割一般疼痛。文正见静光拿了皮箱，送着出来，于是伸手接过皮箱，说声再见，便带着莹英到火车站去了。

在火车里，文正见莹英愁眉不展、闷闷不乐的样子，一时暗暗奇怪，难道她不情愿这样草草地跟着自己到上海去结婚吗？于是用了温和的口吻，向她低低地劝慰一番。莹英心中暗想，增辉自从到上海去之后，也有三个多月的日子了，他却没有写一封信给我，莫非他在外面另爱别人了吗？假使果然如此，我又何必苦苦地为他相守着呢？现在爷爷带我到上海去结婚，假使我曾经接到过增辉的信息，那我一定想法逃脱，就是逃不了，我也必定以死相报，以还清白。然而，现在呢，我若不明不白地为增辉而死，他却在外面另爱女人享受快乐，那么我这个牺牲不是太冤枉了吗？莹英在这样沉思之下，又见文正很慈祥地安慰自己，一时觉得文正这个家庭，至少比自己的家要生气勃勃得多，我也许能够步入幸福的乐园了，那么我又何必愁眉苦脸显出悲哀的样子呢，岂不是叫爷爷心中要感到怀疑吗？莹英想到这里，遂不再伤悲，诚诚心心地预备做胡家的媳妇去了。

火车到上海车站，时候已经晚上八时多了。文正和莹英坐了人力车急急地回到家里，胡太太、爱娟和胡太太的内侄李子荣正在吃晚饭。一见文正带着一个姑娘回来，知道就是宗祥的未婚妻了。爱娟早已走上来，拉了莹英的手儿，亲亲热热的样子，含笑地说道：

"这位就是我的嫂嫂吗？我是你的小姑，名叫爱娟，我们亲热一些，你就叫我一声妹妹好了。"

"妹妹！"

莹英听她絮絮地说着，神情是那么讨人欢喜，一时又羞又喜，通红了两颊，低低地叫了一声妹妹之后，却再也抬不起头来了。

四　闺中泣鹄影　挂名夫妻空留痕

爱娟见她这样羞答答的意态，心里也觉得她很讨人欢喜，一面忍不住哧哧地笑，一面指着母亲，介绍道：

"嫂嫂，这位就是我妈，你快些拜见吧！"

"……妈……"

莹英听了，不得不厚着面皮，走到胡太太的面前，恭恭敬敬地鞠了一个躬。她因为想不出叫什么才算是最适当，乌圆眸珠一转，遂也低低地叫了一声妈。胡太太呆呆地打量着媳妇的容貌，觉得杨柳其腰，芙蓉其颊，眉也不画而翠，唇不点而红，真可说修短合度，纤秾得中。一时暗暗欢喜，所以站在旁边目不转睛地望着莹英，咧开了嘴只是笑。此刻听莹英向自己叫了一声妈，心中就更加快乐，遂连忙拉着她的手慈祥地说道：

"孩子，你们在路上还没有吃过晚饭吧？快些坐下来，我们一同吃饭。"

"在火车上原没有什么可吃，我问她要不要吃些蛋炒饭，她说不饿，我想还是回家来吃比较舒服一点……哎！宗祥这孩子好些了吗？"

文正一面含笑地说，一面又很关怀的样子，向胡太太低低地问。李子荣在旁边不等胡太太开口，就先打趣道：

"表弟一听姑爸去陪伴表嫂前来结婚，他心里一快乐，什么病都

49

没有了！回头表弟见了这样花朵似的美丽表嫂，恐怕他立刻会起床了哩！"

"哈哈！子荣，你不要太开玩笑了，快叫人烫酒来，我要喝两杯润润喉咙。"

众人笑过了一会儿之后，文正慌忙又认真地吩咐道。这里早有仆妇李妈烫酒上来，文正和子荣喝着酒，胡太太、爱娟、莹英吃着饭，大家默默地谁也不说什么话。莹英只吃了一小碗，就放下筷子，赧然地说了一句慢用。爱娟说道：

"嫂嫂不要怕难为情，再吃一碗吧！"

"妹妹，我真的已经很饱了哩！"

莹英口里虽然这么回答，但粉脸儿早已像玫瑰花朵似的娇红起来，低了头，却退到椅子上去坐了下来。爱娟也匆匆吃完饭，遂陪了莹英到后厢房去梳洗了。这里文正又和胡太太商量道：

"太太，我的意思，择日不如撞日，还是今天晚上就给他们拜了天地，成了亲吧，那么以后，莹英也可以大大方方地在病床边服侍宗祥了。但不知道宗祥有没有气力起床？你回头吃好饭，快到楼上房中去问问儿子。"

"你这意思很好，我马上去问他。"

胡太太点点头，吃完了最后一口饭，便匆匆起身，走到楼上的客堂楼来了。室内亮了一盏淡蓝色的电灯，是因为宗祥怕强烈光线的缘故。胡太太走到床边，低低地叫了一声宗祥，宗祥微微睁开眼睛，向胡太太望了一眼，也低声回了一声妈。胡太太说道：

"你此刻好些了吗？"

"嗯！我给医生打了针后，觉得精神好得多了。"

"真是菩萨保佑，阿弥陀佛！宗祥，我告诉你一个欢喜的消息，你爸爸已把那个陶小姐接来了……"

"妈，你说的陶小姐是谁呀?"

原来这件事情宗祥预先并不知道，刚才子荣向莹英说的，无非是取笑而已。所以宗祥此刻突然听了妈这句话，他感到惊奇，显出莫名其妙的样子，向她怔怔地问。胡太太含了喜悦的笑容说道：

"陶小姐名叫莹英，她就是你的未婚妻呀!"

"啊! 是我的未婚妻? 这是打哪儿说起的呢?"

宗祥听母亲这样回答，益发目瞪口呆地奇怪起来。胡太太咦了一声，笑嘻嘻地表示无限的高兴，说道：

"怎么你忘记了呢? 夏天你爸爸回乡去的时候不是给你定好一门亲事吗? 因为你的身体很衰弱，老是生病，所以你爸爸把她接回家来，预备就此予你们成了亲，这样的冲冲喜，说不定你的病根从此就会没有了呢! 好孩子，爸妈为了你，费了这么一番苦心，你难道还不快乐吗?"

"妈! 不，你错了!"

宗祥心中这才恍然大悟起来，但他却觉得不以为然，皱了眉尖，摇摇头，表示并不赞成的意思。胡太太又忙说道：

"孩子，你不要傻了，我告诉你，陶小姐虽然是个乡下姑娘，但她的人样儿真是生得太好了，都会里的小姐恐怕也及不来万分之一哩! 你假使不相信，回头你和她拜天地的时候，你就可以亲眼见见她，方才知道我这些话是没有骗着你。"

"唉! 妈，你真不知道我做儿子心中的意思……她越是生得好，我也越加不忍害了人家的终身。所以……并非我还埋怨着爸妈，爸妈的心中未免是太自私自利了。"

胡太太见他连连摇头，还深深地叹着气，这就很不高兴的样子，沉吟了一会儿，低低地说道：

"孩子，你这是什么话? 像你这样一个人给她做丈夫，难道是委屈了她吗？你如何说害了她的终身呢？我说只要你病好起来，你们这两口子实在是一对玉人哩！"

"妈，假使我这病不会好了呢？那岂不是害了人家女孩儿吗？"

"胡说，胡说，你这孩子也太会忧愁了！年轻人，生病是没有稀奇的，况且我们又赶快给你请医生诊治着，所以你这病是绝对没有什么问题的。宗祥，你千万不要胡思乱想，可怜我只有你这一个命根子，老天绝不忍心会……"

宗祥这两句话把胡太太直问得急了起来，一面埋怨着，一面喉间已经哽咽住了，心中一阵悲酸，眼泪几乎夺眶而出，以下的话便再也说不下去了。宗祥的心头也滋长了悲哀的滋味，眼皮有些湿润起来，说道：

"妈，你不要难过，我无非是这么比方的说一句，难道说不会好就真的不会好了吗？生死大数，岂是人力所能挽回的呢？"

"孩子，你爸爸老远把人家陶小姐陪了来，他心中是存了这一份儿的热望，你若违拗了他老人家的意思，你爸爸心里也会难过的。孩子，你能起床吗？你就听从爸妈的话吧！"

"妈，你瞧我病得这个样子，如何还能起得了床呢？我总觉得你们是太多此一举了……"

宗祥对父母这一分意思，并没有表示丝毫的感激，在他心中只觉得有阵说不出的怨恨，他低低地回答，话声是包含了凄凉的成分。胡太太沉吟了一会儿，她皱了稀疏的眉毛，似乎也感到忧愁，低低地说道：

"那既然没有气力起床，我就跟你爸爸去商量商量，另外用别的办法吧！"

"妈，照我的意思，还是仍旧送人家姑娘回去吧，免得葬送了一个可怜女儿的终身，倒反而增加我的罪恶。"

胡太太已经跨步走出房外去，所以对于宗祥后面的话却没有听到。宗祥想到病骨支离的自己，不免伤感万分，独个儿掉下了不少的眼泪。胡太太到了楼下，文正和子荣也已吃好了酒饭，一见胡太太下来，便连忙开口问道：

"你瞧宗祥这孩子能起床来吗？"

"他说没有气力，恐怕支撑不住。"

胡太太愁眉不展地回答，她脑海里在想宗祥说的不会好了这一句话，心里充满了无限的悲哀。文正搓搓手，皱了眉毛，低低地说道：

"那可怎么办呢？我想用人扶着他起来，马马虎虎地拜拜天地也就算了，其实这也无非是个应景儿的事情。"

"拜天地总要到客堂里来，从楼上到楼下确实有些麻烦。照我的意思，还是叫人代拜天地吧，你看怎样？"

"但是，这叫谁来代拜好呢？"

"姑爸，假使你们要另找别人的话，那么还是我来代拜一下，不知道两位老人家心中觉得好吗？"

子荣坐在旁边，心里暗想，这是一个好机会，我何不来个毛遂自荐呢？因为表弟媳的容貌太好了，实在叫人可爱，万一宗祥弟不幸死了，那么我以后也可以在她身上动动脑筋呢。子荣既然存了不良的心，这就开口低低地插嘴。胡文正夫妇正欲回答，忽见爱娟和莹英理了晚妆从后厢房出来，爱娟似乎听到了什么似的，问道：

"爸爸，你们在说些什么呀？"

"我想今天夜里就给你兄嫂权行花烛，拜了天地，那么你嫂子也可以到你哥哥房中去服侍了。不料你哥哥精神不好，说懒得起床，所以我们的意思要请子荣给你哥哥代拜天地，反正也无非是个仪式而已。"

爱娟听爸爸这样说，遂凝眸含翠地不免沉思了一会儿，忽然秋波一转，似乎另有什么好主意地说道：

"爸爸，假使你叫表哥代拜天地，我觉得还是我来代替一下子好，反正你说无非是个仪式而已，那么我虽然是个女子，也没有什么问题了。再说妹妹代替哥哥做新郎，倒是情理之中，若用外姓人相代，嫂子面上似乎有些不好意思，爸妈觉得女儿这话对吗？"

"对极，对极！难为你这孩子想得那么周到，我想准定就是你来代拜天地吧！太太，你快吩咐李妈到客堂里去陈设起来，好早些做事。"

爱娟虽是一个年轻的姑娘，但她说出来的话，却相当老练，听到文正的耳朵里，也深觉佩服，这就连声地说对，一面急急地吩咐道。胡太太不敢怠慢，遂匆匆地走到客堂里去陈设供桌了。这时子荣心中却暗暗怀恨，觉得表妹这人真是可恶，她自己不肯爱上我倒也罢了，偏偏还要捣我的乱，打破了我这一个好计划，那实在是太让人心痛了。他心里虽然这么怀恨，但表面上却也不好显形于色，只管目不转睛地望着莹英，好像失魂落魄似的。

谁知莹英此刻的芳心却在暗暗猜疑：听爷爷说，我那口子不是生一些小毛病吗？怎么连稍微起一会儿床的精神都没有？那不是叫人感到奇怪吗？莫非他们故意瞒着我，也许他是生着很厉害的病，中了迷信的毒，叫我来给她冲冲喜，实际上是把我一生幸福丢到黑暗的苦海里去了吗？莹英在这样的思忖之下，她的心里只觉无限惨痛，所以垂了粉颊，眼泪几乎要扑簌簌地滚落下来了。

这时爱娟在后厢房却忙着穿了宗祥的蓝袍黑褂，她还天真地摇摇摆摆地走进房来，笑盈盈地说道：

"你们瞧我呀，我到底还像一个新郎吗？"

"像得很，像得很，不过你头上多着一样东西，而下面却少了一样东西，所以未免有些美中不足。"

子荣听了，向她望着却笑嘻嘻地打趣。爱娟红晕了粉颊，秋波似瞋非瞋地白了他一眼，恨恨地说道：

"你这人狗嘴里总是吐不出象牙来的。"

"哎呀，表妹！我这是正正经经的话，你为什么要骂我呢？我说你头上多长了一些头发，我说你下面少穿了一双你哥的皮鞋，这两句话，我难道说得不对吗？"

子荣一本正经的表情，向她急急地辩白着。爱娟听了，倒又忍熬不住抿嘴笑起来了。就在这时，文正和胡太太从客堂间进来，低低说道：

"外面都已摆舒齐了，爱娟，你可以扶着莹英去拜天地了。"

"哦，晓得，晓得。我亲爱的家主婆，来，来，来，不要怕难为情，我们可以拜堂成亲去了。"

爱娟听了父母的吩咐，遂笑盈盈地走到莹英的面前，伸手拉着她，以温情蜜意的口吻，低低地说道。文正和胡太太见她淘气得可爱，一时倒也忍俊不禁。莹英被她拉着，也只好委屈地站起身子，含了满眶子痛苦的眼泪，移步跟着爱娟走到客堂间去了。

两人拜好天地，祭毕祖先，然后双双拜见公婆。文正和胡太太见了这一对假新人，心中想想欢喜，但一想到儿子的病体不知何日痊愈，不免又暗暗地伤感，但表面上不得不含了笑容，连说罢了。于是由子荣手捧花烛，送入洞房。爱娟拉了莹英，走到床边，含笑叫道：

"哥哥，你快抬头瞧瞧，我这位家主婆生得美丽吗？如今我大大方方地让给了你，你心中应该多么欢喜，那么你病体自然天天好起来了。嫂嫂，你不用怕难为情，在床边坐下来，跟哥哥谈谈爱情吧！"

爱娟说到这里，把莹英身子推在床边坐下。文正夫妇和子荣听爱娟说得这样有趣，一时忍不住笑了。有了这一阵笑声，在这凄寂的气氛之中，方才略为包含了一点温意喜悦的成分。莹英坐在床边，屁股上好像有千万枚针在刺一样，她觉得自己是上了文正的大当，他为了儿子的性命，却拿自己做牺牲品。人家的花烛之夜，照理该是多么快乐，但现在自己的心头却相反感到无限悲哀。在她脑海里的想象中，觉得床上的宗祥，一定病得骨瘦如柴，也许只有三分像人而七分像鬼了吧！所以莹英连望他一眼的勇气都没有，低了头，眼观鼻、鼻观心，毕恭毕敬地呆坐着出神。

宗祥本来是朝着床里睡的，听了妹妹的话，不由转过身子来，向莹英望了一眼。虽然只见到她一个侧面，但也已经觉得她是生得够美丽了。宗祥到底是个年轻的小伙子，所以一见到这样一个美丽的爱妻的时候，他那颗死沉沉的心立刻活跃起来，一时暗暗祈祷道：但愿老天可怜我，为了如花如玉的爱妻，你终要保佑我身子康强起来呀！

就在这个时候，李妈端上一盆包子，还有两碗桂圆并枣子汤，亲自送到莹英的手里，笑嘻嘻地叫道：

"新奶奶，快吃些，甜甜蜜蜜，早生贵子吧！"

莹英手里虽然是接过了莲子碗，但羞人答答的怎样肯吃呢？因此呆呆地坐着不动。爱娟见了，早已伸手把莲子碗拿去，舀了一羹匙，笑盈盈送到莹英嘴边，说道：

"嫂嫂，你不要怕难为情，我舀给你吃吧！"

莹英在这个情景之下，把嘴唇碰了一碰，算是吃过了。爱娟忍不住笑道：

"哥哥，我好久没有见到你的笑容了，你今天得了这么一个美丽的妻子，你心中兴奋吗？"

"表弟当然很兴奋很快乐，这还用得着问吗？"

大家取笑着热闹了一会儿，壁上的电钟，当当地已敲了十下了。文正夫妇于是嘱咐他们早些安睡，和众人悄悄地退出房外来。胡太太在走到房门口的时候，又向莹英招招手。莹英走了上去，低低问道：

"妈，你还有什么话吩咐吗？"

"孩子！委屈你辛苦一点，晚上小心侍候着他的要茶要水吧！但愿他早日康复，那你真是我们胡家的大恩人了！"

"妈，这是我的责任，您老人家放心着吧！"

"唉！你真是一个贤德的好媳妇……"

胡太太又欢喜又感叹地拍拍她的肩胛，方才管自匆匆地到楼下去了。这里莹英关上了房门，呆呆地沉吟了一会儿，觉得事到如今，也只好归之于命运了。一面想一面叹了一口气，移着沉重的脚步走到床边，秋波脉脉地向宗祥瞟了一眼。因为这次是很清楚地看到了他，芳心里不免有个感觉，"倒是个挺俊美的青年！"有了这一个感觉之后，莹英怨恨的心慢慢消失了，她一时倒起了爱怜之情，遂用了温情的口吻，低低地问道：

"你要喝一口茶吗？"

"谢谢你，扶我起来坐一会儿。"

宗祥点点头，轻声回答。莹英遂把他身子扶起，让他靠在床栏旁，一面把一杯茶端给他喝，一面笑盈盈地道：

"你干吗这样客气呀？你病了有多少日子了？不知道是什么病症？大夫瞧过了怎样说呢？"

宗祥听她絮絮地问着，一时忍不住长叹了一声，两眼望着莹英的粉脸儿，大有凄然泪下的样子。他皱了眉毛，摇摇头，感伤地说道：

"我……我……实实在在是患了肺病哩！"

"啊！你……患了肺病？"

这消息太惊人，仿佛是一枚尖锐的利箭，猛可刺穿了莹英的芳心，她粉脸显出恐怖的表情，慌慌张张地问。宗祥明白她是感到失望的痛苦，自己心中一时也感到无限羞愧和歉疚，一阵子悲酸，眼泪真的流了下来，说道：

"莹英，我很对不起你……但是，这并不是我自己的主意。"

"不，你不要这样说，你会好起来的。我真奇怪，老天为什么这样残忍呢，要让一个怪年轻的人害了这样可怕的病症！唉！"

莹英见他流泪，心中大为不忍，遂慌忙低低地安慰他说，但说到后面却又深长地叹了一口气，表示无限伤感。宗祥却接下去说道：

"我这个病是远在几年以前就种下的根子，又因为我性情沉默，好多愁善感，不喜运动，因此那病就更加有了基础。虽然时常打针吃药，但并无多大的效力。夏天里爸爸有事回乡去一次，回到上海的时候，他就告诉我说已给我定下了一门亲事，当时我就竭力反对，我反对的理由，倒并不是为了要婚姻自由或另有了爱人，实在是因为我这衰弱的身子，不够资格结婚，恐怕将来害了人家姑娘的终身。然而在这专制家庭之下，做儿女的又有什么主权呢？唉！果然这三个月后的今天，我竟恹恹地不能支撑睡在床上了，可是思想陈旧的父母，他们瞒着我，却把你带到上海来，就这样草草地给你成了亲，委屈了你倒也不必说，但是毁了你的终身幸福，叫我心中又如何能安呢？唉！把婚姻大事当作儿戏，我并不是没有良心还来怨恨父母，觉得他们的行为到底是太自私自利了！"

宗祥滔滔不绝地一口气说完了这一番话，他表示非常怨恨，因此不免有些气喘，莹英伸手在他胸口轻轻地抚摸着。她听了宗祥的话之后，心中真有说不出的感动，觉得他实在是个有血性有作为的好青年，因为他说的话是多么伟大啊！这就含了眼泪，摇着头，低低地说道：

"宗祥，你为什么要这样说呢？我们既然成了夫妇，我们终希望将来有甜蜜的日子。我也不怨天不尤人，只恨命运如此。然而话又得说回来，塞翁失马焉知非福，只要你病体一好，我们俩还不是一对无上美满的小夫妻吗？"

"但愿应了你的话，这就是我们的幸福了！"

宗祥听她这样安慰自己，心中无限欣喜，他在愁眉苦脸之中也不禁浮现了一丝快慰的微笑，紧紧地握住了她的纤手，说道：

"这真是我意想不到的事情，你的心中会并无一些怨恨，反而这样期待着我，唉！那叫我真不知如何报答你才好。"

"我们是夫妻了，还用得了报答吗？宗祥，这样子坐着会不会太吃力？我给你扶下来躺着吧！"

"不，我此刻的精神很好，我愿意跟你好好谈一会儿。"

"我们夫妻的日子长哩！今夜时候不早，还是静静地安睡吧！"

"十一点没有敲，时候还早哩，哦，哦，你在乡下的时候，恐怕八九点钟就睡吧！可是在上海，那情形就不同了，你觉得上海人太荒唐吗？"

宗祥说到后面，忽然又想到了什么似的，哦哦地两声，微笑着问。莹英摇摇头，秋波斜乜了他一眼，低低地回答道：

"这是因为乡村里没有电灯的缘故，同时乡下人都很节俭，舍不得多点火油，因此早起早睡，也就成了习惯了。"

"说起来我还不知道你的家庭中的情形，你父母都健在吗？"

"我的父母虽然都很好，但我的亲生的娘却早已死了……"

这似乎勾起了莹英心头的悲哀，她回答这两句话的时候，语气分外凄凉。宗祥有些怜惜的表情，嗯了一声，说道：

"那么你有的是一个后母了？"

"是的……"

"后母待你还好吗？"

"好……"

莹英低低地说了一个好字，她的眼泪几乎也要落下来了，凭她这种悲哀的神色，聪明的宗祥哪里还有不明白的道理？一时非常同情她，叹了一口气，说道：

"我想不见得，做后母的人多少总有些偏心的，那么你弟妹多不多呢？"

"我妈只留下我一个人，后母也没有生育一个孩子。"

"照情理说起来，你是一个独养女儿，他们也应该多疼爱你啊！"

"假使世界上的事情，个个人肯拿情理来说，怎么还有为非作歹的人来扰乱社会呢？唉！人心都是那么险恶啊！"

宗祥听了莹英这两句痛心之语，只有暗暗地点头，愤世嫉俗，直觉心中无限痛恨，遂感喟地说道：

"你这话太不错了，我想你要如有个亲生母亲的话，这头婚姻，也绝不肯贸然答应下来的。因为这次我爸爸带你到上海来，实在是太盲目了，更因为你是一个娇柔的姑娘，所以竟连一些反抗的能力都没有。莹英，我想你心中一定是万分不情愿吧？"

"不瞒你说，我同情你，我在当初确实是不愿意，但是现在我见到了你，听了你的话之后，我同情你，我爱上你，因为你是一个太有思想的好青年了。"

莹英绯红了娇容，赧然地说，她芳心里的话，赤裸裸地都表白出来了。宗祥自然有些甜蜜的感觉，扬着眉毛，得意地笑道：

"你这话可是真的吗？"

"我为什么要骗你？宗祥，我希望你快些好起来，我情愿为你终

60

生长斋，把我将来所有的钱财完全来做慈善事业。"

"莹英，你太好了……"

宗祥因为是过分感动的缘故，所以他的声音颤抖得厉害，同时他的眼泪也涔涔而下了。莹英情不自禁倒在他的怀抱里，两人相偎着默默地温存了一会儿。这天晚上，莹英虽然和宗祥同睡一张床上，却是各睡一条被儿，这是宗祥的意思，莹英一个女孩儿家当然是没有什么表示了。

从此以后，宗祥的神色倒好了许多，有时候也能够起床在房中踱步，偶然也可以一同坐车到外面瞧瞧电影。莹英暗暗庆幸，就此便吃素了。胡文正夫妇更加欢喜，觉得莹英真是一个好媳妇，所以给她添制了不少衣服及首饰。这样过了五十多天，已经到了秋末冬初的季节，天空老是阴沉沉的，阳光躲在云堆里不大肯出来，西北风呼呼地刮得很响，好像要落雪的光景。

也不知道是什么缘故，这几天宗祥躺在床上身子又不大好起来，而且咳嗽得很厉害，痰中还沾带着丝丝的鲜血。医生说他这肺病将步入第三期了，最好到医院里疗养。文正夫妇和莹英、爱娟听了这个消息，心中当然又觉得万分惊慌而忧愁，尤其是莹英的芳心中，更觉无限惨痛。文正为了救儿子的性命，顾不了医药费的昂贵，就把宗祥送到上海肺病疗养院去医治。从此莹英就在医院里和宗祥做伴，以便随时可以服侍他的茶水。

在医院里宗祥又住了一个多月的日子，看看腊月将尽，快到第二年的新春了。莹英见宗祥的脸色黄白得像一个蜡人似的，和三个月之前大不相同，觉得宗祥的病体已入膏肓，虽有卢扁之医，恐怕亦难收回春之效。一时暗叹命苦，心痛如割，但又怕宗祥见了自己伤心，更要引起他难过，因此忍熬着悲哀，在他面前还是强颜含笑地安慰着宗祥。这天已是农历十二月二十五了，再过五天便要到新春了。家家户户都预备着过年，但莹英还是凄寂寂地伴着一个垂死之人，在医院里终日愁眉苦脸，十分伤心。这已经是黄昏的时候了，病室内笼上了一层惨淡的阴影，宗祥在昏沉之中，叫了两声莹英，莹英连忙挨近床边，低低地问道：

"宗祥，叫我做什么？你要喝茶吗？"

"我刚才做了一个梦……"

"你梦见了什么呢？"

"我好像在一片茫茫的沙漠上徘徊着，眼见着血球似的太阳，慢慢地向西山脚下沉沦下去。我正感到茫茫无所归的时候，忽然有人在我肩胛一拍，只闻其声说道，时候不早，你也该回去了！我回身去看，却并无一人，心中一惊，这就醒过来了。这梦不知是凶是吉？我心里十分猜疑，你能给我解释解释吗？"

莹英听他说出了这一个梦，芳心一阵子乱跳，她的眼泪几乎夺眶而出了。但表面上还竭力掩饰着伤心的表情，毫不介意的样子，说道：

"这是因为你多睡的缘故，所以昏沉沉的，难免乱梦颠倒。这算不了什么稀奇，何必要研究它呢？"

"唉，这个梦恐怕有些道理吧！莹英，你是一个聪明的姑娘，我知道你一定很明白，你也无非不忍心说出来罢了……"

宗祥叹了一口气，低低地说，神情有些惨然。莹英想不到他这两句话会说在自己的心里去，一时觉得宗祥真可以说是知己，一阵子悲痛，泪水便流了下来，呆呆地默无一语，望着宗祥发怔。宗祥遂眼泪汪汪地接下去说道：

"莹英，事到如今，我也只好老实向你说了，我这个肺病是不会好了，在这医院里多住一天也无非是多花费一点金钱而已，尤其是今天我做了这一个梦之后，我觉得我的性命恐怕是朝不保夕的了……"

"不！宗祥！你为什么要说这些话呢？"

莹英等不及他说下去，就阻止他回答，她哽咽着喉咙，已经是失声哭泣起来。宗祥被她一哭，只觉泣不成声，一时也泪如泉涌。正在相对啜泣，忽然爱娟匆匆地进来，一见这个情形，眼皮儿也红润了，遂急急地叫道：

"嫂嫂！你怎么啦？不要哭呀！别引逗哥哥伤心才是。"

莹英听爱娟有些埋怨自己的口吻，这就收束了泪痕。爱娟走到床边，望了哥哥一眼，说道：

"哥哥，你不要胡思乱想呀！倒叫嫂嫂伤心哩！"

"妹妹，我到这个时候再不说几句话，难道真叫我到明儿病体沉重得不会开口说一句话的时候再说吗？那恐怕来不及了，因为到那时候，你们要听我说话，也听不到了。"

"哥哥！你……为什么要说这些伤心之言？这……"

爱娟刚才是埋怨着莹英，但此刻连她自己也忘乎所以哇的一声哭起来了。莹英偷偷地拉扯了爱娟大衣的衣袖一下，低低地说道：

"妹妹，你也不要这样大哭呀，爸爸和妈回头来不来呢？"

"爸爸的意思，因为如今已到腊月二十五了，叫我来问问哥哥的意思，要不要搬回家中去过年？等正月半后，再可以住到医院里来的。因为正月里住在医院，不但太冷清，而且……"

爱娟说道这里，顿了一顿，但宗祥却先接口说道：

"不用了，搬来搬去，太麻烦一些。反正医院也好，家里也好，都是一样……妹妹，你此刻来得很好，我正需要你给我做一个见证。"

莹英和爱娟听他这样说，一时都有些莫名感到奇怪起来，眼睁睁地望着宗祥的脸呆呆地出神。宗祥却向莹英招手，莹英坐到床边去。但宗祥又向她挥手，莹英不解其意，真不知如何是好。宗祥说道：

"你站得开一点，我说话时口气会把病菌传染给了你。"

"不会，不会的，你放心吧！假使真的传染给了我，使你的病体可以减轻一半，那我倒很情愿哩！"

莹英这才明白宗祥心中是这个意思，她觉得宗祥很多情，一时也赤胆忠心地说出了这两句话。宗祥听了，含了一丝苦笑，但摇摇头说道：

"莹英，有你这两句话，我已经是够感激你了，不过，你却不知道，我传染给你是很可能的，而我病体减轻一半，这实在是不可能的呀！莹英，今天已是腊月二十五了，离今年底，是最后的五天了，所以我最后也要向你说几句话……"

"宗祥，我劝你不要太伤精神，还是静静地休养吧！"

"哥哥，你还是安静地睡一会儿的好。"

莹英和爱娟都低低地劝着说，不愿意再听他说出伤心的话来。但宗祥却并不理会她们，管自望着遥远的粉颊，气喘喘地说下去：

"莹英，我非常对不起你！承蒙你辛辛苦苦地服侍了我三个月，而且和我做了三个月的挂名夫妻，到现在我竟残忍地抛掉你死了！我心中真是说不出的痛恨！痛恨着这个世界，痛恨着这个社会，唉！我为什么苦苦地要害你终身的幸福呢？那临死的我岂不是会增加无限的罪恶吗？虽然在三个月之前，我们两人还存了一种希望，希望我的病体会好起来，那么我们往后还有粉红色的家庭，过上甜蜜的日子。但这粉红色的美梦在三个月后的今天，是完全被恶劣的现实击破粉碎了！所以事情在万不得已之下，我向你有个不情的请求，就是我死了之后，请你不必为我伤心，更不必为我守节。因为你还是一个清清白白的女儿之身，你原可以坦白无愧地另嫁夫君……"

64

"好了，好了，你不要再说下去，我的心已经碎了!"

宗祥说到这里，上气不接下气，忽然连连地抽噎起来。莹英掩着粉脸儿也呜呜咽咽地哭起来，她心碎断肠的，恨不得也早些死了，可以免却终身的烦恼。爱娟叫了一声哥哥，意欲向他劝慰几句，但喉间仿佛有骨相鲠，除了扑簌簌地流泪之外，再也说不出一句什么话来。但宗祥勉强支撑着说下去:

"这些情形本来是我们私底下的事情，外面人哪里能知道呢? 现在妹妹当然是知道了，我希望妹妹给我们做一个见证，明天在爸妈面前，千万给我代为劝告，叫他老人家切不要为了一个已经死了的儿子，而牺牲了一个前途有希望活活泼泼的女孩子。妹妹! 你若能完成了这个任务，做哥哥的虽在九泉之下也深深地感激着你的情义了!"

"哥哥，我劝你不要胡思乱想，你说的话我已经知道了!"

爱娟见他两眼向自己呆呆地望着，好像迫切地希望自己给他一个满意的答复，一时想想莹英的身世，实在也万分同情，因此情不自禁地只好含泪应承下来。宗祥似乎得到了一种深深的安慰，于是垂下眼皮，不再说什么话了。爱娟见莹英兀自抽抽噎噎地干泣着，遂拉着莹英身子，悄悄地走到病房外面，说道:

"嫂嫂，你不要哭呀! 事情到了这个地步，哭又有什么用呢?"

"妹妹，你听他口口声声地说着不中用了，我因为天天伴在他的身边，一时也有些糊糊涂涂，你瞧瞧他的神色，到底怎么了呢?"

"我见他神色比前星期确实是更不好了，但到底怎么样，我也看不出来。我的意思，打个电话给爸妈，叫他们马上来一次好吗?"

"好的，我们都是年轻之人，懂得了什么呢? 妹妹，那么你快去打电话吧!"

姑嫂两人，一个是十八岁，而一个却还只十七岁，说起来根本还是一个小孩子模样，她们自然禁不起大风浪的。当时两人在商量之下，爱娟便急急地打电话给爸爸去了。不多一会儿，胡文正和胡太太匆匆坐车赶到。当走进病房，见到宗祥已经奄奄一息的情景，他们两人到底是上了年纪的长者，见多识广，知道儿子的生命已到了最危险的一刹那了。胡太太心痛如割地哭泣起来，文正也不免涕泣滂沱，感伤不已。这时宗祥两眼失神，呆滞地望着爸妈，却是口不能言，唯有流泪而已。

这天晚上，宗祥气喘喘地叹了一夜的气。医院为了避免传染给家属起见，便在宗祥旁边点了一盏桐油灯，是防止病菌向外飞出来的意思。这样直到第二天凌晨四时敲过，宗祥方才叹完最后一口气，很平静地了结了他的一生。莹英痴痴呆呆地还向他叫了两声，但宗祥直挺挺地躺在床上，再也不会答应她了。莹英在感到前途完全呈现着黑暗的时候，她只觉一阵头晕眼花，身子摇摇摆摆地站立不住，砰的一声，终于昏厥倒地，连人事都不省了。

五 万象虽更新 唯卿终生永枯萎

　　正月初二的日子，家家户户都过着快乐的新年，每个人脸上无不笑意生春，大人们和孩子们身上都穿了新衣服新鞋子，大家见了面，嘴里说的，不是恭喜发财，就是新春快乐，都是些吉利闲话。走进每一户人家，就可以听到摸牌声和掷骰子的声音，还有敲新年锣鼓的声响，真是热闹得震耳欲聋，一切的景物都充满着万象更新的气息。

　　然而胡文正的家里，则又大不相同了。原来宗祥死于腊月二十六的早晨，正月初二齐巧是头七之期，所以家中请了一班和尚来做佛事，超度宗祥的亡魂。和尚在诵经的时候，虽然也敲着叮叮咚、叮叮咚的声音，但这声音和新年锣鼓相较，悲欢的程度，是距离得太远了。因为一面和尚喃喃地念着经，一面还有莹英哀哀欲绝的悲泣之声渗和其间，所以其音韵之悲惨有甚于巫峡啼猿，触耳鼻酸，闻者无不为之泫泫泪下矣！

　　黄昏的时候，太阳的光，被莹英凄切的哭声赶着躲藏到西山脚下去了。老天的心中似乎也激起了同情的悲哀，所以愁云密布，淅淅沥沥地竟落起细雨来了。莹英听了这个冷雨敲窗的声音，正像点点打在心头一样的悲痛，因此也格外哭得哀哀欲绝起来。爱娟含了满眶子的热泪，一面拧着热手巾，一面劝她不要多伤心，自己保重身子。

不料正在这个时候，忽然门外来了一个不速之客。你道此人是谁？原来就是莹英的父亲陶静光。静光自从文正把女儿带回上海去之后，他心里仔细想想，到底也有些肉痛。后来和文正通了几封信，知道宗祥病体痊愈了，他们小两口子十分恩爱，他才放下心来。因为洋布店里人手稀少，他是一日不能分身，恐怕店中职员发生舞弊事情。现在新年时期，账目结清，货柜都已封箱，静光趁此机会，便放放心心地动身到上海来，预备在女儿家中欢欢喜喜地游玩几天。这当然出乎静光的意料，谁知脚步刚入大门，就见了和尚拜忏的情形，同时又听了女儿哀哀的哭声，他心中这一吃惊，真是非同小可，情不自禁"哎呀"一声大叫起来了。经他这一声大叫，早已惊动了里面的胡文正，遂急急赶到客厅外来。一见了静光，抢步上前，握住了他的手，也不等他开口相问，就泪流如雨地说道：

"静光兄，我的儿子死了！"

"啊！什么？我的女婿死了？"

这消息自然像个晴天中的霹雳，把静光震惊得脸如死灰，目瞪口呆，怔怔地愕住了。胡文正一面请他到厢房里坐下，一面给他吸烟，然后长叹了一声，说道：

"真是家门不幸，我老了倒不死，反而把我一个命根子拔去了！我前生不知作了什么孽，所以今生老天才待我这样残酷啊！"

"那么令郎到底生了什么病呢？难道医生竟没有一些救治的能力吗？"

静光见他已经这样痛心疾首的样子，自己倒也不能过分再使他悲痛了，遂皱了眉尖，向他低低地探问。文正一面流泪，一面说道：

"是肺病的底子，又患了别的病症，我给他请医打针吃药不算，并且又给他在肺病疗养院里住了一个多月的日子，但到底药石无效而逝了。你想，叫我一个孤老头活在社会上还有什么趣味呢？"

"原来他从小就有肺病的。唉，你当初怎么不向我明白告诉呀？"

静光一听这些话，心中大为不乐，暗想早知他儿子是患有肺病的，我也就不把女儿许配给他了，现在女儿这么轻的年纪，就做了孤孀，岂不是硬生生地害了她终生吗？这虽然一半是自己的糊涂，而大半的罪恶还在文正的身上，他既然知道自己儿子患了绝症，为何还要给他定亲呢？岂不是上了他的大当吗？静光在这样思忖之下，遂用了埋怨的口吻，向他恨恨地责问。文正当然用话竭力辩白道：

"我以为一个年轻的人，偶然有些咳嗽，那也不算一回事，谁知道他会就此而死了。假使我知道他这样短命的话，我如何还肯给他结婚呢？再说这次婚姻，原是你自己说上来的，并非我来要求你。静光兄，事到如今，你也不必埋怨我了，难道我喜欢儿子死了不成？唉！至于莹英这个好媳妇，我是绝不会亏待她的。好在我也没有三男四女，凭我这一份家产，将来也还不至于叫她挨到冻饿之苦吧！"

"唉，事到如今还有什么话说？千错万错终是我这个老糊涂自己的错……"

文正这一番话，听到静光耳朵里，一时也不禁哑口无言。生死大数，谁又能够料得到呢？况且人家儿子也已经死了，你就是跟他吵闹也没有用处，他儿子也不会再活转来，就是女儿也不会再变成一个姑娘的身子。静光这样想着，左思右想，觉得事情还是自己太昏庸懦弱的不好，假使自己有一些权威的话，何至于让丽贞这样讨厌女儿，倘然家庭中很和睦地过着生活，我也绝不会把一个年纪还幼小的女儿许配给人家做媳妇呀！所以静光连连地怨恨着自己，表示悔恨万分的意思。就在这个时候，莹英在外面也听得父亲到来的消息，遂匆匆入内，一见静光便叫了一声爸爸，身子扑向静光的面前跪倒了，这就又放声大哭起来了。

静光当然明白女儿这一声大哭，是包含了多少悲痛和怨恨的情绪，一时再也忍熬不住，抚摸着女儿的肩胛，也哭出声音来了。这时胡太太和爱娟也都闻声进内，连忙把莹英劝住。胡太太含泪说道：

"好媳妇，你爸爸远道而来，也该让他休息休息，快不要引逗他老人家伤心了。况且你日夜啼哭，喉咙快哑了，自己身子也得保重些才是啊！"

静光见了胡太太，少不得又站起来招呼了一阵。爱娟拧上面巾，一面向静光叫姻伯父，一面给他擦泪。静光道了谢，泪眼望着女儿清瘦的脸颊，虽有千言万语要问她，但此刻却是问不出一句什么话来。这时李妈端上桂圆茶、莲子茶，接着又是银耳茶。因为静光是亲家，并且是第一次到来，而又值新年里，所以招待得特别周到。但静光怎么能够欢欢喜喜地吃得下茶？他是只有连声叹气。莹英这时也停止了哭泣，向静光低低地说道：

"爸爸，你要不要到我房中去坐一会儿呢？"

"好的，我就到你房内去坐坐吧！"

静光知道女儿有话对自己诉说，遂点头说好。一面站起身子，一面向文正点点头，便跟着女儿走出了厢房。经过客堂上，只见正中设着宗祥的灵座，上面挂着宗祥的十二寸大半身小照。见他身穿西服，头梳西发，两眼炯炯有神，丰姿英俊，实在是个很漂亮的少年，想不到天不予寿，竟中途而亡，这难道是我女儿太苦命吗？想到这里，遂凄切地说道：

"唉！想不到我第一次见到你，就是这一张遗照，叫我怎么不心痛呢？"

静光这两句话，引得众人忍不住又泫然泪下。大家默默地站立了一会儿，好像是凭吊着致哀的样子，倒是文正说道：

"莹英，那么你就陪伴你爸爸到楼上宽坐吧！"

"爸爸，请上楼去吧。"

莹英方才低低地说。静光于是跟着女儿走到楼上客堂楼房中，只见里面的家具全是红木的，甚为考究，梳妆台上点缀着两盆水仙花，只闻到一阵阵幽香，触入鼻管。虽然这是充满着暖意的新房，但此刻也觉得有种凄凉的成分笼罩在这卧房的四周。静光叹了一口气，在沙发上坐下，莹英递过一支烟卷，又亲自倒上一杯元宝茶。静光见女儿的脸色毫无血气，惨淡得可怕，兼之眼皮红肿，神色非常颓丧，这就忍不住含泪说道：

"莹英，你今日落得这样的结局，那是我做爸爸的害了你！唉，我怎样对得住你？我又怎样对得住你已死了的母亲？"

"爸爸，你说这些话也已经迟了！……"

莹英听了无限伤悲，陡上心头，这就掩着脸儿，失声又哭泣起来了。静光伸手打着自己的额角，连骂着该死该死，他的颊上也被泪水整个占据了。莹英见爸爸这样的举动，可见他心中是悔恨到怎一分样儿的程度了。因为事已至此，也不愿他老人家这样悔恨和悲痛，莹英倒反而先收束了眼泪，安慰静光道：

"爸爸，你不要难过了，我也不怨别人，只恨自己的命苦、命薄，所以才落得眼前的凄清。我也没有别的希望，只希望早些让我死了，那么才减少些终生的痛苦。"

"不，女儿！你千万不要说死，你还是一个年轻之人呀！假使你要说死，那么爸爸也更加没有脸在世界上做人了。好在文正兄已对我说过，他们绝不会亏待你的。孩子，你当初被你爷爷带到上海来的时候，你夫婿难道已经病在床上了吗？"

静光一面安慰着女儿，一面趁此低低地问她。莹英点点头，秋波逗了他一瞥哀怨的目光，叹息了一声，说道：

"那时候他已经生了病，后来在两个多月的日子中，身子好好坏坏，有时候也能起床，有时候却病着不能起身，这样直到最近一个月，他的病便突然转变得厉害起来了。"

"唉，宗祥这孩子也没有福气，这样年轻就死了，还害了一个可怜的姑娘，我觉得他真有些不应该。"

静光以为有了两个多月好好坏坏的日子，那么他们年轻的夫妻，自然免不了是行过房事的，这就长叹了一声，有些怨恨宗祥不该早死的意思。莹英听爸爸怨恨宗祥，她芳心里却起了反感，因为宗祥实在是个有理智有情感的好青年，他虽然和自己做了三个多月的夫妻，为了他的病体没有完全复原，他不愿意糟蹋我的身子，他和我纯洁得像一对亲兄妹一样，我知道他的用心良苦，他所以不肯随随便便沾我的清白，就是预备给我另外嫁人的余地。唉！这样一个有真爱情的青年，除了已经死去的宗祥之外，在这个世界上还到什么地方去找寻第二个来呢？莹英心中虽然这样想，但口里当然不好意思把这些事实向爸爸诉说，所以低了头，没有作答。

静光默默地吸了一会儿烟，他在想一个年轻的女孩就这样孤零零地过着一辈子凄凉的生活，这也总不是一个道理，不过此刻我就劝她再醮，那似乎也说不出口来，还是劝她先回家去住几天，然后再给她找个俊美的对象，那么她自然而然会动心的。静光打定主意，遂望了莹英一眼，低低地说道：

"莹英，我想你在这儿触目伤心，恐怕对身子很有妨害，还是跟随爸爸回家去住几天，到乡下去散散心，可以忘却许多悲痛，不知道你心中的意思怎么样呢？"

"我想那也不用了，伤心的人到处都是伤心，在乡下又岂能忘记痛苦呢？况且后母与我不睦，见我失意而归，她岂不是更要嘲笑我吗？"

莹英摇摇头，低低地回答，她拒绝的理由也很不错。静光听她提到了丽贞，不由愤然起来，冷笑了一声，说道：

"害得你到今日的地步，都是这贱人的罪恶。假使你们亲亲热热的话，我又何必急急地要把你嫁人呢？现在她若再敢嘲笑你，我就要她的命！"

"爸爸，你这又何苦来呢？为了我一个苦命的女儿，再使你们伤了感情，我也不愿意这样做哩！"

"其实自从你出嫁之后，你妈倒又时常记挂你，我看她的行为好像改变好多了，你放心，这次我陪你回去，她一定也会很同情你的。"

"爸爸既然一定要我回家去住几天，女儿自当遵命，不过爸爸既来上海，也应该先在上海玩几天才是。"

静光见女儿答应，自己也就点头说好。正在这时，李妈匆匆走入房来，向莹英很小心地说道：

"新奶奶，老爷说，请新奶奶陪亲家老爷到楼下吃点心去吧！"

"哦，爸爸，那么到楼下去吧！"

莹英听了遂又转向静光说。静光站起身子，把烟蒂丢在痰盂罐内，跟着莹英一同又步到楼下厢房来了。只见桌子上已放着四只冷盆、两壶热酒。文正见了静光，遂招呼他坐下，还有子荣和其他几个亲戚陪席。文正自己握了酒壶，欲向静光斟酒，但却被子荣接来，挨次斟上了酒。静光因为不认识他们，遂向大家一一请教，文正代为介绍一番，并且说道：

"这些都是我的子侄辈，亲翁可不用客气的，请随意用一点。"

静光听了，也就握了酒杯吃喝起来。不多一会儿，热炒一道一道上来，接着是八宝饭和猪油汤团，最后无非是鸡鸭鱼肉四大菜。静光在吃饭的时候，遂把自己欲接莹英回乡去住几天的话，向文正悄悄地说了。文正因为儿子死了，在静光面前好像担着一份抱歉，因此不敢加以劝阻，也只好答应下来。静光在胡家住了八天，过了宗祥的二七之期，方才带了莹英坐火车回家乡去了。

丽贞见静光带了女儿回家，自不免显出假情假意的态度，对莹英敷衍了一回。当她仔细打量莹英身上穿着素服的时候，她又表示无限惊奇的样子，望着莹英急急地问道：

"咦，莹英！你怎么戴着孝呀？莫非你公婆有了什么三长两短吗？"

"妈，你女儿太苦命了，我夫君……他……在去年底死了！"

莹英颤抖地告诉她说，她的眼眶子里大有盈盈泪下的神气。丽贞呀了一声，表面上不得不显出悲伤的样子，叹了一口气，说道：

"这……是……怎么一回事？我女婿到底得了什么病症死的呢？"

"他……他……是患了肺病。"

"唉，可怜的孩子，是我害苦你了！"

静光不等莹英告诉，就抢着回答，他的语气里有无限的凄惶。丽贞皱了眉尖，低低地说道：

"年纪轻轻的人怎么会患肺病呢？难道他的身子这样衰弱吗？那么姑爷既然新丧不久，姑娘怎么就跑到外面来了呢？"

"这是我的主意，特地叫女儿回家来游玩游玩，散散心、解解闷的。女儿的意思原不肯来呢！其实人也死了，还讲究这些断命的礼节做什么？丽贞，你快到厨房里去烧些点心出来，姑娘今天还是第一次回门哩！"

丽贞听着静光这样说，又见他向自己瞪着眼，好像是怨自己不该说这些话的意思。因为还在新年里，什么都要取个吉利，于是不便多说，遂管自到厨房里去了。这里莹英很难受的表情，向静光望了一眼，凄凉地说道：

"听妈的口气，好像有些责怪我不该回家来的意思，所以我想明天就回上海去，留在这里恐怕也没有什么滋味的吧！"

74

"不，孩子！你不要多心，她这个人本来就有些十三点脾气，我回头关照她，她就绝不会再冷待你了！"

静光用了温和的口吻，向她低低地劝慰。莹英没有办法，也只好不作声了。不多一会儿，丽贞在厨房里烧好了一盆炒年糕，由张妈端出来。张妈见了小姐，一面招呼一面请安，而且一面也代为可惜了一阵子。这天晚上，莹英仍旧睡在从前自己的闺房里，孤单单地望着那盏豆火似的油灯，忍不住又暗暗地流了一回眼泪。

静光为了使丽贞服服帖帖地招待莹英起见，不得不想了一个计谋。所以当夜里丽贞跟静光唠叨着不该把莹英带回家中来的时候，静光便故意微微一笑，显出神秘的样子，把手向她一指，说道：

"我瞧你这个人顶猴急的，也不问问清楚我心中到底存的是什么意思，你就先跟我吵起来，那你也不是太呆笨一点了吗？"

"哼！你把一个孤孀女儿带回家来，还有什么好事情吗？我倒要请教你，你心中到底是存的什么意思呢？"

"哎！你不要小觑了她啊！我告诉你，虽然姑爷死了，但她的公婆却非常宠她，因为他是一个独养儿子，所以把他全部家产都给莹英承管。说起胡家的财产，我且不说别的，单拿金子一项来说，至少有十多斤。丽贞，我所以叫女儿住到家中来，就是要看重她所得的遗产啊！假使她的公婆一死，这一份产业还不是叫我们所有的吗？所以你千万不能得罪莹英，你要把莹英当作活财神般看待。老实说，金子是人人爱的东西，你难道不喜欢吗？"

果然，这一番话听到贪财而势利的丽贞的耳中，她面部表情立刻浮现出欢喜的色彩来，但还有些疑心参半的样子，悄悄问道：

"哎！哎！你这话到底是真的吗？"

"当然真的，我如何会欺骗你呢？所以你如果对待她不客气的话，她马上回夫家一走，哼！金子就落到别人家的手中去了。"

静光认乎其真的神气，向她低低地说。丽贞逗给他一个媚眼，拍拍他的肩胛，笑嘻嘻地说道：

"你放心吧！从此以后，我就待她像太婆一般恭敬，她要吃什么，我就烧什么，她说屁是香的，我再也不敢说是臭的了。你说，我这样待她，她还会向夫家走了吗？"

"那当然不会了，丽贞，你记着，金子是多么可爱呢！"

丽贞忍不住哧哧地一笑，夫妻两人也就熄灯安歇了。如此以后，丽贞脑海里每天浮现着黄澄澄金子，所以对待莹英也就特别客气，好像上客似的看待。莹英见她这个样子，于是安心住下了。不过每天也没有什么事情，她就在闺中陈设了佛堂的模样，一天到晚，念经吃素。静光劝她不必如此，但莹英执意不听，一时也只好由她。光阴匆匆不觉过了半月，这天莹英又在房中敲着木鱼，念着经，忽然见孙得根悄悄地进来，他手里拿了一碗净素年糕汤，放在桌子上，笑嘻嘻地说道：

"表妹，姨妈叫我拿点心来给你吃，你不用念经，可以休息休息了。"

"啊呀，表哥，你是客人，我怎么好意思叫你拿点心进来呢？"

莹英在念完一篇经之后，方才回身望了他一眼，似乎有些歉意地回答。得根摇摇头，贼眼滴溜地在莹英面上打滚，笑道：

"但到了现在，我不是客，你倒是客人了。"

"我在自己父母家里，怎么倒变成客人了呢？"

"因为你已经做过胡家的少奶奶了呀！"

"唉，表哥，请你不要再提这些话了，谢谢你，还是请你外面去坐吧！"

莹英听他这样说，不免触痛了心事，遂低低地叹了一口气，是不愿和他多啰唆的意思。但孙得根却不肯就走，反而在椅子上坐下来，说道：

"表妹，我说你年纪这样轻，而且容貌又这样美丽，一天到晚念着经，过着这样冷清清的生活，也太犯不着了。照我的意思，你是还可以另谋出路，保险你将来还有无限的幸福哩！"

"表哥，你这是什么话？我瞧你年纪一年一年的大起来，说出话来怎么还是那样疯疯癫癫的叫人生气。对不起，我没有空闲工夫来跟你说话，你还是到外面去坐吧！"

孙得根这些话，莹英听了，自然十分恼怒，这就把粉脸儿一沉，显出冷若冰霜的样子，向他下着逐客令。不料孙得根这人却是十分厚皮，他对于莹英的生气，好像一无知觉，还依旧一本正经地说下去道：

"表妹，我现在比从前懂得多了，姨妈说我一些也不戆了。当然啰，年纪大了，人自然也聪明了。其实我是一片金玉良言来劝告你，一个人总要替自己将来做个打算呀！现在表妹年纪轻，有着一股子恒心，所以还可以勉强过去。但是你到了三十岁以上，这个孤孀的滋味就不容易过下去了。表妹，你假使需要我帮忙的话，我倒可以给你一个月老。"

"什么？什么？你……越说越放屁了！你把我当作什么人看待？你胆敢这样侮辱我吗？表哥，我警告你，你再敢向我胡说，我可对你不客气了！"

莹英听他说出这样不堪入耳的下流话来，一时气得两颊发青，全身忍不住瑟瑟地发起抖来。但孙得根却向莹英跪倒在地，用了苦苦哀求的口吻，说道：

"表妹，你……不要误会，我长了几颗脑袋，我敢侮辱你呢？我……实实在在地对你说了吧，因为我爱你，我喜欢你，所以我求求你，不管你是个死了丈夫的孤孀，我还希望你嫁给我呀！"

"呸，你这个无耻的东西！给我少开臭口，快些滚出去吧！"

莹英狠狠唾了他一口，因为是气愤过了度，所以伸手向外一指，娇怒地叱喝着说。但得根却拉住了莹英的旗袍下摆，不肯给她避开，说道：

"妹妹，你就做做好事，答应我了吧！从前你是黄花闺女，也许心里另爱别人，把我看不上眼。但现在你是个二路货色了，难道我还高攀不上你吗？"

莹英听他越说越不像话，一时气得忍无可忍，她也骂不出什么话来，挥手在他颊上啪的一声，就给了他一下耳光，但她的粉颊上还是呈现了灰白的颜色，两手都有些气凉了。不料，孙得根忽然站起身子，上前把她抱住了，气喘喘地说道：

"表妹，表妹，你打死了我，我也要爱你的！"

"你这混账的下流坏！你……胆敢这样无礼吗？这……这……简直是没有王法了！妈！妈！你快来呀！瞧表哥在发疯了呢！"

莹英一面挣扎着反抗，一面情急生智地叫了起来。孙得根到底有些心虚，连忙放了手。就在这时候，只见丽贞匆匆奔进房来，口里还急急地问道：

"什么事？什么事大惊小怪的呀！"

"妈，表哥欺侮我。"

"姨妈，我没有欺侮她，我是在向她求婚呀！"

莹英一面说，一面眼泪已经滚落下来了，但得根涨红了脸儿，却急急地辩白。丽贞听了两人的话，微微一笑，然后向莹英说道：

"孩子，你只有十九岁的年纪，难道你真预备修行了吗？"

"妈，我是一个苦命女子，今生的命运这样悲惨，所以还是修修来生吧！"

"孩子，你这话说错了，你虽然死了丈夫，但是你还可以嫁人呀！得根是我的外甥，他人很忠厚，而且也十分多情。因为他非常可怜你，所以事先向我要求过，要请你嫁给他做妻子。我说你这样年轻，再找个终身的归宿，那也是很正当的事情。所以我叫得根只管来向你求婚，这件事我原也知道的，并非是他来欺侮你呀！"

莹英想不到丽贞不但不责骂得根，反而帮着得根来怂恿自己嫁给他，原来他们串通一气，预备叫自己再醮的。这就冷冷地说道：

"妈，你这是什么话呢？我是一个寡妇，我若再嫁人，这岂不是丢了你娘亲的面子吗？"

"你爸爸不是说你夫家除了公婆之外，没有别的人了吗？我的意思你表面上只管替你丈夫守节，暗地里就不妨嫁给我的得根。等你公婆死了之后，你把胡家遗产统统带到乡下来，然后再和得根正式拜堂结婚，那你不是一举两得吗？"

"妈，你弄错了！胡家根本没有什么财产，我也根本不想再嫁什么人，老实说，女儿要嫁人，也不会再嫁到乡下来。"

丽贞别的都不急，只是听了胡家没有财产这句话，她便急起来了。她哎呀了一声，慌慌张张地问道：

"什么？胡家原来是很贫穷的吗？那么你爸爸怎么说他们家中金子也有十多斤呢？"

"哼，真是在做梦了！再说胡家有钱没钱，和你们原不相干呀！"

"这……这……是什么话？原来这个瘟老头子故意骗我的吗？哦！我明白了，我是完全上了他的当了。断命老不死！他无非叫我待你好一些呀！你是嫁出的女儿，泼出的水，我难道还要养着你吗？哼！哼！我家雪白米饭没有这样多，你给我马上滚出去好了。"

莹英听了她这一番话，心中方才恍然大悟了，暗想，这泼妇当初所以待我这样好，原来还是爸爸用了一个计谋。那又何苦来？我在夫家又不是饿着，何必一定要住在这儿呢？于是怒气冲冲地说道：

"本来么，我是一个嫁出了的女儿，我原不该住到娘家来。你也不必赶我，只管放心吧！等爸爸回来，我马上就走！"

"好呀，你这个小贱人！你敢拿老头子来压势我吗？你这个不要脸的贱东西！抬举不起的贱货！你给我滚！你给我马上就滚！你这一张孤孀脸，我是越看越不上眼，你若在我面前再多站一分钟，我的眼睛里将要看出血了呢！"

莹英被她这一段辱骂，无论如何再也忍熬不住了，这就铁青了粉颊，咬紧了牙齿，把脚一顿，才叫声："好！我就走！"她便急急地整理衣箱了。孙得根在旁边瞧此情景，急得连连跺脚，拉了丽贞的衣袖，悄悄地说道：

"姨妈，你这火气也太大了，表妹不肯答应，慢慢地劝劝她，她自然会肯的。现在被你这样一来，事情不是完全弄僵了吗？"

"弄僵就弄僵好了，有什么大不了呢？这种小孤孀难道当她宝贝吗？得根，讨孤孀本来不吉利的，当初无非看在金子面上，所以马马虎虎叫你来向她求婚的。如今金子既然没有，我还当她是人看待吗？哼！一只狗也比她值钱一些呢！你不要着急，姨妈明儿给你好好地娶一房媳妇好了。"

丽贞在安慰得根的时候，莹英早已把皮箱整理好，她因为是气糊涂了的缘故，所以连走路都有些跌跌冲冲的样子。她也不再说什么话，提着皮箱，匆匆向外就奔。孙得根还有些依依之情，遂抢步上前，叫了两声表妹你不要走。但是被莹英狠命一推，得根猝不及防，竟是仰天跌了一跤。这真所谓癞蛤蟆想吃天鹅肉，反而自讨苦吃，等得根爬起身子，莹英早已奔出大门去了。

莹英气冲冲地一路走，一路想着：我今日这样走了，在爸爸的心中当然是莫名其妙，回头晚娘在爸爸面前还是诉说我的不好，那我不是蒙受了不白之冤吗？为了来去明白起见，我应该到爸爸那儿去告别一声的。莹英想定主意，遂急急地赶到镇上的洋布店。静光突然见女儿提了皮箱到来，心中自然大为吃惊，一面把她接入经理室坐下，一面奇怪地问道：

"莹英，你怎么啦？你预备到什么地方去呢？"

"爸爸，我回上海去了。"

静光听女儿颤声地回答，红着眼皮，大有盈盈泪下的样子。这就心中起了疑窦，皱了眉尖，沉吟了一会儿，说道：

"突然之间怎么要回上海去了？难道又是你的娘得罪了你吗？"

"得根表哥竟然向我求婚，妈知道了，反而帮着表哥劝我。我不答应，妈便叫我马上就滚。她又说所以待我好，是看在我有金子的面子上，如今知道我没有金子，她便把我当作冤家一样对待了。"

"谁说你没有金子呢？"

"我自己说的，因为我知道爸爸虽然是为了我费这一番苦心，但我却不愿意这么欺骗人。反正我在胡家可以平安过活，我又何必一定要住在乡下受气呢？因为怕爸爸不明真相，所以我特地来拜别您老人家的。爸爸，女儿去了，您老人家保重身子吧！"

静光听了，方知女儿到来的原因，心中虽有依恋不舍之情，但到底生性懦弱，不敢回家去和丽贞争论，只好在店内取了五百元钱，给她作为路费，并且送她到火车站，父女两人方才洒泪而别了。

莹英到了上海，这是出乎意料的事情，谁知文正给爱娟在家中已招了一个女婿。当晚吃夜饭的时候，在席上舅嫂和姑爷相见，文正还给他们互相介绍。谁知这个姑爷不是别人，却是莹英的旧情侣全增辉。当时两人怔了一怔，彼此不免有些哭笑不得了！

六　偶动正义感　讵料惊生意外缘

全增辉如何又会给胡家做入赘女婿了呢？这事情当然得从头说起，方才会明白。原来增辉这次离开家乡，到上海来谋事情做，完全是一种冒险的试验。因为他在上海既没有亲戚，又没有好友。所以毅然动身，一半是为了莹英，一半也是为了他本身不愿再在叔父家中遭人家的白眼了。当时他不管三七二十一地逗了一时之勇气，匆匆地动身到了上海。

可是偌大的一个上海，何处又是他的安身之所呢？在没有办法之下，只好寄身到小客栈里去了。上海虽是繁华之地，但一面是天堂，一面却是地狱。同样是一个旅馆，也有高楼大厦和白鸽笼般的分别。增辉住的客栈就是像白鸽笼那样局促肮脏的一个房间。因为时值炎热的暑夏，上海的臭虫每在夜里全体出动，咬得增辉寝不安席，两只手在身上东抓西抓，简直一刻都没有停过。增辉在这样的情形之下，要想找一个职业更是多么迫切呢！所以天天在报纸上翻阅，看有没有商店或银行、公司等招考职员，看准了之后，就匆匆地写履历书寄了去。

在他心中，是满希望过几天就会有复信写来叫自己去应考。但理想绝不会和事实恰恰相符的，增辉每次寄去的履历书，都好像石沉大海，杳如黄鹤。增辉到此，方才又焦急又痛苦，觉得上海虽是商业最发达的地方，而找个职业实在也不是容易的事情。这样度日如年地一天一天挨过去，不知不觉已有二十多天了。但增辉连找个最普通的职业都没有办法，他想这样下去难免有流落街头为乞的可能，于是顾不得面子，他在证券大楼的大门旁摆设了一个香烟摊，聊以度生。如此一月两月的过去，凄风苦雨之中已带来了寒冬的冷讯了。

增辉把小客栈当作自己固定的家里一样了，每当深夜回来睡觉的时候，他独对了那盏五支光暗淡的电灯，心里是多么凄惶呢！想着自己到了上海近半年的时间了，但雄心勃勃地出来，到今天只落得在马路上做一个小贩，那我岂不是太惭愧了吗？想到这里，又暗暗地念道：

"叫我怎么有脸写信给莹英告诉我的近况呢？这不是我已死父母的面子都坍完了吗？增辉！增辉！你难道永远就这样没落一辈子吗？"

增辉自言自语地说完了这几句话，他心中只觉一阵子悲痛，眼泪情不自禁地扑簌簌地直滚了下来。一会儿又想，莹英在乡下心里一定也很记挂我，说不定她心中还怨恨我变了心呢！但这又有什么办法呢？一切也只有天知道了。胡思乱想了一会儿，也就沉沉地睡去了。

这样又过了半月，不觉已到了正月初十日那一天了。在这十天之中，增辉在烟摊上还带卖着玩具等物，所以生意倒也不错。晚上吃过饭，增辉一个人在昏暗简陋的房间里，心中想着新年之中，照理是多么快乐。从前在学校里读书，和同学们只知游玩，哪里晓得愁苦两个字呢？到如今我也没有新年，我也没有假日，一天到晚，只知道在西北风里做苦生意。唉！一个高中毕业的青年，这实在太难为情了。增辉一个人越想越烦闷，尤其是听了外面敲新年锣鼓的声音，更加使他心乱如麻。这就换了一套西服，披上一件大衣，把辛苦赚来的钞票，今夜预备快活去用了。

增辉踏进了舞厅的大门，谁也不知道他是一个马路上摆烟摊的人，还以为他是一个风度翩翩的阔少爷哩！增辉为了找寻一些刺激，在舞厅里喝着啤酒，吸着烟卷，听着音乐，搂着舞女，沉醉了三个钟点。直到十一点过，方才踉踉跄跄地走出舞厅外来。当一阵尖刀似的西北风吹在面孔上的时候，增辉的头脑才感到清醒一点，定睛向黑漆漆的天空一望，原来在飘飞着鹅毛似的大雪哩！

在舞厅里花钱的时候，每个人都有些糊里糊涂的，但走出舞厅大门的时候，无论谁都会觉得这些钱是花费得有些硬伤的。所以当车夫上来向他兜生意的时候，增辉摇摇头，放开脚步，就冒雪而行了。这是一条靠近静安寺路的马路，本来这条马路也很冷清，尤其在寒冬的季节，兼之落着大雪的黑夜里，所以当然是格外冷清，连一个人影子都没有了。

增辉低着头，眼瞧着地上滑泞的泥水一步一步地走，他伸手摸着袋内所剩无几的钞票，心里想想不免有些恼恨。自己辛辛苦苦赚来的钱，怎么能够荒唐地滥用呢？唉！我真是太没有主意了。正在想时，忽然见一辆三轮车从横马路里驶行出来，摇摇摆摆的，显然车夫是非常吃力。同时后面跟着一个衣衫不整的男子，他急急地拦阻着三轮车，喝声停下。看他情形，显见是不怀好意的样子。增辉因为喝过了一瓶啤酒的缘故，所以胆子大了不少，遂奔近过去，见那男子手里拿的却是一根广东香蕉，这就益发有了勇气，在他肩胛上一拍，喝道：

"他×的，你这个该死的东西！胆敢把香蕉当作手枪，来抢劫人家钱财吗？今天撞在我的手里，这也是你的倒霉了，快快跟我到警察局里去吧！"

"啊，先生，你……你……帮帮我的忙，我……我……实在因为活不下去，所以才不得已动这个脑筋的。唉！可怜我家中还有六七个孩子等着回去买……米烧饭呢！你……千万做做好事饶了我吧！"

那男子正在向车内人拦劫钱财的时候，忽然被增辉喝破了秘密，一时吃了一惊，回头向后面一望，又见增辉是个身穿西服大衣的青年，听他口气，显然是警局里暗探的神气，因此急得跪在地上，哭丧着脸儿，苦苦地哀求着。增辉听了他这几句话，想到自己找不到职业的苦况，一时倒反而同情起他来。暗想：为了生活在这个世界上因此铤而走险，这也是社会上可怜的一群。何况他手中到底没有真的武器，就是抓到警局里，也没有多大的罪名，我何必在一个可怜人面前发这些威风呢？增辉这样想着，遂又喝他起身。那男子听了，便即翻身欲逃。不料增辉把他又抓了回来，这一下子急得那个男子全身瑟瑟发抖，脸色都变成死灰的样子。增辉心中却又在暗想：我虽然是做了一件见义勇为的好事情，但这个男子若因抢不到钱财，而使他家中六七个人口全部饿肚皮，那么说不定明天报上会登着生活压迫一家七口自杀的消息。假使果然如此，我岂不是太伤阴骘了吗？增辉既然考虑到这一层，他便伸手在袋内把自己用剩的钞票摸出来，交到那男子的手里，说道：

"这些钱，你拿去吧！"

"先……生！你……是跟我开玩笑吗？"

这当然是出乎那男子意料的事情，所以满面显出惊喜万状的样子，将信将疑地问。他似乎还不敢接受这些钞票，因为他再也不相信世界上会有这样的事实，但增辉却一本正经地说道：

"谁和你开什么玩笑？你拿去吧！不过，我希望你以后不要再做这些犯法的行为了。假使你是为了家中大大小小的生活没有着落，那么你可以找职业。就是这年头职业很不容易找，那么你就摆摆头，做做小生意，也可以维持生活呀！你要明白这些犯法的举动，到底不是永久解决生计的办法啊!"

"是的,先生的金玉良言,真是太使我感动了。我以后一定不再做这些犯法的事情了!"

"好,你就去吧!"

那男子回答的话声有些颤抖,似乎感动得要哭出来的样子。增辉心头却感到一阵痛快,遂挥了挥手,是叫他可以走了的意思。那男子向增辉深深地一鞠躬,方才匆匆地走远了。

增辉微微一笑,他也要匆匆回身走的时候,不料车内人却已经跳了下来,伸手拉住了增辉,显出敬佩的样子,说道:

"先生,你不要走,我还没有向你道谢哩!"

"不要客气,我们年轻人应该有这种仗义的精神,算不了什么稀奇的事情。"

"先生,你府上在什么地方?瞧天空中的雪下得这么大,还是坐了我车子,我来送你回家好吗?"

增辉听他这样说,心中暗想:那也是人家一番感谢自己的意思,我是应该领他的情才对。于是点头说声谢谢你,他便跟了那人跳上三轮车去。车夫遂冒了纷纷的大雪,又继续向前行驶了。那人在车上望了增辉一眼,低低地问道:

"先生贵姓大名?"

"在下姓全名增辉,您这位老先生贵姓呢?"

"我姓胡,名叫文正,今夜在朋友家中吃饭,饭后朋友们便拖住玩了一会儿扑克,所以回家迟了一点。假使没有先生相救,我被抢去钱财不算,恐怕还要饱受一场虚惊哩!唉,这个社会真是太不良了!"

"唉,这是整个民生问题,民生不安定,社会就永远没有太平的日子。胡先生,叫车夫在浙江路停下来就好了。"

增辉在感慨了一会儿之后，又向文正低低地关照。文正于是吩咐了车夫，一面望着增辉，又轻声地问道：

　　"全先生，你刚才给那个人多少钱？这些损失，我是应该赔偿给你的。假使不是为了我，你又怎么会花这一笔钱呢？"

　　"胡先生，这是我自己做的义事，怎么会要你来赔偿我呢？那你也太客气了！"

　　"全先生，你真是一个不平凡的青年，我觉得在这个社会上除了先生有这样热心仗义，恐怕再也找不出第二个人来了。所以我除了感激你之外，又觉得无限敬佩！全先生，我虽然老了，但我还希望跟你交一个朋友，请你告诉我府上的地址及先生的贵业，不知道先生愿意有我这样一个老头子做朋友吗？"

　　原来胡文正自从宗祥死了之后，他心中也是万念俱灰，终日以酒浇愁。今夜真是凑巧的事情，却会和增辉遇在一起。因为增辉是个年轻而俊秀的青年，所以在文正的心中倒又勾引起心事来了，这就显出万分热诚的表示，向他详详细细地探问。不料听在增辉耳朵里，内心反而感到无限痛苦。因为他问自己住在哪里并做什么贵业这两句话，简直叫自己一句话也回答不出来。这就皱了眉尖，沉吟了一会儿，方才胡乱地回答了两句，说道：

　　"舍间就在浙江路口同春里三号，我没有在做生意，还在读书。"

　　"那你一定在读大学的了？"

　　"是的！"

　　增辉口里虽然这样回答，但他心中却暗暗地说了两声惭愧，同时他白净的颊上，也飞过了一朵红晕。文正听了，却格外欢喜，连忙又问道：

　　"那么全先生的府上还有些什么人呢？"

　　"爸妈，兄弟姐妹都有。"

增辉说谎说到底，他这回忍不住暗暗地笑出声音来了。文正点点头，他向增辉又打量了一会儿，含笑说道：

"我想全先生大概还没有结过婚吧？"

"嗯！"

增辉听他问到婚姻上头去，一时更加觉得有趣，暗想：我又不和你对亲结眷，何必问这些呢？遂嗯了一声，也不再说什么话了。就在这个时候，车夫把车子停下，回头说浙江路口到了。增辉于是向文正说声谢谢，便匆匆地跳下去了。文正心中的意思，是最好和增辉多谈一会儿，但增辉却没有留恋之情，所以文正望着远去的增辉的身子，倒忍不住暗暗地叹了一口气。

第二天早晨，增辉穿了一件布袍子，和昨晚相较，又变换了一个样子了。他匆匆地又到证券大楼门口旁边去摆香烟摊了。这是意想不到的事情，增辉忽然见昨晚碰到的那个老先生，竟坐了三轮车到证券大楼门口停了下来。增辉的心中自然非常焦虑，意欲藏身躲避，但已经来不及，只见文正已走到面前来，用了惊异的目光向增辉身上打量了一会儿，咦咦地叫起来问道：

"你……你……不就是全增辉先生吗？"

"……不，不！你……这位先生是认错了人吧？"

增辉被他问得两颊绯红，一时恨不得把身子钻向地洞里去，但他情急生智转了转乌圆眼眸，立刻又否认了。文正见他愣住了一会儿后，方才支支吾吾否认，心中当然有些猜疑起来，觉得自己虽然年纪老了，但也不至于眼花到这样的地步。不过，昨夜遇见他的服饰和今天见到他的情景实在是大不相同。况且他说是个大学生，怎么却在这里摆香烟摊呢？这个青年不是太富有神秘性了吗？文正觉得事情必定有个缘故，他被好奇心所激发，遂上前拉住了增辉，正经地说道：

"全先生，你也不用抵赖了，事情还是昨天夜里发生的，难道我连这一点记忆力都没有了吗？可是我真觉得奇怪，想不到你会干这一行。"

"对不起！请你不必追究这些原因，干这一行，也是自食其力，算不了低贱，难道你就看轻它了吗？"

增辉听他的意思大有轻视的意思，这就显出非常高傲的态度，冷笑着回答。胡文正听他显然是承认了，一时立刻又含了笑容，很谦和地说道：

"不，不！我生平绝对不看轻人，而且我也认为自食其力是件最高尚的事情。但是先生为什么要撒谎呢？我觉得撒谎总是一个青年所不应该的事啊！"

"是的，这也许是我错了，但……我并没有损害你什么，你又何必一定要向我责问呢？"

"全先生，我想跟你详细谈谈，你能和我找个地方去坐一会儿吗？"

"我们也没有什么可谈，反正像我这种人是配不上跟你老先生做朋友的。"

胡文正听他这样拒绝自己，心中对于增辉这个人也更加感到好奇起来，于是很诚恳地说道：

"全先生，你不要生气，我言语之间有得罪你的地方，请你千万原谅我吧！"

"哪里哪里！胡老先生，被你这么一客气，倒叫我太不好意思了。"

增辉见他一味地认错说好话，一时也觉得这位老先生真有趣得好笑，不免红了脸儿，大有羞愧的神气，低低地回答。文正又说道：

"我实在很想知道你一些真实的身世，全先生，你能告诉我吗？

我知道你是一个有才学的青年，所以流落在上海，也许有说不出的苦衷。虽然我能力很微薄，不过我或者能够有帮助你的地方。"

"胡老先生既然这样看得起我，我心里自然十二分感激。那么今天下午两点钟，我们在大东茶室碰面好不好？"

增辉听他的口气，知道他也是一个很热心的老者。一时暗想：我若一辈子摊着烟摊，那我还有什么出息呢？既然他肯帮助我，那么这真是我一个发展的好机会了。所以点了点头，一面感激地回答，一面又向他约了一个地方。胡文正因为金号里在上午也有许多事情要接洽，所以非常赞成，并且还叮嘱他下午两时千万不要失约，增辉点头说好。文正去了之后，增辉也收拾烟摊回旅馆去了。

到了下午两点钟，增辉又西装革履，匆匆到大东茶室去赴约。只见文正早已等在那里，两人见面，各自招呼，大家坐了下来。文正给他斟了一杯茶，然后细问他的身世。增辉在这个时候方才从实相告，文正听了知道他是一个没有爹娘的孩子，心里暗暗欢喜，遂说道：

"我在证券大楼开设一家永昌金号，营业倒也不坏。现在对于银钱账房一职，我的意思请你担任，不知道你愿任斯职吗？"

"承蒙胡老先生这样栽培提拔，我如何还有不愿意的道理？不过我在上海无亲无友，实在连个保人都没处找，那可怎么办呢？"

胡文正见他明眸里充满着热情的光芒，好像有种说不出感激的样子。但说到后面的时候，皱着眉尖，却又表示有些忧愁，这就哈哈地笑道：

"全先生，我假使要你找保人的话，我也不会把这个职位给你做了。因为我相信你是一个诚实有为的青年，我哪里还要你找什么保人吗？"

"胡老先生，你这样恩待于我，真不知道叫我何以为报。"

"我觉得你是一个有血性的青年，所以非常敬重你，我岂望你报答我呢？全先生，那么你在上海既然没有安身之所，我的意思，明天你就搬到我家来住吧！"

"那叫我怎么好意思呢？"

增辉做梦也想不到自己昨夜偶然管一下闲账，竟会管出这样的大好处来，一时将信将疑，他几乎不相信这是事实了，遂红着脸儿，惊喜地回答。胡文正笑了一笑，望着他俊美的样子，似乎也越看越欢喜，说道：

"全先生，你不要客气，这是所谓人生何处不相逢！总而言之，我们的相遇也绝不是偶然的事情，至少也有些缘分的吧！"

"我本来好像在黑暗之中摸索，现在遇到了胡老先生，我是得到了新生的光明！说句冒昧的话，你真是我的重生父母一样了。"

"哈哈！我假使真有你这么一个好人才的儿子，那倒是我前生修来的福气了！"

增辉说这两句话，也无非是感无可感的意思，听到文正的耳朵里，忍不住哈哈笑起来。但笑过之后，他猛可又想起了宗祥的死，因此倒又微微地叹了一口气。增辉听了，心中却在暗想：我假使有像你这么一个父亲，那也是我前生修来的福气了。不过他口里自然没有说出来，拿了茶杯，两眼望着黄澄澄的茶汁，呆呆地出了一会儿神。两人在大东茶室吃了一些点心，因为时已五点将敲，文正方才付了账单，一同出了大东茶室的大门。临别的时候，文正告诉了家里的地址，叫他明天早晨七时到来，顺便一同到永昌金号去办事。增辉哪里还有什么说不好的道理吗？当下连声答应，这才各自回家。

第二天一清早，增辉就在那家小客栈里算清了账目，好在他没有什么行李，无非是一只皮箱，当下坐车匆匆来到胡文正的家里。出来开门的却是一个年轻而漂亮的姑娘，她好像预先已经知道了似的，向增辉笑盈盈地说道：

"这位就是全先生了吗？"

"不敢，你这位小姐是……"

"哦，胡文正就是我的爸爸。全先生，请里面儿坐吧！爸爸早已等候您好久了！"

原来这姑娘就是爱娟，她知道这全增辉就是那夜相救爸爸的青年，所以非常客气地向他殷殷招呼。增辉方才明白胡老先生家中还有这么一个年轻的女儿，这就很难为情地红了脸儿，低低叫声胡小姐，跟着她步入客厅里去了。

文正夫妇听到天井里有人说话，便都已迎了出来。当时一见增辉到来，便都显出欢迎的样子。爱娟早已先介绍道：

"这是我的妈，这位就是全先生！"

"哦，胡老太太！小侄来得实在孟浪，还请勿责是幸。"

"全先生太客气了，那夜要没有你热心相助，真是要受着一番惊吓了呢！快请坐吧！"

彼此客气了几句，增辉就在椅子上坐下，李妈倒上了茶，文正叫李妈把增辉的皮箱拿到后厢房去，一面笑道：

"全先生，你睡的地方我已给你预备好了，就在楼下后厢房，你要去看看吗？"

"一切都要老伯费心，叫我实在太感激了！"

增辉因为心中实在感激，所以情不自禁叫了一声老伯，微红了脸儿，低低地说。文正听了，自然更加欢喜，当下就陪增辉到后厢房去了。胡太太因为见增辉一表人才，果然是个俊美的少年，所以也非常悦意，很喜悦地吩咐厨房里烧好点心，请增辉文正吃毕，他们方才一同到金号里去办事了。这里爱娟拿了书包，也到学校里读书去。

从此以后，增辉就在胡家住了下来，因为和爱娟早晚相见，而爱娟处处地方对待他又非常亲热，好像不避什么嫌疑，拉了增辉的手，不是叫他一同出外看电影，就是在爱娟房中弹钢琴唱歌游玩。增辉在这个情形之下，对爱娟一番真挚可爱的情意固然不能推却，同时对于莹英的旧情又不敢忘怀，因此在这种左右为难的情形之下，他的内心实在是感到非常痛苦的了。这是已经过了一个星期后的晚上，文正和增辉在后厢房里低低地谈着话，增辉红了两颊，呆呆地愕住着，好像显出非常为难的样子。文正的心中还以为他是怕难为情，于是笑了一笑，说道：

"全先生，你不用怕难为情，你已经是个二十多岁的青年了，婚姻当然有自主权。再说你又没有了爸妈，所以对于你的婚事，就更加不用去问别的人了。本来我也不敢冒昧地跟你说这些话，因为这一星期来，我见你和爱娟的情感也很不坏，而且爱娟确实也有爱上你的意思。你该知道，可怜我的儿子已死了，这么老年纪的人，膝下只有女儿一个人，她的终身问题我是多么关心呢！我要给她找个品貌双全的夫婿，那么就是我们两老将来也有半子之靠。我觉得全先生这样的青年太好了，不但是我理想中的女婿，而且也是我女儿理想中的丈夫。全先生，我想你也是一个富于情感的人，大概不至于使我感到失望吧？"

增辉听了他这一番话，他到底不是一个草木之人，怎么会不感动呢？所以满面显出羞愧而又感激的表情，低低地说道：

"老伯，想我是个穷途落魄之人，流落上海，几乎沦落街头，因此做小贩以度生计。承蒙老伯热心提携，始有今天一日，所以老伯吩咐，虽赴汤蹈火，亦万死不辞。何况令爱以千金之体，委屈下嫁于我，真如彩凤随鸦，在我心中如何还有不喜欢感激之道理呢？"

"啊，你不要客气，既然这么说，你是答应了？"

文正不等他说下去，就迫不及待的样子，自说自话地问他。增辉显现着无限痛苦的表情，支吾了一会儿，方才期期艾艾地说道：

"不过……"

"哎，不过什么呀？难道你还有什么难为情的事情吗？"

"第一，我除了一身之外，一无长物，未免太委屈了令爱。"

"你说这话太看轻我们了，难道我们就这样势利吗？再说你的环境，我全都明白。假使我是贪财的人，我就根本不会跟你谈起这件婚事来了。"

增辉所以这样说，也无非是借口而已，今听文正一本正经地向自己解释着，一时倒又万分忸怩不安，遂叹了一口气，只好从实说道：

"不瞒老伯说，我在乡下的时候，实在有个从小一同长大的女朋友，她的身世十分可怜，而我们的感情又非常深厚，我们临别之前，曾经海誓山盟地定了白首之约，彼此决不相负，如今我若另外娶了妻子，这在我良心上不是太说不过去了吗？"

"嗯，原来是还有这一种事情，那确实有些为难了……"

文正听了，方才明白究竟，觉得增辉不忘旧侣，足见用情专一，这倒是一种美德，所以自己并不憎恨他，反而皱了眉尖，也代为焦虑起来。增辉遂又说道：

"老伯待我不薄，而且令爱又痴心爱我，以情理来说，我是应该遵从老伯的吩咐，但现在我既和别人订约在先，我若得新忘旧，我怎么还能算是一个有人格的好青年呢？然而，老伯和令爱心中必定失望，所以我又感到痛苦不安，唉！这真不知叫我如何是好呢。"

"全先生，你也不要着急，我现在倒给你想出一个两全其美的办法来了。"

"老伯，你想出一个什么好办法呢？"

94

"我的意思你只管和我爱娟结婚好了，到了明儿你到乡下去找寻你的女朋友，假使她没有嫁人的话，你就不妨带她到上海来，我答应你娶两个妻子，不分大小，都住在我家。爱娟生下的儿子给我们胡家做后代，你那个女朋友生下的儿子给你们全家做后代，这样我觉得反而更好了呢！全先生，你心中也赞成吗？"

增辉做梦也想不到文正会动出这一个脑筋来，一时乐得眉飞色舞，心花也几乎朵朵乐开了。暗想，本来是熊掌与鱼不能兼得，现在堂而皇之可以娶双美为妻，而且还不做负心之人，那真是求之不得的事情，岂有不好的道理呢？不过表面上还故意有所考虑的样子，低低地问道：

"老伯这样体谅于我，真是恩同再造，不过我怕爱娟小姐心中也许会不赞成吧？"

"你放心，只要你喜欢，爱娟这一方面，我做爸爸的可以做完全的主，绝对没有什么问题。"

文正听他答应，这就笑嘻嘻回答，表示绝对有把握的意思。增辉于是马上站起身子，向文正端端正正地拜了下去，口叫岳父大人在上，那么小婿在这儿拜见了。文正被他这一声称呼，全身的骨节都觉得轻松十分，因此一面扶他，一面哈哈地大笑起来了。

对于爱娟和增辉这一头亲事，文正是抱定速战速决的宗旨，所以事情在说妥当了之后，不上五天日子，就给他们在大上海酒楼举行结婚典礼了。增辉虽然觉得这次结婚之后，和莹英当然再不能有结婚的仪式了，那么莹英就是再能嫁给我，在形式上似乎已经委屈了她。不过事情已经着手进行着在办理了，那还有什么补救的办法呢？因此也只好糊里糊涂地任他们摆布，反正自己是甩着袖子做新郎的了。

新婚的夜里，新房是在楼上前厢房爱娟的房中，两人因为在席间曾经喝过了一些酒的缘故，所以在芙蓉帐中彼此的情爱更加浓厚。

一个是羞人答答、又惊又喜，一个是心头忐忑、又快又乐，真是说不尽的郎情如水、妾意若绵。增辉在这个温柔乡里，仿佛鱼儿入了小溪，其乐融融，哪里还想得到委屈莹英这一回事情了呢？

这不但是莹英意想不到，就是增辉的心中又怎么能料得到呢？在他是只晓得爱娟有一个寡嫂回娘家了，哪里知道在他们婚后第三天的晚上，爱娟的寡嫂从娘家回来，他们两人也无怪惊骇得怔怔地愣住了。

七　疑云层层智姑娘侦探秘密情

当时莹英见了增辉，增辉见了莹英，两人脸上都浮现了无限惊骇的神色，彼此木然地愕住了。胡太太便忙着说道：

"莹英，你怎么乘这样晚一班火车回来呢？还没有吃过晚饭吧？快坐下来一同吃了。李妈，你把热的红烧鸡再盛一碗出来，少奶奶回家来了！"

"妈，我在火车上疲劳了，你们请先用饭，我要到房中先去休息一会儿。"

"那也好，回头叫李妈把饭菜拿到你房中来吃吧。"

胡太太对于这位媳妇是特别客气地相待着，遂百依百顺地含笑回答她说。莹英于是一点头，遂提着小皮箱，匆匆走到楼上房中去了。增辉的两眼，望着已经消失了的莹英的身子，兀自失魂落魄的样子，呆呆地出神。爱娟在旁边见了这个情形，芳心中不免有些暗暗猜疑，遂把他手臂撞了一下，秋波脉脉地逗给他一个神秘的白眼。增辉知道自己的神态被爱娟注目，于是立刻装出自然的神气，低了头，仍旧默默地吃饭。听文正却深深地叹了一口气，似乎有些凄凉的口吻，感喟地说道：

"唉，我宗祥真是一个没有福气做人的孩子，白白地给他娶了一个这么美丽的妻子，现在一看到这个好媳妇，我心中就会觉得难受。"

"可不是？早知道他这样短命，我们也悔不该给他成亲了！"

胡太太心中有着同样悲哀的情绪，她说完了这两句话的时候，却忍不住流起眼泪来了。爱娟微蹙了眉尖儿，低低地说道：

"事情已到了这个地步，徒然伤心，也是没有用了。爸爸和妈也只好想开一些了，你们一伤心，被嫂嫂知道了，她的心中不是更加要悲痛了吗？"

"是的，爸爸和妈还是自己保重些吧！"

增辉听爱娟劝着父母，自己当然不能呆然无语，于是也低低地说。不过他心中真觉得有些莫名其妙的惊异，只感到无限痛苦，口里虽然吃着饭，但实在有些食不知味了。这一餐饭，大家吃得不欢而散，李妈上来倒茶拧毛巾，胡太太望着她悄悄地问道：

"你把饭菜端到少奶奶房中去过了吗？"

"端去过了，少奶奶不吃，说没有饿。我见她躺在床上，还暗暗地哭泣呢！"

李妈这两句话听到增辉的耳朵里，他第一个先感到心痛，脸上的表情，是极度的不安。文正也有些难过，暗暗想道：那一定是她瞧了爱娟这一对少年夫妻，她心头多少有些触目伤悲吧！唉，这也怨不了人家一个女孩儿呀！文正这样想着，遂望了胡太太一眼，低低地说道：

"还是你上去安慰她几句吧，这孩子真也太可怜了！"

胡太太点头答应，遂匆匆地到了客堂楼房中，果然见莹英倒在床上嘤嘤地哭泣，于是走到床边，用了慈祥的语气，低声说道：

"莹英，我的好媳妇！你为什么好好的又伤心起来了呢？"

"哦，妈，我没有伤心呀！"

莹英见了胡太太慌忙从床上坐起，收束了眼泪，一面让座倒茶，一面低低地辩说。胡太太爱怜十分的神情，逗了她一瞥关心的目光，问道：

"那你为什么不要吃饭呢？饿坏了身子，叫我心头不是难过吗？"

"妈，我因为有些头痛，所以吃不下，回头我肚子饿了，自然会吃的。"

胡太太听了，便走到她的身旁，用手摸了摸她的额角，遂扶着她到床边坐下，疼爱地说道：

"那么你休息休息吧！要不要吃片阿司匹林呢？"

"这是我刚坐了火车的缘故，没有关系的，妈不用担心的。"

莹英听胡太太这样慈祥地关心自己，一时想到在家中后母对待自己凶恶的情景，觉得在这儿到底还有同情自己的人，所以万分悲苦之余，倒也还有一些安慰，遂逗了她一个感激的媚眼，轻声地回答。胡太太想了一会儿，忽又低低地告诉着说道：

"莹英，爱娟突然结婚了，你觉得很快速吗？其实这头婚姻也很巧合，令人有些意想不到的。"

"妈，是人家介绍的吗？"

莹英听她忽然提起姑娘的婚事来，一时遂故意装出随随便便的口气，低低地问着。胡太太笑了一笑，一面摇头，一面便把文正认识增辉的经过向她诉说了一遍。莹英方才明白，心中不免暗暗怨恨，她恨增辉到了上海之后，没有给自己一封信。但仔细一想，我恨他也没有用，因为我自己也负了他，说不定他此刻心中也在怨恨我呢！不过他到底是得着一个娇艳活泼的妻子了，而我的前途呢，却是永远沉沦在黑暗的苦海之中，再没有拨云见天日的日子了。莹英这样想着，内心是痛苦到一百二十分，但可怜她表面上却还不能过分显形于色，一个人到了要伤心而不敢伤心的环境之下，其内心的惨痛又岂是作者一支秃笔所能形容其万一的呢！这时胡太太又用了安慰的口吻，说道：

"莹英，我们的意思，爱娟若生下第一个儿子来，我就做主送给你做儿子，归你抚养，那么你将来自然也不会冷清了。而且宗祥也有了后代，我们两老死后，也不会做无祀之鬼了。莹英，我们这个意思，不知你心中也欢喜吗？"

"妈的意思，我当然赞成，怎么会不欢喜呢？"

"唉，你真是一个贤孝的好媳妇哩！"

莹英为了要博得她老人家的欢心，当然也顺从她的意思，很有孝心地回答。胡太太这才露了一丝凄凉的笑意，低低地颂赞着说。就在这时，爱娟也匆匆进来，她望了莹英一眼，含笑说道：

"嫂嫂，你在乡下住了半个多月，这次回来，带些什么好东西来给我吃吗？"

"妹妹，你自己糖也不给我吃，喜酒也不给我喝，怎么倒反而问我要东西吃了呢？"

莹英为了不露一点痕迹，恐怕姑娘心中起疑，所以竭力装出欢悦的表情，还向爱娟俏皮地打趣着回答。爱娟被莹英说得哑口无言，粉颊上立刻浮现了两朵娇红的桃花，赧然地一笑，说道：

"你不用怪我呀！都是父母的主意，谁料到这样快？……害得人家书也没有读了，我也真恨着爸爸呢！"

"你听，你听，做父母的苦苦为着儿女们操心思费脑筋，谁知道还是不见情、不讨好，反而恨着哩！唉！"

"妈，你听妹妹这些口硬骨头酥的话呢，你见了她脸上笑容可掬的样子，也可见她是那样感谢着爸爸和妈妈哩！"

莹英见胡太太很灰心地叹了一口气，连忙笑了笑，开玩笑地插嘴。爱娟被她说得连耳根子都红了，却是嗯了一声，缠绕着莹英闹不依。胡太太见嫁后的女儿还是那么孩子气，一时倒也忍不住又笑起来了。大家在房中说笑了一会儿，胡太太趁势叫莹英吃些饭。莹英心中感动，遂也吃了一小碗，胡太太方这才放心，遂和爱娟也就各回房中去了。爱娟母女一走，莹英觉得卧房里又呈现了死沉沉的凄清，她孤单单地拥着被子，脑海里在想着爱娟和增辉新婚中的快乐，他们此刻是享受着闺中齐眉之乐，真是像糖一样甜蜜，鸳鸯般恩爱。想不到我的意中人，却会落在爱娟的怀抱，唉！这真是所谓各有因缘莫羡人了。可怜莹英胡思乱想一夜未睡，痛定思痛，只觉肝肠寸断，绣花枕上却淌了一大堆的眼泪水。

爱娟别了莹英，回到自己的卧房，只见增辉坐在沙发上，呆呆地出神，好像在想什么心事的样子，连自己走进房内，他也没有知觉。因为增辉今天的神情和往日有异，所以爱娟心中不免再度感到怀疑起来，遂悄悄地走到他的身旁，轻轻地在他肩胛上拍了一下。因为增辉既没有发觉，自不免吃了一惊，抬头望到爱娟的时候，好像虚心的样子，红了两颊，脸色在慌张了一阵之后，立刻又平静下来，拉了她的纤手，亲热地笑道：

"爱娟，你什么时候进房来的？怎么我一些儿也没有知道呢？"

"你这话问得奇怪了，我进来了，难道要敲锣来通知你吗？你自己不知在想什么心事，所以眼睛里就没有我这个人了……"

爱娟听他这样问，故作生气地表示，恨恨地摔脱了他的手，噘着小嘴，冷笑了一声，便回身走到床边去坐下了。增辉一见她这情形不对，慌忙跟到床边，偎着她的娇躯，亲亲热热地坐下，笑嘻嘻地说道：

"哎呀，爱娟，你这是什么话呢？我们新婚才第三天哩，我爱你，真是比我生命还爱到十万分哪！我怎么眼睛里会没有你？你也真是太冤枉我了！"

"这种虚伪肉麻的话，我可不要听……"

爱娟见他这个样子，心里又好气又好笑，遂把秋波逗给他一个娇嗔，兀是生气地说。她本来想这样说："你见了我的嫂嫂，莫非你已失了魂灵了吗？"但仔细想想，这两句话到底又忍熬住了。增辉却伸手去挽住她的脖子，温情蜜意地想去吻她的嘴。爱娟似乎还有些怕羞，嗯了一声，低低地说道：

"我们睡了，别涎脸了，怪难为情的。"

"嘻嘻，在闺房之中，又没有第三个人，你也害难为情吗？"

增辉见她那种小女儿娇羞的意态，真是令人爱煞。一时觉得爱娟到底童心未泯，所以忍不住笑起来。但爱娟早已脱了衣服，睡到被窝内去了。增辉遂也脱去西服，跟着跳进被窝内。这回把爱娟身子紧紧抱住了，吻着她的小嘴，笑嘻嘻说道：

"爱娟，我们在被窝里了，你难道还怕难为情吗？"

"当然啰，快熄了电灯吧！"

增辉见她赧然的样子，遂不敢违拗，伸手把电灯熄了。两人温存了一回，方才默默地睡了。但增辉哪里能睡得着呢？他心中在想可怜的莹英，她如何会嫁给爱娟的哥哥呢？刚才她见了我，她的心里自然万分惨痛，所以她急急奔回房中去，连饭也不要吃了。唉，她一定是被后母强迫嫁人的，她内心一定有说不出的苦衷，我多么同情她呀！增辉这样想着，情不自禁地叹了一口气。爱娟其实也没有睡着，他听增辉又叹起气来，这就更加怀疑，但表面上又故作关心的模样，低低地问道：

"你怎么好好的又叹气了呀？"

"没有什么！爱娟，你还没有睡熟吗？"

增辉轻轻回答，他是故意打混过去。爱娟冷冷一笑，俏皮地说道：

"我见你今夜的神情很不好，你又何必瞒骗我，其实我也早已明白了！"

"爱娟，你明白了什么呀？"

爱娟这句话听到增辉的耳朵里，他的心头马上别别地乱跳起来，用慌张的口吻，急急地问。爱娟听了，暗想：他明明心虚啊！一时愈加疑心层层，不过她并不拆穿他，还故意猜到别地方去，说道：

"我明白你一定是懊悔了！"

"我懊悔什么呢？"

"哼，你懊悔跟我结婚呀！"

"爱娟，你太冤枉我了，我若有这个意思，那我还算是个人吗？"

"既然没有这个意思，那你为何在新婚快乐的日子中还长吁短叹？当然，你是因为讨厌我啦！"

"我若讨厌你，我一定不得好死！"

增辉急得没有了办法，涨红了两颊，只好赌起咒来。爱娟听了，冷冷一笑，却并不放松的还是恨恨地说道：

"那么你干吗叹气？你总得说出一个道理来，你道理说不出，那你就是讨厌我，要想丢掉我！"

爱娟这样紧紧地相逼着问，增辉实在没有了办法，在他还以为是急中生智，所以只好低低地说道：

"爱娟，我老实告诉你，因为我想到你哥哥这样年纪轻轻的人会患肺病死了，觉得人生在世也太没有意思。所以我情不自禁地叹了气，谁知道你却误会我讨厌了你，那不是天晓得吗？"

"是的，哥哥死得确实太可怜，不过剩下我嫂嫂一个人，她孤零零的更加可怜万分哩！我真代她伤心！"

爱娟是个心细如发的姑娘，她认为增辉说的替她哥哥可怜，换句话说，他就是代嫂嫂可怜。可怜固然是可怜，但要一个做姑爷的人老是郁郁在心内，这其中当然有些缘故了。莫非增辉见了嫂嫂的美色，而存了不良之心吗？爱娟虽然这样想，但她表面上却故意用

103

十分同情的语气，附和着说。增辉于是中其圈套，又接连叹着气，说道：

"可不是？我想不到她竟有这样的苦命……"

"……你的心肠真软，怎么淌泪了呢？"

爱娟听他说了一个她字，心中已经很不乐意，又听他话声有些凄凉的成分，这就更加有些醋心，于是假意把手摸到他的脸上去，谁知道手指上的感觉果然有些润湿，因此益发不受用起来，向他讽刺地说。增辉忙拭了泪痕，勉强笑道：

"几时我淌过眼泪的？你又说笑话了！"

"说说笑话不好吗？省得你闷闷不乐呀！"

增辉也是一个聪明人，他听爱娟说的话总是带刺的样子，知道自己的态度已经使爱娟有些怀疑了，于是又说了几句笑话，便管自沉沉睡熟了。可是爱娟翻来覆去却一夜没有睡，她觉得总要想个计谋来侦查他们的行动不可。

第二天增辉和文正到金号去办事，爱娟在莹英面前先约略探了几句口风，但莹英也是一个有心计的姑娘，她怎么会露出一丝一毫的马脚呢？所以爱娟觉得这事情完全发生在增辉单方面，因此把增辉也就暗暗地怀恨起来。

黄昏的时候，增辉和文正回家了，爱娟在房中却对镜梳妆，换了新衣，好像要到外面去的样子。增辉忙含笑问道：

"爱娟，你预备出去吗？"

"嗯，我一个女同学二十岁生日，打电话来请我吃夜饭，所以我只好去一次了。"

"那你预备送些什么呢？"

"时间这么仓促，我也来不及买什么东西，马马虎虎送些现钞就算了！"

“你早些回来吧！人家一个人在房中多寂寞哩！”

增辉点点头，显出一刻不能相离的神情，媚意地叮嘱。爱娟横眸一笑，说我知道了，便匆匆地到外面去了。

吃晚饭的时候，莹英推说头痛，没有下楼来吃饭，又是胡太太叫李妈端上一些去给莹英吃的。这里增辉在上房里略坐片刻，也就回到楼上自己的房中，坐在沙发上呆呆地想了一会儿心事。觉得莹英不肯下楼来吃饭，那明明是为了我的缘故，不知道她是为了羞见我呢，抑或是为了怨恨我而不愿意见我呢？唉！总而言之，她是怕彼此见面，无非多感到一些痛苦，所以她才觉得还是不看见好吗？不过我们是住在一个家庭之中，事实上绝不会一辈子不看见的，眼前的躲避又有什么用呢？那么我何不趁此刻爱娟不在家中偷偷地到她房里去诉诉大家的苦衷呢？

增辉这样想着，他便站起身子来，正预备跨步出房的时候，忽听桌上时钟当当地敲了八点，一时又停止了步，不免有些踌躇。暗想：我叮嘱爱娟早些回来，此刻已经八点，恐怕爱娟就要回家了，万一被她撞见我在莹英的房中，那不是糟了吗？增辉正在心头乱跳、委决不下的当儿，忽见李妈匆匆上来叫道：

“姑爷，小姐打电话来，请你去接听。”

“哦！”

增辉答应了一声，便匆匆走到亭子间门口的扶梯上去接听电话了。握了听筒，只听爱娟说道：

“你是增辉吗？”

“是的，爱娟，你还不回来吗？”

“因为主人要拉我打牌游玩，我推却不了，所以今夜要迟一些回来了。”

“那么什么时候回家呢？晚上天气冷，路上很不方便，你就少打

105

几圈回家好吗?"

"主人说回头她用汽车送我回来,你放心好了,十二点之前准回家的。你一个人若怕冷清,你就去瞧场电影好了。"

"我一个人也不高兴去瞧电影,那么我先睡了。"

爱娟在那边说声好的,便搁下了听筒。增辉慢慢地回到房中,心里暗暗想着:爱娟说要在十二点之前才能回家,那么离这时还有整整四个钟点。我和莹英互诉苦衷,至多也不过两三个钟点,那不是天赐我一个绝好的机会吗?增辉想定了主意,这就鼓足了勇气,悄悄地走到客堂楼来。只见房门虚掩着,并没有关上,遂轻轻地推开房门,闪身走入房内,连忙把门关好,只听莹英在床边说道:

"照这样情形下去,我的内心不是更加感到痛苦了吗?唉,事到如此,我还是削发为尼,永远为佛门子弟,或许这样可以减少我终身的烦恼。"

"莹英!你……千万不能这样做啊!"

增辉听她自言自语地说着,可见完全是为了自己的缘故,他心中一急,便情不自禁走上去,低低地说。莹英冷不防听了这话,一时倒大吃了一惊,连忙站起身子。回头见了增辉,她的脸色立刻一阵红一阵白地变成死灰的颜色了,好像十分害怕的样子,以口吃了语气,又急又低声地说道:

"增辉!……哦,不,姑爷,你……为什么到我的房中来呀?"

"莹英,我对不起!我……负心你……了!"

增辉听她这一声姑爷的叫唤,那是多么刺耳啊!因此愁眉苦脸的神情,哀声地说,他的眼皮已经红了。莹英似乎更感到痛心,她摇摇头,没有回答,眼泪已像一串珍珠般挂了下来。增辉继续说道:

"可怜我自从和你分手之后,孤零零地流浪到上海来,一无亲戚,二无好友,因此我就只得住在小客栈里,暂时作为安身之所,

106

一面积极地找寻生意，但万不料上海虽是商业荟萃之地，竟没有我可以做事的地方。一天一天下去，我心中是多么着急，为了怕流落街头做乞儿，我只好不顾面子摆香烟摊做小贩。本来我想写信给你，但是我不得意到如此地步，又有什么脸来写信告诉你呢？因此我就没有勇气提这一支笔。

"事情很凑巧，那天晚上回家，为了偶一的援助，而和爱娟的爸爸认识了。他是个热情的长者，他非常器重我、同情我，所以便叫我住到他家中来，还把金号的总账房职位给我担任，并且又再三要把他的女儿嫁给我。我受了人家这样的恩惠，实在没有拒绝的勇气。不过爱娟的爸爸曾经允许我娶两个妻子，因为我和他说明过，我从前是有一个情人的。不过，我万万也料不到爱娟的寡嫂就是你啊！那岂不是叫我太不明白了吗？但我也知道你一定有不得已的苦衷，你一定是被后母强迫的。莹英，你能把过去之事也告诉我一些听听吗？"

对于增辉这些话，莹英在胡太太那里已经听到过。不过胡太太并没有说出增辉曾经做小贩子的事，大概是爷爷当初瞒着的，所以连婆婆也不知道。莹英既然明白增辉为自己曾经吃过这样的苦，她心中把恨增辉的情绪倒又恨到自己的头上来了。不过自己嫁人，又岂是心甘情愿？总而言之，彼此都是万不得已，所以悲哀欲绝地叹了一口气，流着惨痛的眼泪说道：

"你既然明白我嫁人是被强迫的，那么我也不必再向你有所诉说了。反正我们的环境太恶劣，我们的遭遇太悲惨，是我没有福气，所以才不能和你结成这一对良缘。增辉，过去的事情，我们只把它当作一个梦吧！人生本来就像梦一样，你……不要为我难过，还是出房去吧！"

"莹英，这是我害你的，我假使早有能力的话，也就把你带到上海来了，何至于今日害得你做凄凉的未亡人？唉，我负心你了！"

增辉见她痴痴呆呆地说，说到后面，把手向外一指，同时背转身子去，表示不愿再见自己，一时怎肯出房？遂反而走上一步，按着她的肩胛，悔恨万分地回答。莹英猛可回过身子，泪眼盈盈地望了他一眼，说道：

"你何必要说这些话呢？事情原是我先来负你，所以我先对不起你！大概是我没有坚决的爱，所以才会遭到这样悲惨的下场。增辉，我决不恨你，不过我也希望你不要恨我，好在你已经有一个多情的爱娟来安慰你，你当然也可以忘却一些过去的痛苦。现在我们比不了从前，时候不早，我劝你当我死了吧！还是回房去吧！"

莹英说到这里，又向他连连挥手，但增辉却迟迟不肯走，满面含泪呆住了。他忽然抢步上前，紧紧地握住莹英的手，说道：

"莹英！你……难道愿意永远过着凄凉的日子吗？不！我不忍，我……我……一定还可以爱你，和过去一样爱你！"

"什么？增辉！你疯了？你……怎么说出这些话来？被爸妈知道，这还了得吗？"

增辉说这两句话的时候，他的情感果然激荡得非常厉害，他的神态确实有些疯狂，莹英芳心怦然一动，因为她想到自己还是一个姑娘的身子，所以她的粉脸立刻涨成了喝过酒一般的血红。不过她的情感到底被礼教束缚，顿时又冷冰冰地平静下来，显出淡然的表情，向他严厉地责问着。但增辉还是继续说下去道：

"你是一个年轻的姑娘，礼教不应该残忍地来束缚着你过着一辈子悲惨的生活！况且，我们本是一对爱人，我为什么不能再爱你？我一定跟爸爸去说，去哀求，爸爸一定会答应我的！"

"增辉，请你不要再说这些疯话吧！你是一个读书的知识分子，你头脑镇静一点，我现在是你的舅嫂了，你如今是我的姑爷了！你把名分弄得清楚一些吧！你不要为了一时的情感冲动，而使彼此的名誉扫地呀！我已经是苦命到这个地步，难道你还要来害我做个不贞洁的人吗？那你也太狠心了！假使你真正爱我的话，我请你快快出去！"

莹英在这个情形之下，恐怕羊肉没有吃，反而沾了一身膻臭，所以不得不含了痛苦的心，向他一再痛责，一面背身掩脸，忍不住已呜呜咽咽地啜泣起来。增辉听了，似醉似痴，还是依依不舍的样子。不料正在这个时候，忽然门外笃笃的有人敲门，敲门声使房中两个人的心几乎要从口腔里跳出来了。莹英连忙停止了哭泣，回身见增辉早已急得两颊发白，好像六神无主，手足无措，走到窗旁，预备要跳窗的样子。莹英见了，慌忙又把他急急地拖住，伸手指指床底下，是叫他躲到床底下去的意思。增辉在这个时候，哪里还管得了许多，立刻趴在地上，钻进床底下去了。这时敲门之声更急，莹英佯作刚睡醒的样子，问道：

"是谁敲门呀？"

"是我，嫂嫂！你睡了吗？"

这分明是爱娟的声音，听到莹英和增辉的耳朵里，两人的心头更加像小鹿般乱撞。莹英恐怕爱娟进来，会发现这个秘密，所以不得不圆谎说道：

"是妹妹吗？我已经睡在床上了，你有什么事情？我给你来开门。"

"嫂嫂，你已经睡了，那么不用开门了，我没有什么事情，因为我刚从外面回来，瞧瞧你睡了没有。那么明儿见吧！"

莹英听爱娟在门外说着话，接着一阵皮鞋敲击地面的声音，"噔噔"地走到前厢房去了。这就伸手试试额角上的汗点，深深地透了一口冷气，蹲着向床底下招手，用了怨恨的口吻，低低地说道：

"你快出来，你快出来吧！真是太危险，你几乎害了我。"

"奇怪得很，她不是说在十二点之前回家吗？怎么此刻才九点半就回来了呢？"

增辉从床底下爬出来之后，也不免抖着身子，看了看手表，很不明白地自言自语道。莹英一面拍着他身上的灰尘，一面又连连催他快走。增辉到此，方才如梦初醒，匆匆开了房门，心生一计，把皮鞋脱去了，光穿着袜子，先走到楼下，然后再把皮鞋穿上，很响亮地走上扶梯，表示刚从外面回来的意思。当他走进厢房门口，只见爱娟脸色很不好看地坐在窗边猛吸着烟卷哩！

八　卧病奄奄　好舅嫂竟作相思药

　　爱娟是从来也不吸烟的，但今夜忽然在口里衔了一支烟卷，皱了眉尖儿，连连地猛吸，从她这表情上看来，也可知她心中是烦恼到怎一分样儿的程度了。增辉那颗心，真的几乎已从胸腔里跳出来了，但表面上不得不显出毫不介意的样子，含了笑容，咦了一声，奇怪地说道：

　　"爱娟，你怎么这样早回来了？刚才电话里不是说要在十二点钟吗？"

　　爱娟并不作答，只装没有听见，连望也不望他一眼，管自吸烟。增辉暗想：莫非我在莹英的房中谈话，她已完全知道了吗？否则，何以对我这样生气呢？遂又忍气吞声地说道：

　　"爱娟，你为什么不回答我呀？看你一脸不高兴的样子，难道是打牌输了钱吗？还是受了什么人的气了呢？"

　　"我也没有打过牌，我也没有受过谁的气……"

　　爱娟因为不会抽烟，所以自不免连连地咳嗽起来，她恨恨地把烟卷丢到痰盂罐里去，回头向他白了一眼，冷淡回答。增辉忙含笑坐到床边，低低地说道：

　　"那么你干吗又不玩骨牌了呢？你的同学不是会生气吗？"

　　"我本来答应着玩了，所以打电话来关照你，可是，不知怎的，我忽然心惊肉跳感到不安起来，好像有什么祸事将要发生在头

111

上的样子，所以我就匆匆赶回家中来了。果然，一进房门，就不见你的人影……"

增辉听她这样说，心中不免暗暗奇怪，难道爱娟有这样预知的灵感吗？一时心头更像小鹿般乱撞，但又不得不竭力镇静了态度，哦了一声，说道：

"因为……因为，我一个人实在太寂寞，所以到外面瞧电影去的。"

"既然瞧电影去的，为什么此刻又回家来了？难道电影院断了电，所以没有映完就散场了吗？"

增辉原没有想到这许多，此刻被她这样一问，方才记得电影现在还没有到散场的时候。一时两颊就绯红起来，连忙转着眼珠，又说道：

"哦，哦，我因为怕你早回来，况且这个片子又不大精彩，所以我看了半场就回家来了，谁知道你果然比我早到家中了。"

"那么你和我一样，莫非也是心血来潮吗？"

爱娟用了俏皮的口吻，向他讽刺地问道。增辉苦笑了一下，却没有作声，爱娟于是也不再说话，就管自脱衣就寝了。增辉知道她心中生了气，便慌忙跟着熄灯睡了，在被窝里面，增辉伸手去抱爱娟的身子，低低地说道：

"爱娟，怎么？你心中恨我吗？"

"不敢恨你。你是一个爱情专一的好丈夫，我怎么会恨你？"

"何苦来呢？拿这种话来讽刺我。"

"什么？讽刺你？难道你不承认是个爱情专一品行诚实的好丈夫吗？难道你一举一动、一言一行都是骗着我的吗？"

爱娟趁此机会向他声色俱厉的问出了这两句话，虽然电灯关着，不过也可以想象她脸上是怎样愤怒的表情。增辉内心像刀割一般惨痛，他呆呆地没有回答，羞愧在他心头激起了无限的悲哀，眼泪忍不住扑簌簌地滚下来了。爱娟见他不作声，遂又用了缓和的口吻，好像劝告地说道：

"增辉，你是我的好丈夫，我对你的前途自然需要十二分的关怀，我年纪虽轻，不过我明白一个男子好色那是免不了的事情，但你不应该勾引我的寡嫂，你更不应该在我们新婚不到四天就去另爱了别人，那你不但并无真情实爱，而且你简直是个欲中之魔鬼哩！要知道这种丑事，若被外界知道，你还有脸在社会上做人吗？"

"爱娟，你……你……这是什么话？"

"增辉，你又何必还要强辩呢？我老实对你说吧，昨天嫂嫂回家的时候，我见你的态度有异，所以我便暗暗注意你的行动和言语，觉得你对我这位寡嫂好像特别有情的样子，于是我就心生一计，假说同学家中拜寿，其实我要试试你的行动。果然不出我所料，你在我嫂嫂房中去干那些不正当的行为了。哼，我在房门口已听了好多时候，本来我要拉爸妈上来，但恐怕坏了可怜的嫂嫂的名节，所以我把这怒火又压制下来。增辉，若要人不知除非己莫为，我现在都跟你说了，你还有什么措辞再可以来洗清你的罪恶呢？你说，你尽管说吧！"

增辉听爱娟絮絮地说出这一番话来，顿时哑口无言，心中一阵惨痛，却失声啜泣起来了。爱娟想不到他会这样伤心，一时倒不禁为之愕然，遂惊奇地问道：

"这可怪了，难道我冤枉了你不成？你竟哭起来了！"

"不，你没有冤枉我……"

"那你为了什么缘故呢？"

"爱娟，事到如今，我也只好如实告诉你了，你以为莹英是我的什么人？她就是我的旧情人呀！"

"啊，你……这话打哪儿说起的呢？"

爱娟听到这个消息，芳心中也无限吃惊起来，不禁啊了一声，向他急急地追问。增辉于是把自己和莹英过去一段情爱的经过向爱娟低低地诉说。爱娟听了，皱了眉毛，哀怨地说道：

"既然你心中早有知心的人，那么当初爸爸跟你提亲的时候，你为什么不拒绝呢？"

"我对你爸爸原也说起过了，当初你爸爸答应我娶两个妻子，说你养下的儿子给胡家传后代，我从前那个情人养下的儿子，便给我全家做后代。我听爸爸这样恩待我，所以我就答应了。"

"可是爸爸在我面前绝对没有提起过这一回事情。"

"那当然是怕你心中不快乐的缘故，女子都是爱吃醋的啊！"

爱娟听了，心中暗想：原来嫂嫂和他在过去还是心心相印的一对爱人，万不料在旧式婚姻之下把他们硬生生地拆开了。但既然是拆开了，老天也不该再把他们弄到一个家庭中生活，这不明明在捉弄着我们吗？虽然哥哥临死的时候曾经对我说过，因为嫂嫂还是一个处女，他们根本没有行过房事。所以哥哥再三叮嘱嫂嫂另外嫁人，为了死无对证起见，又特地叫我做一个见证，那么照情理而说，我是应该让他们重圆这一面破镜的。不过，爱情这个东西是多么自私啊，一个男子有了两个妻子之后，他的心、他的爱情当然都要分散了，万一以后他对莹英比对我要恩爱得多，那么这就好比引狼入室，自讨苦吃，岂不是要把我活活地气死吗？爱娟在这样考虑之下，同情之心立刻又淡薄下来。沉吟了一会儿，她故意说道：

"原来爸爸曾经答应过你的，那我虽然是个女子，但我也很有同情的爱。假使莹英没有嫁给我哥哥的话，我自然也答应你再娶莹英，只可惜莹英已经成了一个未亡人了，在这个环境和这个情形之下，你自己想想，一个舅嫂怎么还能够再嫁给姑爷做妻子呢？被外界知

114

道了，岂不是要笑痛肚皮了吗？所以我劝你死了这条心吧！"

"是的，我知道事情再没有挽救的办法了。不过，刚才我去见莹英，也并非对她有什么野心的意念，无非是好久不见，彼此叙一叙相思之苦罢了。唉，我真想不到莹英会这样命苦啊！"

增辉一面说，一面却忍不住又流起眼泪来，爱娟口里虽不说什么，心中多少有些怨恨的成分，遂也不再理睬他，管自沉沉睡熟了。但增辉却一夜没有合眼，胡思乱想地只是痴痴地可怜着莹英，他是完全失眠了。

从此以后，增辉的精神便萎靡不振起来，莹英住在楼上房中，也始终没有下楼过，她是天天念着经书，显然万念俱灰的样子。这样过了半个月的光阴，增辉终于恹恹地病倒了。他的病很奇怪，昏昏沉沉地只想睡，不想吃，不想喝，但身上却没有什么热度，好像失掉了灵魂的样子。经过医生诊治之后，也说不出究竟是什么的病症。爱娟心中虽然有些明白，但也不能说出来。眼见增辉的病情一天一天加重，可怜胡文正夫妇俩的心中真是急得走投无路，暗暗叹息着。因为儿子已经不幸死了，好容易招了一个乘龙快婿，谁知道又会生了这样沉重的病，万一女婿也不幸死了，这……岂不是完全没有希望了吗？爱娟心中当然也非常悲伤，这天在床边服侍增辉喝药汁，增辉摇摇头，逗她一瞥凄凉的目光，低低地说道：

"爱娟，我这个病绝不是喝药就会好起来的，所以我也不要再喝什么药了，反正做人也没有什么滋味，早死迟死，也无非是时间问题而已……唉，人生本是一个梦啊！"

"你倒说得好干净的，要知道你一死之后，叫我一个人留在世界上怎么办呢？你一点没有可怜我之心，我觉得你也未免太狠心了！"

爱娟听他这样说，好像完全是存了一个死的念头，一时在无限怨恨之中，又掺杂了无限的悲痛，只觉心酸触鼻，话还没有说完，眼泪先滚滚掉了下来。增辉深深地叹了一口气，颤抖地握住了爱娟的手，垂泪说道：

"爱娟，我确实是太对不起你了！想你待我的好处，真是情深意蜜，但我却要无情无意地抛弃你死了，唉，我……也只好待来生报答你了！"

"哼！今生尚且这样没有情意，再说什么来生呢？增辉，你是一个年轻人，你也不要一味太痴想啊！难道你就忘记了青年在社会上所负的责任了吗？"

爱娟冷笑了一声，用了责问的口气，向他哀怨十分地说。增辉听了，却不再作答，把眼皮竟慢慢地合上了。

爱娟见他痴到这个样子，一时暗暗地想了一回心事，流了一回眼泪，觉得增辉的相思已经是入了骨髓。倘然目的未遂，看起来他的生命果然是危险了，万一他不幸死了，那我不是和莹英一样要做寡妇了吗？事到如今，我也只好来救他一救，再不能袖手旁观了。爱娟想定主意，便收束了眼泪，悄悄地走到父母的房中来。这天文正没有出去，和胡太太正在说增辉的病不知怎么医治才好，此刻见爱娟进房，遂连忙问道：

"爱娟，增辉的病怎么了？今天可曾好些了吗？"

"爸爸，他这个病恐怕不会好了……"

爱娟凄婉道，大有盈盈泪下的样子。文正夫妇不约而同哎呀了一声，慌慌张张地说道：

"孩子，你不要胡说八道，一个人小病小痛总是免不了的事情，你怎么随随便便咒念他呢？我想明天再换个医生诊治诊治。"

"爸爸，妈，他这个病是一种心病，就是请一百个医生来医治他，恐怕也不见得会有什么效验的。唉，说起来总是女儿的命苦了！"

胡文正听女儿这样说，一时倒愣住了，不禁皱了眉头，吸着烟卷，在室内踱了一会儿方步方才回头望着爱娟问道：

"那么你知道他生的什么心病呢？"

"他……他……这个心病……"

"孩子，难道有说不出口的事情吗？你快些告诉我们，我们可以设法医治他呀！"

胡太太见爱娟的脸上有为难的颜色，似乎支支吾吾地不肯说出来，一时急得什么似的，向她再三地追问。爱娟在无可奈何的情形之下，只好把增辉相思嫂嫂的话说了出来。文正和胡太太这就又大吃一惊，都有恼恨的表情，文正忍不住先怒冲冲地说道：

"这……这……话是打哪儿说起的呀？我见增辉平日为人倒很端正，谁知他竟存了这种歪曲的念头，真是岂有此理！他即使死了，那也是该死，该死啊！"

"唉，知人知面不知心，我们这样厚待着他，他还有这种非分的妄想，我们别的姑且勿论，在人情上说，他也太对不住女儿啊！爱娟，你为什么不劝他不骂他，使他头脑子清楚清楚才好？这种事被外界知道，岂不是要当作笑话讲了吗？"

爱娟听父母都非常生气地回答，连自己都被他们埋怨在内了。这就深长地叹了一口气，满面显出悲哀的情绪，低低地说道：

"说起来当然也有一个原因的，增辉他无缘无故当然不会生这种病症。"

"是什么缘故，难道莹英在勾引他吗？"

"不，不！爸爸，你怎么误会到这个头上去呢？"

"那么到底为了什么原因？你快些告诉我吧，我心里真是急都急死了！"

胡文正一面猛吸着烟卷，一面迫不及待地问她，他的身子还像热锅上蚂蚁似的在室中团团地转圈。爱娟于是把增辉和莹英过去的情爱，向文正夫妇说了。并且说增辉所以流浪到上海来吃这些劳苦，也完全是为了莹英的缘故，一面又说道：

"爸爸，你当初向增辉提亲的时候，增辉不是跟你声明他还有一个从小一起长大的女朋友吗？谁知道这个女朋友就是莹英！我对于这件事本来并不知道，只是增辉告诉了我，方才晓得。他还说，爸爸曾经答应他娶两个妻子，不知道爸爸果真曾经说过这一句话吗？"

"这……这……些话，我并不抵赖，我确实曾经答应过他的。但是当初我又怎么料得到莹英就是他从小的爱人呢？"

文正听了他的话之后，心中方才恍然大悟，但一想到莹英已经是做了胡家的媳妇了，那如何还可以再嫁给增辉呢？所以他急得连连叹气，忽然又想到了什么似的，接着说道：

"爱娟，我记得了，当时我曾经说，假使他女朋友没有嫁人的话，我就答应增辉也娶她做妻子。不过，莹英现在已经嫁人了，而且又成了寡妇，你想，这当然是不可能的了。"

"爸爸，你错了，莹英实在还没有嫁过人呀！"

爱娟这一句话听到文正夫妇的耳朵里，两人都又奇怪地呆呆愣住了，遂不约而同急急问道：

"爱娟，你这话是什么意思？莹英不是你的嫂嫂吗？她怎么能说没有嫁过丈夫呢？"

"莹英其实只能说给哥哥做了三个月的看护，因为她并没有和哥哥做过夫妻，她实在还是一个小姑娘呀！"

"什么？你……这些事情如何知道的呢？"

文正不胜惊讶的神气，急急地问。胡太太也呆呆地愣住了，望着爱娟的粉脸出神，好像静待她说出来的样子。爱娟遂低低地说道：

"哥哥在肺病疗养院临终的时候，他含了眼泪对我说，他说莹英

118

还是一个处女，她只不过和哥哥做了三个月的挂名夫妻。现在哥哥死了，假使叫一个女孩儿家为他守这一辈子莫名其妙的节，在哥哥心中是反而增加无限的痛苦。恐怕哥哥死了之后，还有害人终身的罪恶，那么来生难免仍旧要做一个短命鬼。为了这个，他向我嘱咐，叫我做一个见证，在爸妈那儿代为劝告，希望爸妈把莹英好好地另嫁他人，那么哥哥虽在九泉之下，他也深深地得到安慰了。爸妈，女儿这些都是实话，所以叫莹英一个姑娘身子，而担负了寡妇的名义，实在也太冤枉了！"

"你这话到底是真的，还是编造出来的呢？"

文正听了，还有些将信将疑，皱了眉头，一本正经地问。爱娟显出认真的态度，点点蛾首，说道：

"我若有半句谎话，我一定不得好死！"

"奇怪，我想不到宗祥这孩子有这样的好德！照理说，我的儿子也不该如此短命而死啊！"

文正听女儿罚下了重誓，方才相信是真的了。一时觉得宗祥实在是个有理智有德气的好青年，因此心中不免又伤心起来。当他说了这两句话，大家忍不住又落了一回眼泪。爱娟这时又说道：

"况且上次又是我和莹英一同拜堂的，所以这和哥哥可说是丝毫都没有关系。假使我和莹英同事一夫，我以为这也是一个预兆哩！爸爸、妈，你们若答应了，一面固然救了增辉的性命，一面也救了莹英的终身，同时你们嫡亲的女儿，也不会做一辈子的孤孀。因为增辉一死，我的前途也不是完全呈现了黑暗了吗？就是胡家的一脉香烟，从此也都完了！爸爸，你要为几方面都着想，我觉得你应该发发慈悲心，千万答应了吧！"

爱娟这一番话，把文正一颗固执的心也慢慢地说得活动起来。他伸手摸着人中上的胡须，沉吟了一回，回头向胡太太望了一眼，低低地说道：

"哎，你听爱娟倒也很有道理，但你的意思也以为好吗？"

"既然莹英还是一个姑娘之身，那么当然也不忍心叫她过一辈子凄凉的日子。况且要救女婿的病，更要救我爱娟的前途，这都是连带着切身的关系，所以我也非常赞成，就答应这样办吧！不过，莹英的心里肯不肯改嫁，这当然也得征求她的同意才好。"

"妈，你放心，我们只要向她劝劝好了，我想她也一定肯答应的。此刻我去把莹英拉下来，我马上跟她说明了吧！"

爱娟听父母都有答应的意思，这就破涕为笑，也不等爸妈再说什么，便匆匆地奔到莹英房中去了。这里文正接连着吸了一支烟卷，微微叹了一口气，说道：

"唉，真没有办法，为了救女婿的性命，为了救女儿的终身，更为了救一个可怜的姑娘能够得到终身的幸福，我……也管不得许多了，不过仔细想来，那实在还是一件功德无量的好事情哩！"

"是的，这确实是件好事情，否则，我家不是又要造成大悲剧了吗？"

文正和胡太太在彻底一想之下，倒又觉得欢喜起来，因此脸上都不禁挂了一丝笑意。正在这个时候，爱娟拉了莹英的手，匆匆地走进房中来，莹英边走边说道：

"妹妹，你拉我到这儿来有些什么事情呀？"

"爸爸有事情跟你商量。"

爱娟这才放下了手，微笑着回答。莹英向文正夫妇请了安，叫了一声爸妈，然后有些猜疑的样子，低低地问道：

"不知道叫媳妇有什么事情商量呢？"

"哦！哦！事情是有一点……莹英，你先坐下来吧！"

文正对于腹中这一层意思，当然是很不容易说出来的，所以他被莹英问得真有些窘住了。他支支吾吾地向胡太太望了一眼，胡太太似乎也有些说不出口，呆呆地出神。莹英虽然在椅子上坐下了，但心里却忐忑地跳个不停，因为猜不透他们究竟是什么意思。文正在万不得已的情形之下，只好愁眉苦脸的样子，低低地说道：

"莹英，你瞧增辉病得这样可怜，给他请医吃药，总是没有什么效力，你想怎么办才好呢？"

"爸爸，这……这……叫我有什么办法呢？"

莹英想不到原来是为了这件事来跟自己商量，一时倒不禁为之愕然，绯红了两颊，急得有些口吃地回答。文正自然也被她反问得语塞了，他用手摸着下巴，好像一筹莫展的神气。胡太太觉得这个时候，应该是自己开口说话了，于是低低地说道：

"莹英，你不知道，增辉这孩子竟是生了心病，心病非心药不医，所以我们实在没有办法，只好来和你商量，千万请你帮帮忙才是啊！"

"妈，我……我……又不是医生，那叫我有什么能力来帮忙呢？"

莹英听了胡太太这一番话，她那颗芳心益发像小鹿般乱撞起来，但表面上还故作不明白的神气，焦急地回答。爱娟这时也忍熬不住插嘴说道：

"姊姊，我老实对你说了吧！增辉是害了相思病，他想的就是你！"

"啊，妹妹！你……"

"姊姊，你不用再说什么话了，增辉全都告诉过我了，你们本来是一对有情人，只是在旧式婚姻的强迫之下，硬生生地把你们拆开了。"

爱娟不等她再说下去，就向她老实道明。莹英这就无话可答，两颊已绯红得像朵玫瑰花了，沉吟了一会儿，方才徐徐地说道：

"不过我现在是你的嫂嫂，是胡家的媳妇了……"

"不，你错了，哥哥临终时候说的话，你大概总也听清楚了吧？他说并没有和你同过床，你根本还是一个姑娘，所以哥哥绝对不希望你给他守节，因为如果他害了一个姑娘的终身，这使他死后会感到万分不安，哥哥完全是叫你另外嫁人的意思。况且当初结婚的时候，又是我跟你一同拜天地的，那么按照实际而言，你和我哥哥可说是绝无一点夫妻的关系。所以在这三个月之中，你只能算是我们请来的特别看护，你现在嫁人，完全是堂堂皇皇，并没有什么可耻呀！"

"爱娟这话说得对极了，莹英，你千万答应了吧！"

文正在旁边又附和着说，表示赞成的样子。莹英沉思了一会儿，觉得既然是公婆的命令，又是爱娟竭力要求的，那给我的岂不是一个踏上幸福之路的好机会吗？我又何乐而不为呢？这样想着，她芳心中暗暗欢喜，不过她表面上是绝对不显露一些欢悦的痕迹的，还故意连连地摇头，说道：

"话虽不错，但我到底已经有个舅嫂的名分，如今要我下嫁姑爷，被外界知道了岂不是要当作一件新闻资料吗？那我实在觉得没有脸做人呢！"

"莹英，你上次结婚根本没有举行过什么婚礼，也没有发过喜帖、办过喜酒，其实外界也并不知道你是我家的媳妇呀！所以对于这一点，倒也可以不用顾虑的。"

"对呀，现在我还有一个两全的办法，就是把你先认作女儿，然后再让你跟增辉结婚，这样不是更加名正言顺了吗？"

"哈哈，太太，你这个法子想得更好了，我赞成，我赞成。莹英，不知道你也愿意有我们这样的父母吗？"

莹英听文正夫妇你一句我一句地说着，完全是一片真心叫自己嫁给增辉的意思。一时心头除了万分喜悦之外，更有说不出的感激，但终觉得羞人答答的有些说不出口，因此垂了粉脸，默不作声。爱娟见她这个神情，心里知道她已有默允的意思，但为了要她有个明白的表示，这就拉了她的手儿又苦苦地哀求道：

"姊姊，你就答应了吧！为了救增辉的性命，为了救我的终身，你千万发发慈悲心！只要你肯委屈答应，我情愿让你为大，其实我本是叫你姊姊的。姊姊，你虽然铁石心肠，你多少总也有一些感动吧？姊姊，假使你再不答应，那么我只好向你跪下了！"

爱娟说完了这些话，她也觉得自己是受了过分的委屈，一面跪下，一面眼泪像雨点般滚落下来。莹英慌忙站起身子，忙把爱娟扶住，因为是感动过分的缘故，她抱住了爱娟，却忍不住呜呜咽咽地哭泣起来了。莹英这一哭，倒害得大家又落了不少眼泪，爱娟知道她是感激的意思，芳心中倒也着实得了一些安慰，遂含泪又问道：

"姊姊，那么你答应了是不是？"

莹英方才哽咽了语气，低低地回答，爱娟这就破涕为笑，拉着莹英把她身子推了推，说道：

"姊姊，那么你快快先拜了爸爸和妈吧！"

"爸爸，妈！"

在这个情形之下，莹英是没有办法的，只好向文正夫妇跪了下去，亲亲热热地叫唤。文正和胡太太又喜欢又伤心，笑容和眼泪一同浮上来，一面把莹英扶起，一面说道：

"好女儿！起来，起来！我……死了一个儿子，总算是多着一个女儿了！"

"姊姊，你既然答应了，那么此刻快跟我到房中去安慰安慰增辉吧！他见了你，病一定会好起来的！"

爱娟听爸爸这样说，恐怕又引起大家的伤心，于是拉了莹英的手，一面说，一面又急匆匆地把她拖到楼上来了。爱娟将莹英推入后厢房之后，便关上房门，连自己也躲避到房外去了。这时天已入夜，莹英伸手拉亮了房中的电灯，当她走到床边的时候，那颗心跳得真厉害，同时全身每个细胞都感到紧张万分。她悄悄地向床上望了一眼，见增辉有些昏迷不醒的样子，这就感伤地叹了一口气，含了泪水，低低地唤了两声增辉，说道：

"你要吃些什么吗？"

"爱娟，我什么都不想吃。"

莹英见他闭着眼睛回答，知道他把自己当作了爱娟，遂凄凉地又低声说道：

"那又何苦来？增辉，你难道为了莹英这个苦命女子，真预备着死吗？"

"她苦命，我也苦命。爱娟，你也苦命呀！唉，我这个病不会好了，我知道我太没有情义，我只好对不起你了！"

"增辉，你怎么老是叫我爱娟？你也睁开眼睛来向我仔细看看呀！我到底是什么人呢？"

增辉在昏沉之中听到了这两句话，于是把两眼睁开，向床边的莹英望了一眼，这似乎使他感到了意外的惊喜，他的精神立刻充足起来，猛可地跳起身子，忍不住呀的一声。莹英情不自禁坐到床边，增辉这就把她紧紧抱住了，叫道：

"你……你……是莹英吗？"

"增辉，你别忘了你身上有着病呀！"

"不，不！我的病没有了！我一见到了你，我的病完全没有了。莹英！我想不到你会来看望我，我们莫非在梦中吗？"

增辉紧搂着莹英的身子，把脸在莹英颊上横贴竖贴，这情景好像要把莹英整个人吞吃到肚子里去一样，莹英又喜又羞赧然说道：

"哪里是做梦呢？这完全是事实。增辉，你不要太兴奋了，快躺下来休养着吧！"

"啊，天哪！莹英，你……莫非肯嫁给我了吗？"

"不，我是来服侍你的病的，我……怎么能嫁给你呢？"

"什么？你……不是嫁给我？那……我……又什么全都完了！噢唷！噢唷！我的病又重新沉重起来了！"

莹英见他惊喜欲狂的神情，这就故意刁难他，不料增辉听了，他的两颊果然又惨白起来，手按着额角，万分失望地说了这两句话，身子又要倒向床上去了。莹英连忙抱住了他，恨恨地白了他一眼，又笑又嗔地说道：

"我见你病好得快，也生得快！这到底算是什么病呢？"

"这……这是刻骨相思病，莹英！我没有你，我实在不想做人哩！因为这个病一生起来，吃药像吃水，根本没有效力。除非你心药一到，我就马上能起床明儿好办公事去呢！"

"我不相信世界上竟有这种怪毛病，无非是假痴假呆吓吓人罢了，增辉，你真是一个老面皮，难道不怕难为情吗？"

莹英一面俏皮地说，一面把手指在他颊上一划，秋波还逗了他一瞥妖媚的娇嗔。增辉却倒向她的怀内，像孩子撒娇似的，说道：

"嗯，莹英，那么你到底嫁不嫁给我呀？"

"你这个冤家，我就老实告诉你吧！"

莹英方才抚着他的脸，低低地把自己还是一个姑娘之身并爱娟和爸妈苦苦哀求的经过，向增辉告诉了一遍。增辉心中这一快乐，心花也不免朵朵乐开了，搂着她的脖子，笑嘻嘻地说道：

"莹英，你原来还是一个处女吗？这……这……我真是太兴奋了！我……我……的病已完全好了，莹英！从今以后，我们两人再不要分离吧！"

"增辉，你放心，我再也不会让你们分离了！"

这回答的声音却不是出自莹英口中，原来爱娟已悄悄地推门进房，满面现出神秘而欣喜的微笑，低低地说。莹英这一羞涩，早已推开增辉，起身躲避，但增辉却跳下床来，竟向爱娟跪了下去，急得爱娟连忙奔向前去，把他仍旧扶到床上，急道：

"做什么，做什么，你难道疯了吗？"

"爱娟，我没有疯，我实在是太感激你了！我觉得你真是世界上一个最多情的姑娘，叫我不是感到太幸福了吗？"

"增辉，希望你从此努力上进，至少在社会上要干一些有益的事业才好，那么我们姊妹俩的心中才能得到无上的安慰哩！"

"妹妹的话真是金玉良言，现在我称心满意、喜气洋洋，但愿天下有情人都成眷属，从此在这人间再不要发生悲剧，那是我一百二十分的希望哩！"

增辉一手拉了爱娟，一手拉了莹英，左顾右盼，只觉两个娇妻好比桃李争艳，一时无限甜蜜，心花怒放，情不自禁地说出了这几句得意的话。这时他们三个人紧偎在一起，偶然抬头望到窗外的天空，只见那轮光圆的明月，展着玉洁芳容，也正在对他们微微地发笑哩！

春生谷暖

一　柳浪闻莺无意惊双美

一个暮春的天气，在这西子湖畔的风景，真是幽美极了。草长莺飞，鸟语花香，青青的山，绿绿的水，衬着蔚蓝的天、电光色的白云，这一切一切的景物，是够使人陶醉的了。湖水像一个无忧无愁的安闲人儿，她始终很平静的并不起一些儿波浪。偶然一阵和暖的春风吹来，那湖面上也不过略为起了一些波纹，接着又像一面澄清的圆镜般的差不多连人面孔上的嘴眼耳鼻都可以找得出来。

斜阳的光芒，是带了一些赭红颜色，它从西半边的天际里照映着整个的湖面，使那微微地动荡着的湖水，更添了不少金银的光彩，仿佛千百条的彩色小蛇儿，在湖水中忽吞忽吐地活跃着。这时湖面上边驶行着游船，船顶上张着白白的布棚，此刻也映成粉色的颜色，远远望去，好像是幅天然五彩的油画，这就无怪那些骚人墨客，要在这幽美的境界流连忘返了。

其中有一只游船里坐了两个豆蔻年华的少女，她们美目流盼地欣赏着这黄昏中西子湖的晚妆，觉得更有一种说不出妩媚而娇艳的风韵。那一个稍长的姑娘，穿着一件湖色爱国布的旗袍，装束非常的朴素。头发并没有烫得十分卷曲，但乌油滑丝的却十分光洁。头顶上扎了一根湖色的丝带，所以春风虽然不停地吹拂她，她的云发也并不过分的散乱。她的脸是个鹅蛋形的，皮肤相当细腻，所以她虽然并没有涂着脂粉，但也令人感到十分美丽可爱。她的眼睛非常活泼，时时地透露着一种热情，这热情的光芒给予每个人的心头有种暖意的安慰。还有一个较矮的姑娘，她的装束，要摩登得多。头发烫成波浪形的，绯红的胭脂，把她的两颊涂成了一个苹果似的。小嘴儿抹着唇膏，娇滴滴的仿佛一颗四月里的樱桃。她掀着嘴儿，老是浮泛着甜蜜的微笑，这微笑使人感觉有诱惑的成分。她回过头来，望了那个朴素的姑娘一眼，低低地说道："秋兰，黄昏降临下的西湖更觉美丽可爱了，我想假使在晚上来游湖，那当然另有一种幽静的景色吧！"

"是的，不过天上最好要有挺大的月亮，那时候三潭印月是再好也没有的了。假使月色不明亮，黑黝黝的那就没有什么意思了。白苹，你要在月夜玩三潭印月，那你就住在我的家里，这样机会比较多一些。不过我家地方很小，你住着一定会感到不很舒服的。"

秋兰听她这样问自己，遂点点头儿，微笑着告诉着说。那个白苹哧地一笑，秋波斜乜了她一眼，又嗔又笑地说道："你听，你听，我还没有说住在你府上哩，你就拿地方小的话来拒绝我了！"

"啊呀！你这个鬼丫头，真不是好人，我倒是实在的话，你却来挖苦我。我……可不依你，非得叫你讨饶不可！"

她们两人原是并肩而坐的，秋兰叫了一声啊呀，气鼓鼓地说，一面伸手到她胁下去胳肢，呵她的痒。白苹最怕的就是肉痒，所以倒在她的怀里，咯咯地笑得透不过气来，只好央求着说道："好姊姊，我下次不说了，你饶了我吧！当心船儿翻了身，我们变成落汤鸡了！"

"好！我就饶了你，不过，你今夜得宿在我的家里。"

秋兰这才扶起她身子，很得意地说。白苹沉吟了一回，把手儿理着弄乱了的云发，很正经地说道："只怕我姑妈心里要着急，还以为我真的掉在湖里了呢。"

白苹被她这么一说，急得粉脸儿更加通红了，嗯了一声，秋波逗了她一个娇嗔，身子又滚到她怀内去，缠绕着说道："我不要，我不要，自己老同学，还说什么这些俏皮话呢？你这人嘴儿终是那么尖利的。我要如……那我一到杭州，也不会急急地来望你了。"

"小妹妹，别生气，我跟你说着玩儿的。不过，你假使真的还把我当做老同学看待，那你就不妨在我家里住几天。"

秋兰见她噘着小嘴儿，显然有些生气的意思，这就含了笑容，向她又低低地说好话，一面又正经地劝她住到自己家里去，表示十分亲热的样子。白苹连忙说道："今天我出来的时候，并没有跟姑妈说好了，所以我不得不回去的。否则，叫姑妈报告警察局四处乱找人，那不是笑话？我想明后天向姑妈说定了，那时我一定来你府上打扰几天，你说好吗？"

"我绝不会说不好，只要你心里愿意。"

秋兰还有些怨恨的样子，微嗔地说。白苹却靠着她肩头，兀是淘气地笑着，说道："我愿意，我怎么不愿意？我愿意娶你做妻子，跟我永远在一块儿过日子呢！"

"啐！女孩儿家，你说得出来，不怕难为情吗？"

白苹已经说出了口，也觉得女孩儿说话未免失了检点。此刻被秋兰这么一取笑，自然格外地感到难为情，绯红了两颊，把脸在她怀内乱藏，忍不住又哧哧地笑个不停。秋兰见她这一阵子嬉笑，船身也随着颠簸起来，于是连忙又说道："好了，好了，我们规规矩矩的，谈谈正经的吧！"

"这话倒不错，我先问你，我们分别了三年，你可会有个知心的好朋友了吗？"

白苹坐正了身子，秋波逗了她一瞥顽皮的媚眼，笑盈盈地问。秋兰听她话中分明又有些吃豆腐的成分，这就娇嗔地笑道："这算是正经的话吗？我瞧你呀，这小姑娘三年不见，真是有些儿变的了！"

"啊呀！我这些话难道有什么不正经的地方吗？我说你呀，自己存了歪心眼儿，所以把这好朋友三字误解了，比方说，我们之间，能算好朋友吗？"

秋兰听她这么一解释，倒是弄得哑口无言了。遂又恨又爱地白了她一眼，抿嘴笑了笑，指指她额角，说道："上海到底不是好地方，瞧你只有去了三年，就学得这么油腔滑调了，要知道再过三年的话，保险你知心好朋友有三四打……"

"嗯，你是好人，你就该这么的取笑我吗？我不依，我不依！"

"咦！咦！你这话奇怪了，我取笑你什么呀？难道你把知心好朋友五个字也误解了吗？那你这人未免是只有自己，没有别人的了。"

白苹于是也无话可答，笑了一笑，恨恨地逗给她一个娇嗔。秋兰握住她的手儿，扬了眉毛儿，乌圆眸珠一转，得意地笑道："你不用怨恨我，这是我学你的好样子呀！"

"好，好，我佩服你的聪明。你这人真是一些不客气的，照理说，我们老同学三年不见了，现在碰在一起，应该亲亲热热地谈谈才对，怎么你倒尽管跟我吵嘴呢？"

"你不知道，欢喜冤家见了面，才是这样又亲热又吵嘴的。"

秋兰这两句话，说得白苹方才又咻咻地笑了一阵。白苹偎了她的身子，两人呆呆地向澄清的湖水望着出了一会子神。黄昏的空气是很静悄，小鸟儿三五成群地掠空飞过，低鸣着安息的晚歌。游船慢慢地靠近了岸边，秋兰向那边一指，说道："前面就是柳浪闻莺，我们要不要上岸去游玩一回？"

"好的，几年不到杭州，觉得杭州的景致更加美丽了。"

两人说着，遂吩咐舟子把船靠近岸旁，携手一同舍舟登陆。叫舟子稍等片刻，她们便到柳浪闻莺那儿去了。这里是个亭子的模样，里面立了一块碑，上书"柳浪闻莺"四字。抬头见四周景物，清静幽雅，柳树成荫，有不少黄莺儿，穿梭般地在柳丝中飞来飞去，歌唱着婉转悦耳的鸣声，使人心怡神旷，十分的快乐。白苹在草地上倒身躺下，向秋兰招招手，笑道："这天然的席梦思，软绵绵的多舒服啊！来吧，我们一同来躺着休息休息。"

秋兰遂也笑盈盈地坐了下来，两手环抱了膝踝，抬头望着蔚蓝的天空，好像静静地在听黄莺儿歌声的样子。白苹见了，哎了一声，笑道："秋兰，从前你在学校里音乐成绩特别的好，歌声一起，同学们都把你誉为金嗓子。今天在这么幽美的境地里，我想请你唱一曲歌给我饱饱耳福，不知你肯不肯唱给我听听吗？"

"好久不唱歌了，恐怕现在唱不好了。"

"又不是叫你登台表演，就是唱得不好了，那也没有什么关系啊，难道还有什么人会闹退票吗？"

白苹含了笑容，向她絮絮地怂恿着说。秋兰点头说声"也好，我就试试，反正这儿没有什么闲人在着"。她一面说，一面又咳了一声，想了一会儿，忽又问道："我唱什么呢？"

"唱个《想郎》也好。"

"小鬼！你狗嘴里又长不出象牙来，我可不唱了！"

秋兰红晕了粉脸儿，恨恨地骂了一声，扬手要去打她。白苹却把身子一滚，躲了开去，一面又哧哧地笑个不住，说道："谁叫你问我的？我并不是说你想情郎，我是叫你唱个《想情郎》。你把歌簿子翻开来找寻找寻，《想情郎》不是也有的吗？"

"这种歌词儿我可不情愿唱。"

"那么你要唱什么就什么，反正我没有指定你唱什么，只要你唱一曲我听听，也就是了。"

白苹把身子又从草地上滚回来，一本正经地说。秋兰见她穿的是件苹绿软绸的旗袍，完全还是新的，这就又说道："当心衣服被枯枝儿弄破了，不是怪可惜的吗？"

"这软绵绵的天然席梦思，哪儿来枯丫枝呢！你别打岔儿了，快唱吧！"

"那么我来唱个父母子女主题歌。"

秋兰凝眸含颦地想了一回，低低地说。白苹点头说好。秋兰这就微仰了脖子，两眼望着天空中的朵朵白云，轻声樱口地唱道："春天儿美丽，春天儿妙；春天儿快乐，春天儿好！春到人间乐逍遥，大地的万物生长了！小鸟儿，吱吱叫，孩子们，哈哈笑，无忧无虑在欢跳。算一算年纪大家也不小，父母子女合作好。合作呀！合作呀！合作呀！合作！"

白苹听秋兰很曼妙地唱着，其声铿铿然，真仿佛百啭黄莺，悦耳动听，洵不愧为金嗓子。正欲叫好的时候，忽听远处先来一阵拍手的声音，飞渡耳际。白苹秋兰都很奇怪，遂连忙回眸望去，只见那边柳树旁站了一个俊美的少年，穿了一套笔挺的西服，满脸含了微笑，还在拍手称好。秋兰想不到会被一个陌生的男子听到了，芳心自然非常的难为情，这就红了脸儿，不知怎么才好地垂下了粉颊，默不作声。白苹见那男子还慢慢地走了过来，于是从草地上一骨碌翻身跳起，表示有些恼怒的样子。那少年走到了她们面前，便开口笑着说道："你这位小姐歌儿唱得真好极了，请教贵姓呀？"

"咦！你这人真是太奇怪，我们唱我们的，你走你的路，好不好与你有什么相干？陌陌生生的就问人家贵姓呀！嘿，你真有些儿神经病！"

白苹说话倒是相当的干脆，把柳眉微微地一竖，秋波逗了他一瞥娇嗔，冷笑着回答。这叫那少年倒是弄得没有落场势了，也不由得红了脸儿，搓搓手儿，讪讪地一笑，向她们鞠了一躬，还连说了两声对不起。他回转身子，便只好匆匆地走了。秋兰瞧了这个情形，心里很觉得痛快，遂拍手笑道："白苹，真有你的，给他碰了一鼻子的灰，叫人瞧着，心里多高兴的。这种七搭八搭的少年，就不是一个好人！"

"可不是？幸亏你刚才没有唱《想情郎》，否则，倒让他得着便宜了。"

白苹说话真是淘气，她在一本正经之中免不了还是开玩笑。秋兰这就急起来，骂了一声烂舌根的！她便站起身子，伸手去打她。但白苹咯咯的一阵子嬉笑，她早已像小兔子那么的逃开去了。秋兰不肯饶她，遂也随后追了上去。两个人一个逃一个追，在柳树蓬儿里团团打打圈子。追到后来，你也累了，她也乏了，白苹跌在草地上，秋兰也扑在草地上，两人扭股糖儿似的闹在一堆，大家又哧哧地笑个不停。白苹只好央求着连连告饶，秋兰才放了她身子，两人坐在草地上，但酥胸一起一伏的，大家却还不住地喘着气。过了一会儿，白苹说道："时候不早，我们回去吧！"

两人方才携手儿回到湖边，一同跳下游船，让舟子把她们划回去了。游船回到湖滨公园旁边，秋兰付了船资，和白苹一同跳上岸来。这时公园里游人，红男绿女，还是十分拥挤，有的还拿了照相机摄着小照。白苹说道："我明天到姑妈家里也带了照相机来大家一同拍照好吗？"

"那么你今天一定不住到我家去吗？"

"我说好明天住到你家来，那就再不会失约的了。秋兰，我进城还得好些路呢！那么我先回家了。"

"我给你雇车子吧！"

"不用，我自己一路上会讨到的。"

"不行，你要被他们刨黄瓜儿呢！"

秋兰笑嘻嘻地说。两人遂步出了公园，给白苹讨好了车子，付了车钱，方才握手分别。这儿秋兰一个人慢步地踱回家去，斜阳照着她自己的影子，在沙泥路上拖得长长的。此刻秋兰的心头，却又感到孤寂的悲凉，晚风拂面，颇觉有些寒意，忍不住微微地叹了一口气。

秋兰的家是在涌金路的尽头，那边是一个小小的村庄，完全是包含了乡村的风味。有一条曲曲折折的阡陌路上弯到了秋兰家的院子门口，两旁植了好多株柳树，柳树中也隔植了红红的碧桃，所以那边风景也很美丽的。

院子里也经过一番人工的布置，所以也有假山，也有花坛。花坛里种着春天里的花朵，红红黄黄，点缀在绿油油的叶子里，颇觉鲜艳夺目。那边还有一个葡萄棚，上面已盖满了绿叶。棚下有两张竹椅子，中间隔了一张圆茶几，几上放了一只金鱼缸，里面有几条挺大的金鱼，倒都是名种。假使在月色很好的夜里，在这儿坐着纳凉赏月，这是再舒服也没有的了。

客厅上陈设，家具虽已陈旧，但布置得窗明几净，微尘不染。单瞧着壁上的山水字画，也可以猜想着屋子里主人是个风雅清高之士。原来秋兰的爸爸崔士钊在过去倒是个举人出身，旧文学当然相当广博。自从废去科举制度后，他便从事教育，在高级师范学校干了二十多年的粉笔生涯。近年来因为患了风病，手脚都不甚活络，所以他不得不辞了教职，在家里静静地养病。今春风病略为好些，他每天早晨起得很早，整理那个院子，种种花草，玩玩金鱼，所以倒也逍遥自在。兴来时，喝几杯酒，吟几首诗，颇为自得其乐。

秋兰跨进院子，便见她家的老仆妇李妈，弯了背脊，在水缸里舀水。那张石凳上还放了一只淘米罐，似乎舀水预备淘米的样子。于是问道："李妈，爸爸呢？"

"小姐，你回来了？怎么，那位白小姐没有一同回来吗？老爷被张家二叔叔约了一同出去喝酒了。"

"白小姐今天仍旧住到她姑妈家去，明天才住到我家里来。"

秋兰一面说着话，一面走进客厅。她在椅子上坐下，觉得游玩比工作更觉吃力。此刻在椅上坐下后，却感到一阵舒服，她再也不想站起身子来了。一个人坐在屋子里，那当然免不了涌上许多思潮。她想到了三年不见的白苹，从前是跟自己一样朴素，但到了上海去之后，她竟也学上了摩登，可见上海真是一个繁华的地方，容易改变一个人的性情。白苹的家境本来也并不十分富裕，但今天听她口气，显然她们在上海是住着小洋房了，显然她的爸爸在这三年中一定发了财。据白苹告诉我，我们这一辈的同学，有的考大学，有的在银行或公司里做职员了，也有做人家的太太，在她们的环境，可说都有了变化。但只有我这个人，还死沉沉地株守家园，并没有一些儿发展。自从去年母亲死了之后，我这个家就更加的离不开了。秋兰这么想着，她那颗处女的芳心，也会激起一阵无限的哀怨。尤其在这寂寞的黄昏里，更加感到空虚的悲哀，觉得自己这美丽的青春，在春花秋月中等虚度，实在是太可惜一些。她全身微颤了一下，忍不住深长地叹了一口气。

"阿兰！阿兰！有客来啦，快来迎接吧！"

突然一阵叫声，惊醒了秋兰的思潮。暗想：这不是爸爸叫我的声音吗？到底是哪个客人来了？秋兰一面想，一面站起身子。方欲向外走出，只见爸爸带领了一个西服少年已由院子里进来，这时天色已有些昏暗，所以秋兰还有些瞧不清楚那少年的脸儿。士钊却先笑呵呵地介绍着说道："这是我女儿秋兰。阿兰，过来见见这位高乐明先生，他从前也是我的学生子，今天很凑巧，我在回家的路上，竟遇见了他。起初我还不认识他，因为我们差不多有六七年不见了，倒是他认识我，叫我一声崔老师。我在盘问之下，我才想起来了，高乐明从前在学校里是个聪明的学生呢！"

崔士钊滔滔不绝地说着，表示他年纪虽然已近花甲，但记忆力还相当不错。秋兰在爸爸说了这么一大套话儿之下，当然把那少年的脸儿也瞧得很清楚了，一时芳心别别乱跳，几乎啊的一声要叫出来了。你道为什么？原来那少年也不是别人，就是在那柳浪闻莺那儿刚才请教她们贵姓而被她们碰钉子的那一个男子。这时高乐明也把秋兰认出来了，他的心比秋兰跳得更快速，连两颊都有些热辣辣的发烧起来。为了避免这不好意思，他只好显出毫不介意的态度，很有礼貌地向秋兰鞠了一躬，一面含了微笑，低低叫声崔小姐。秋兰当然不能装作没有听见，遂也弯了弯腰儿，还叫了一声高先生，您请坐。就在这当儿，李妈在外面似乎已经知道有客在家了，她在厨房里端上三杯玫瑰花茶来，放在桌子上，一面说道："老爷，我把油灯点上来好吗？"

"好的，李妈！这位高先生，我留他这儿晚饭，你快把酒去炖热了。"

崔士钊一面点头，一面吩咐着说。李妈答应了一声，她先点上了油灯，然后到厨房里烫酒去了。高乐明似乎有些局促，搓搓手儿，说道："崔老师，我可不好意思打扰你府上了，我坐一会儿，就走的！"

"乐明，你不用客气，我们是师生关系，说得亲热一些，我们也像父子差不多。在老师家里吃顿饭，那没有什么问题。我已两年多不教书了，我碰到了我从前的学生，我心里很高兴，我想跟你好好儿地谈谈。"

"高先生，我爸爸脾气是很爽快的，您还是别闹客气了。"

高乐明所以不肯吃晚饭，是因为担着虚心的缘故，恐怕秋兰对

138

自己仍旧存了一种恶感的意思，那自己留在这儿吃饭当然也没有什么滋味的。此刻见秋兰含了娇媚的微笑，也帮着她父亲一同劝留自己了，方知道这位姑娘的心中，并没有讨厌自己，他这才很快乐地不再说要走的话了。这时崔士钊又问道："乐明，你这几年来大学当然毕业了，现在干些什么工作呢？"

"我大学毕业之后，又转入音乐专科学校毕业，现在上海几个中学里担任教授，我还创办了一个音乐学校。"

"唔！很好，很好！你也在教育界里服务，倒可说确实是我的学生了。你知道吗？我整整已经教了二十六年的书了，瞧我的头发全都白了。不过我的学生也做了教师，那我是多么安慰呢！"

崔士钊连连点头，他伸手摸着满头白发，两眼忘了乐明英俊的脸，十分欣慰地说。高乐明很恭敬地说道："我们所以有今天这么日子，还不是老师教导之功吗？"

"哈哈！这一半也是你们自己学好的成绩，乐明，你府上还在杭州吗？"

"不，胜利之后，我们全家迁居上海了。"

"你爸妈都好？"

"谢谢老师，他们都很强健。"

崔士钊问到这里，觉得无话可问了，遂沉默了一会儿。他在灯光之下，瞧到女儿的秋波水盈盈地只管向乐明偷瞟，一时倒不免勾引起心事来了。暗想：秋兰这姑娘今年也有二十一岁了，女孩儿家一过二十岁，做父母的心里就得着急起来，况且我们又住在冷僻的乡村里，要找个斯斯文文的好人才，那可真不容易。乐明生得一表人才，而且又是大学毕业，秋兰若能配到像他这么一个好丈夫，倒也不算辱没了秋兰的好模样儿。但不晓得他有没有结过婚？我非探听探听他不可。士钊这样思忖着，遂故意笑出声音来，埋怨着自己说道："你瞧我年纪老了，记忆力真不行，你今年多大年纪了?"

"我已经二十六岁了。"

"那你当然结婚过了?"

高乐明说出了二十六岁四个字，士钊心里先冷了一半，遂有气没力地继续问他。但乐明这次回答的倒是出乎他们父女意料之外，他有些怕羞的样子，低低地说道："我还没有结婚。"

"真的吗?"

崔士钊立刻浮现出笑容来，又急急地问他。同时他瞧到秋兰的粉脸，也有喜悦的颜色。乐明点点头，却向秋兰望了一眼。秋兰自己也不明白她为什么要这样的害羞，只觉一阵辣辣的发烧，连耳根子都红起来了。士钊接着又问道："乐明，并不是我多管闲事，照你的年龄而说，不是也该结婚了吗? 怎么你父母倒没有替你定亲呢?"

"也是东说西不成的，所以一直耽搁下来。不过，我成天的东忙西忙，简直倒也没有想着这一个问题。"

高乐明微微一笑，低声儿回答。秋兰明眸脉脉地瞟了他一眼，这回子她却插嘴说道："我想高先生一定是眼界太高，所以没有一个姑娘中您的意吧!"

"这也不见得……"

高乐明想不到秋兰会这样的插嘴，遂这回答了一句，但以下也不知道该怎么的说才好，支支吾吾的却是憨然地笑着。崔士钊也说道："这年头儿女的婚姻倒也是一件大事情，我说这是受着打了八年仗的影响，大家天天过着苦日子，因此一年一年的搁下来，谁还想得到婚嫁呢?"

"老师这话就真不错，就说眼前吧，照理是国泰民安，老百姓应该可以过好日子了，但生活程度仍旧这么的高涨，有的固然是发了胜利财，但有的还是连三餐薄粥都喝不到呢!"

崔士钊听他这样说，倒着实感叹了一回。这时窗外天空已完全黑漆漆了，秋兰见李妈还没有把酒菜端出来，恐怕她一个人来不及照料，遂站起身子，匆匆的也到厨房里去帮忙了。秋兰进了厨房不到十分钟后，李妈便把饭菜端出来了。崔士钊遂请乐明坐下，乐明很不好意思地说了一句我就老实不客气了。这时秋兰手里提了酒壶，匆匆进来，走到桌旁，把桌子上酒杯里满满地斟上了，秋波向乐明盈盈地一瞟，嫣然笑道："高先生，乡村地方，没有好的菜儿款待贵客，还请您别见笑吧！"

"哪儿哪儿，我已经打扰了你们，累忙了您，真对不起得很！"

"忙什么哪，一些儿也不忙的。高先生，菜没有，淡酒多喝上两杯吧！"

"崔小姐，那么您也一块儿来喝杯好吗？"

"她不喝酒。秋兰，你就陪着吃饭吧！高先生不是外客，他是我学生，和你也就像兄妹差不多，没有关系，不必避什么嫌疑的。"

崔士钊心里因为对乐明已经有了一些意思，所以他竟很亲热地说了这几句话。秋兰点头答应，李妈给她盛上了一碗饭，她就坐在下首，陪着他们管自地吃饭了。

在他们喝酒的时候，当然又谈了许多的话。秋兰方知乐明这次到杭州完全是游春来的，他是住在西冷饭店，在杭州大概有一星期可以耽搁，就要回上海去的。崔士钊父女听了，心中颇为忧愁，因为在这么短促的日子内，彼此怎么好意思就可以谈到嫁娶的问题呢？那么乐明在回到上海去之后，彼此自然又疏远开来了，那么这头婚事成功的希望可说是很渺茫的。秋兰这么想着，她的精神会颓伤起来。但是说也有趣，老天也许有心成全他们好事吧，在他们吃毕这晚饭的时候，忽然听得一阵洒洒的声音震破了四周静悄悄的空气，只见李妈进来告诉，说外面竟在落着大雨了。

二　春夜骤雨有情留嘉宾

好好儿的天气，忽然会落起大雨来，这在乐明心中，真是感到一件烦恼的事情，他皱了眉毛儿，搓了搓手，急中生智地说道："崔老师，您借一柄雨伞给我，我马上要回去了，明儿天晴了，我会把雨伞送还给你们的。"

"我的意思，你索性多坐一会儿走吧，此刻刚落下雨来，路上怎么好走呢？"

秋兰用了温情的语气，向他低低地劝告。士钊听女儿这样说，似乎也有些明白女儿心中对他多少是存了一些好感的作用，于是忙也说道："阿兰这话不错，你此刻是不能回去的，落雨倒不要说，况且又在黑夜里，这是很不方便的。你若这么去了，我心里也放不下。"

"黑夜里倒没有关系，我身旁带着手电筒呢！"

乐明这样回答，似乎还表示要回去的样子。但这时候的雨点好像倾盆般地倒落下来，在灯光中瞧到屋檐上流下的雨水，仿佛瀑布一样，俄而千军呐喊，俄而万马奔腾，几乎天崩地裂的神气。秋兰指指窗外，向乐明逗了一瞥媚眼，笑道："你瞧这么大的雨，一柄伞儿又有什么用？你若跑回西冷饭店，保管你淋得像个落汤鸡。万一受了寒，那可太犯不着了，我劝你还是在这儿静静地坐一会儿吧！过一会儿，也许雨点会细小的。"

142

"乐明，我喜欢说老实话，你假使不嫌这儿地方小，那么你就在这儿宿一宵，且等明天那雨当然会停止了。"

"爸爸，你这个话……我们这么简陋的地方，怎么像西冷饭店那么舒服呢？高先生当然是睡不惯的。"

秋兰恐怕乐明不答应，她乌圆眸珠在长睫毛里滴溜一转，故意用了激将之法，怪俏皮地笑着说。乐明连忙说道："崔小姐，你这么说，那叫我太不好意思了。我的意思，倒并不是睡得惯睡不惯问题，因为过分地打扰你们，这叫我心里如何过意得去？"

"哈哈！乐明，你要如真的为了这个缘故，那没有关系。我家屋子虽小，但原有两间客房收拾好了，预备亲戚朋友们住宿的。乐明，那么你决定不要回去了。秋兰，你把客房内的床铺去整理整理吧！"

秋兰巴不得爸爸有这句话吩咐自己，遂哦了一声，表示十二分兴奋的神情，一跳一跳地奔到客房里去了。乐明见他们父女俩诚意招待，遂也不再客气，含笑说道："恭敬不如从命，多谢老师的热情。"

"好说，好说！乐明，我的意思，你若在这儿住得惯，那么西冷饭店的房间你就去回绝了。因为那边花费是很大的，在这节约时期内，能够省一些开销，也是好的。不知道你认为我这话对吗？"

"老师的金玉良言，哪里还有什么不对的道理吗？只不过多一个人在家里，就得多一种麻烦，所以我心里实在感到很不安。"

"这是毫无问题的事情，你若住在这儿，我也绝对不和你客气，青菜淡饭，决不意外招待你。恐怕你认为不舒服，那我倒是多事了。"

两人说着话，秋兰笑盈盈地走出来，说都弄舒齐了。乐明向她拱拱手，连说谢谢你。秋兰逗了他一个媚眼，抿嘴笑道："你穿了西服，打躬作揖的还不太像，要如向我行三鞠躬，那就好了。"

"你听，你听，你这孩子还是那么淘气哩！"

士钊听女儿这么说，遂呵呵地笑起来，埋怨她似的说。乐明微红了脸儿，也忍不住笑了。这时窗外雨点声音，越落越大，越落越响，而且还不住地有电光闪烁着。不多一会儿，轰隆隆地起了一个响雷，秋兰胆小，吓得啊呀一声叫起来，乐明连忙说道："别怕，别怕，这是雷声，要如炸弹，那就危险了。"

"炸弹我倒不怕，就是怕这雷声哩！"

"要如炸弹的话，你早就哭了。"

秋兰听爸爸说穿自己的谎言，遂恨恨地又娇媚又顽皮地逗了他一个白眼，倒引得乐明忍不住又笑起来了。大家又开谈了一会儿，这时雨也小一些了。在平日士钊是早已睡了，今天因为有客在家，所以只好陪伴着坐谈。但他到底是上了年纪的人，此刻似乎再也支撑不住了，伸手按在嘴上打了一呵欠，笑着说道："年纪老了，可真不中用，天色一黑，就想睡觉了。乐明，我不奉陪你了，秋兰陪着你谈一会儿吧！"

"老师，那你只管自便，还是早些儿休息吧！我再坐一会儿，也要睡了。"

乐明听了，站起身子，很关怀他似的回答。士钊回头见桌子上钟还只七点四十分，于是笑着望了乐明一眼，说道："在上海这个时候恐怕还没有吃晚饭吧？你们年轻人我知道都喜欢睡的迟一些的，因为我也做过年轻人，那时候非到十二点是不睡觉的。但现在可不行了，腰酸背痛，尤其是患了风病之后，精神更不好了。"

"我说老师的精神已经不算错了，假使我们活到老师那么的年纪，只怕还不及老师那么硬朗呢！"

"这也不见得，这也不见得，那么我先去睡了。"

士钊连声地说着，一面弯了腰肢，向上房里走，还把手儿连连敲着背脊。乐明见他很吃力的样子，遂向秋兰努努嘴，低声儿说崔小姐你扶扶他老人家吧！秋兰听说，遂扶着士钊到上房里来了。士钊在床上躺下，秋兰给他盖上了被儿。士钊望着女儿微微地一笑，低低说道："今天真巧得很，我会碰见这个高乐明。孩子，你看他的人品怎么样？"

"我不知道。爸爸，你问这话是什么意思？"

秋兰红晕了脸儿，秋波赧赧然地瞟了他一眼，却假装糊涂地问。士钊当然知道女儿是怕羞的意思，遂又笑着道："你的年纪也不算小了，爸爸的身体又这么衰弱，真所谓风烛残年、朝不保夕，所以对于你的终身大事，我心里是多么着急呢！"

"爸爸！你干吗提起这些事来？"

秋兰的芳心像小鹿般的乱撞，她扭捏着腰肢儿，显然是羞答答的感到难为情。士钊这回子很正经地说道："乐明的才貌都好，而且人也忠厚，所以我倒很看得中他。不过这年头儿比不了从前，年轻人都爱自由恋爱，做父母的都是现成顾问而已。所以我的意思，你不妨跟他谈谈，假使彼此很情投意合的话，我做爸爸的也可以放下一头心事了。"

"爸爸，你别说了，难道你就多着我了？"

士钊这两句话，简直是允许女儿跟乐明去谈恋爱了，秋兰的芳心里，虽然是无限的喜悦和甜蜜，但究竟是感到说不出的难为情，女孩儿家大半是爱闹假惺惺的，所以她噘着小嘴儿，唔了一声，还撒娇地这么咬他一口回答。士钊笑起来道："哦！我不说，我不说了好吗？哎！孩子快出去招待他呀！别让他一个人在外面冷静着。"

"不，我不出去了！"

秋兰在床边索性坐下了，鼓着小腮子，娇嗔地说。士钊连忙推着她身子，还包括了央求的口吻，笑道："好女儿，你就算爸爸老背了，说错了话，你快出去招待吧！"

"嗯！难为情的，我不高兴招待他了。"

"啊呀，我们爷儿俩说的话，他又没听见，你怕什么难为情呢？我的好姑娘，你快出去吧！否则，人家误会我们在讨厌他，这不是叫人家心里生气吗？"

士钊后面这两句话究竟有些力量的，秋兰听了，真的急了起来。遂站起身子，还顽皮地说了一句"好吧，我就听爸爸的话"，她回眸一笑，便匆匆地奔出房外去了。士钊细细回味女儿这句"我就听爸爸的话"，觉得多少包含了妙语双关的成分，可见假惺惺作态，究竟掩不住内心真情的流露，觉得一个二十一岁的姑娘，确实也很需要一个对象了。他一面想着，一面吹熄了油灯，却很放心地躺下床来睡着了。

秋兰走到客厅里，见李妈伴着乐明一起说话。她见秋兰这么久才从房里走出来，遂包含了埋怨的口吻，说道："小姐，你怎么啦？老是躲在房中干吗？人家高少爷怪冷静的。"

"对不起，爸爸酒喝多了一些，所以要呕吐的样子，我在服侍他喝茶呢！"

"崔小姐，你去服侍老师好了，我一个人在这儿坐一会儿很好，你不用招待我的。"

秋兰无可奈何地圆了一个谎话，乐明听了，倒信以为真的了，遂连忙一本正经的态度，很关怀地说。秋兰微笑着又道："此刻爸爸已安静地睡着了。"

乐明这就无话可说，他望着壁上的书画，呆呆地出神。李妈因为有小姐陪伴着了，她也管自地走开去了。两人静悄悄的坐了一会儿，秋兰芳心中有些焦急，她焦急的是因为不知怎样跟他谈谈才好，因为自己是个主人的地位，假使木然的不说话，这叫客人当然

146

更不好意思开口说话了。她在竭力思索之下，转了转眸珠，方才笑盈盈地瞟了他一眼，低低问道："高先生，你这次到杭州来玩只有一个人吗？"

"是的，因为学校里放春假，所以我趁此机会到杭州来玩玩。"

乐明方才回过头来，向她望了一眼回答。两人四目相对，齐巧望了一个正着。秋兰似乎有些难为情，赧赧然一笑，说道："高先生原籍也是在杭州吗？"

"不，是在绍兴。不过我家在杭州也住过好几年，后来又迁居到上海了。"

"高先生有几个兄弟姊妹呀？"

"我只有一个弟弟，还在大学里念书，却没有姊妹。"

"那你就比我强一些，我却连个弟弟都没有。"

秋兰显出羡慕的样子，低低地说，似乎很感慨的表情。乐明望着她粉脸，好像很同情她孤寂的神气，说道："我刚才听李妈告诉我，说你妈也过世了，这屋子里只有你父女两人住着，那你平日确实是很孤单冷清的。"

"唉！所以我的命真苦……"

秋兰微微地叹了一口气，大有盈盈欲泪的样子。乐明见她颦锁翠眉的意态，更令人感到了楚楚可怜，遂连忙说道："好在你爸不是很疼爱你吗，我想你可以找些事情做做，那么心灵上比较有所寄托了，否则，老关在家，当然也不太好。"

"住在这冷僻的地方，又有什么事情好做呢？我本来想教书去，但学校离家很远，非得宿在学校不可。但家里只有一个年老的爸爸过日子，没有我侍候他，我心里又放不下。况且爸爸也央求我，叫我还是在家伴着他吧！"

乐明听她这样说，一时倒无话可答，搓搓手儿，觉得没有一个两全其美的办法可想，大家愕住了一回。秋兰忽然瞥见窗外天空中涌现了一钩新月，这就呀了一声笑道："一忽儿落着这么大雨，一忽儿连月亮都出来了，这天气真有趣得很！"

"春天就是这个样子的，崔小姐，我们到院子里去散一会儿步好吗？"

乐明要她忘记了心中的烦恼，遂站起身子来，笑嘻嘻地说。秋兰当然没有说不好之理，遂点点头，两人走出屋子去了。

这时院子里的景色很幽美，因为院子里四周景物，都显得很清晰，并没有一些黑黝黝的感觉。乐明笑道："想不到一场大雨之后，竟会有这么一幅美丽的景致，这真是太富有诗情画意了。崔小姐，其实这儿环境是太好了，只是你们住的人儿太少了。假使有个知心人儿伴在一起的话，那繁华混浊的都市真不愿意去住的了。"

秋兰听他这样说，又见他含了情意绵绵的明眸，脉脉地凝望着自己，显然这两句话包含了一些神秘的作用，一时两颊浮现了红晕，向他赧赧然一笑，说了一声可不是吗？她以下的话却再也说不出来了。在月光之下，瞧到秋兰这种羞人答答的意态，乐明觉得非常的美丽可爱，心里由不得荡漾了一下，低低地说道："崔小姐，你很有唱歌的天才呀！"

"这……这……"

乐明一提起唱歌两字，使秋兰猛可想到刚才在柳浪闻莺那儿给他碰钉子的一回事情，心里颇觉不好意思，含笑说了两个这字，支吾了一会儿，方才又低低说道："我是瞎唱的玩玩，哪儿说得上天才两个字！"

"不！我别的是不大知道，但对于音乐和歌唱，我还算有一些儿研究。你的嗓子，并不尖锐，圆而宽，十分甜润，充分的有一份好本钿，你要如学歌唱的话，一定会成功的！"

“真的吗?”

秋兰很喜悦地扬了眉毛儿,向他笑嘻嘻地问。乐明点点头,说道:“我怎么会骗你?假使你唱得并不十分好的话,刚才我也不会忘其所以然地拍起手来……对于刚才的事,我太冒昧,还得请你原谅才好。”

“刚才……原是我们太认真一些……”

秋兰见他说到后面,还显出十分抱歉的样子。因为被他说穿了这一件事,所以也觉得很难为情,遂笑着回答,表示并不怪他冒昧的意思。乐明听她此刻又这么说,可见她对自己多少有些好感的成分了,心里当然很甜蜜,遂含笑问道:“崔小姐,刚才你身旁还有一位小姐,是你的同学吧?”

“她是我从前的同学,这次她也是从上海来游玩的,说不定明天她还上我家来玩玩呢!我给你介绍好吗?”

乐明听她后面这一句话,似乎包含了一些醋意的成分,一时忍不住暗暗好笑,遂连连摇着头,很正经地说道:“这位小姐太凶了,我简直有些怕她。”

“可是,那也怪不了她,这年头好人太少了,她又不知道你是个真正懂得音乐和歌唱的人,还以为你故意在吃我们豆腐哩!”

秋兰明眸斜乜了他一眼,咻咻地笑着,向他怪俏皮地回答。乐明不敢说她不对,遂也红了脸儿,说道:“所以你也说这种七搭八搭的青年不是个好人了?”

“怎么?我后面说你的话,你也听到的吗?”

“我还没有走远,怎么会听不到呢?”

乐明含笑回答。秋兰感到十分有趣,却忍不住笑得花枝乱抖起来,接着秋波盈盈地凝望着他英俊的脸庞儿,似乎埋怨地说道:“这是你自己不好呀!你为什么不预先跟我们声明,说你是个音乐家,那我们就不会给你碰钉子了。"

"当然啰！错当然是我自己的错，我怎么能怪得了你们?"

"我再也想不到你还是我爸爸的学生子，所以想起刚才的事情，我真是越想越好笑。"

秋兰一面说，一面又抿嘴哧哧地笑起来。乐明有些情不自禁的，遂大胆地去握她手儿，很热诚的表情，低低说道："崔小姐，那么你现在相信我是个好人了?"

"这也难说，我和你不是还只有初见面吗?"

秋兰停止了笑，乌圆珠眸一转，一本正经地说。乐明听了这话，也觉得自己问得太好笑一些，慌忙把握着她的手又放了下来，很不好意思地说道："不错，我们还是初见面啦！崔小姐，你瞧我这人真有些儿自说自话的，你一定会笑我有些神经病。"

"不，神经病的人儿哪里还想得到这许多呢?"

秋兰回答得相当幽默，忍不住又扑哧地笑起来。乐明的脸儿这就更加红晕起来，他觉得不知该怎么说才好，有些惶恐地垂下了头儿。秋兰见他这个样子，心里倒又很着慌了，遂也去拉他手儿，说道："怎么？你生气了吗?"

"不！不！我……我觉得很不好意思。"

乐明见她居然也会来握自己的手，心里有些受宠若惊，遂抬起头来急急地回答。秋兰却柔情蜜意地问道："你说的是什么不好意思呢?"

"我……我……简直连自己也说不出一个所以然来，我……终觉得我这人未免有些痴头怪恼的。崔小姐，我……很希望跟你交一个朋友。"

秋兰被他这么一说，芳心顿时感到紧张起来，跳跃的速度，会增加了两倍。但她脸上还竭力镇静了态度，微笑着说道："你是一个大学生，而且又是音乐专科毕业的音乐家，那我怎么能高攀得上跟你交朋友呢？"

"但……你不是个师范高才生吗？你的资格比我强得多了。"

"而且……我又是个乡村里的女子……"

"乡村里女子朴实文雅，她是我理想中的好朋友。"

乐明非常诚恳的样子，多情地回答。秋兰这就低头无语了，她那颗寂寞而空虚的芳心，这才开始感到了暖意而甜蜜的安慰。乐明见她低头不答，知道她有些怕羞的意思，遂又温和地说道："我只怕你的心中还把我当做一个浮华的坏人看待。"

"那我倒不会……"

"这么说你肯和我交朋友了？"

乐明扬眉得意地笑起来，把她手儿又紧紧地握住了。秋兰瞟了他一眼，微微地一笑，说道："交朋友那算不了什么，你难道把男女间交个朋友看得这样神秘吗？"

"因为我活到这二十六年来，从没有交过女朋友。"

秋兰对于他这一句话，当然表示不大相信，遂把小嘴一噘，切了一声，秋波逗给他一个娇嗔。乐明连忙认真地说道："怎么？你以为我说谎吗？"

"一个已经二十六岁的青年了，我不相信会没有一个女朋友的。再说你是个大学生，而且在繁华的上海，交几个女朋友那是再便当也没有的事了。你这些话，三岁小孩子才会相信你。"

"这也不能一概而说的，我有个朋友，他今年二十六岁了，还是一个美国留学生呢，但到现在却没有结婚，连个女朋友也没有，这完全是事实，我绝对没有骗你！"

"可是，我觉得奇怪，你为什么要延迟到今天才交女朋友呢？"

"崔小姐，你这话问得有趣，交朋友并不是阿狗阿猫都可以交上

151

的，当然要认为这是理想中的对象，那么才结交呀！否则，滥用其情，这种交朋友也就没有什么意思的了。"

乐明这几句话，倒是深深地打动了秋兰的心弦，暗暗想到：这么说来，他倒还是个用情专一的青年哩！于是含笑说道："难道你认为我这么一个粗俗的女子，就是你理想中的朋友了吗？"

"是的，我觉得你好像是一块吸铁石，把我这重分量的铁块也吸引过去了……崔小姐，我老实地说吧，我活了这二十六年来，今天才是我第一次爱上了一个姑娘！"

秋兰听他索性这么明显地向自己说出来求爱的话来，一时连耳根子都羞得通红起来了，垂下了粉脸，默不作答。她身子慢慢地踱到葡萄棚下去，似乎赧赧然的样子。乐明连忙跟了上去，按了她肩胛，低低地又说道："崔小姐，你同情我这一番痴心吗？"

"我怕我的环境和你相差得太远，即使你爱上了我，你的爸妈……是不是答应这么做呢？我觉得这还是一个问题。"

秋兰这会子不得不厚了面皮，转过身子，向他低低地问出了这几句话。乐明笑了一笑，安慰她说道："这个是绝对没有问题的，我现在究竟不是还只有十六岁，我已经是二十六岁的人了，难道婚姻还不能自主吗？倒是你的爸爸，他肯不肯把你嫁给我，我想……你有些知道吗？"

乐明这样问她，实在也有些自说自话的。秋兰听了，暗自想道：我爸爸是很看得中你的。但她口里当然不能这么直接地告诉他，遂故意沉吟着说道："那我怎么知道呢，我想只要你有一份儿诚心，爸爸当然不会恶意地阻拦我们。"

"我可以对天罚誓，假使没有诚心的爱你，我一定没有好结果。"

秋兰听他念了誓，心中倒又怨恨他了，遂把手向他嘴儿一扪，逗了他一个娇嗔，妩媚地说道："你……为什么要罚誓？怪难听的。"

"我要表明我至诚的心迹，我当然要罚个誓给你听听，那么你才会相信我。"

"不过，罚誓的人并不一定是至诚的，我见过三国里的孙策，他就是一个例子。"

"那么你认为我也是假心眼儿的人吗？"

乐明听她这样说，脸上立刻显现了失望的颜色，向她急急地问。秋兰微微一笑，说道："你急什么呀？我的意思，倘若有真心之爱的人，就是不罚誓，他也始终是真心爱人的。没有真心爱的人，他纵然罚了一百个誓，那也没有用的。所以我不希望听你表面上的罚誓，我要你有一颗真挚虔诚的心，你知道吗？"

"我知道，我……觉得你真是一个十全十美的好姑娘！"

乐明紧紧地握了她纤手儿，非常感动地说。秋兰甜甜地一笑，低垂了粉脸，却没有作答。两人默默地站了一会儿，秋兰才低低说道："时候不早，我陪你到房中去安息吧！"

"谢谢你，我想和你再谈一会儿好吗？"

秋兰见他颇有依恋之情，遂笑盈盈地逗了他一个媚眼，扭动了一下腰肢儿，说道："早睡早起，明儿天气好，可以到西湖里去游玩呢！"

"那么你明儿伴我一同去玩好不好？"

秋兰频频点头，说声好的，乐明方才很欢喜地跟她来到客房。秋兰燃着了油灯，在油灯光芒之下，乐明见这间客房倒也收拾得很清洁。上首那张床上，已整整齐齐的折了被儿，那是一条粉红软绸的被儿。想到这被儿是秋兰给自己铺好的，心里由不得荡漾了一下，似乎感到了一些蜜甜的滋味。这时秋兰回过头来，含笑说道："这儿布置没有像西冷饭店那么考究舒服，你只好马马虎虎睡一夜了。"

"你只叫我睡一夜？难道我就不能睡两夜三夜吗？"

乐明走上前去，握了她纤手儿，向她笑嘻嘻地问。秋兰听了，芳心也万分的喜悦，便温情地说道："只要你喜欢住着，不要说两天三天，你就一辈子住在这儿，我也不讨厌你。"

"啊！真的吗？"

秋兰被他这么惊喜欲狂般的叫起来，她仔细一想，终觉得一个女孩儿家对待一个初交的男子，未免显得太亲热一些。因此越想越难为情，越想越不好意思，她猛可挣脱了乐明的手，一骨碌反身便逃出房外去了。乐明要想叫住她，追到房门口，但已不见秋兰的影子了。他微微地笑了笑，觉得这意外的艳遇，实在是太幸福的事情。这晚他睡在暖烘烘的被窝里，竟是做了一夜粉红的美梦。

第二天早晨，乐明匆匆起床，李妈已端了洗脸水进来，乐明便漱洗完毕，走到院子里来呼吸新鲜空气。只见崔士钊已在花坛旁浇水了，于是叫声"老师，怎么这样早就起来了"，士钊笑道："我是睡得早，起得早，你该多睡一会儿才是，大概昨夜睡得不很舒服吧？"

"不，我睡得很舒服，老师每天浇浇花，玩玩金鱼，倒真是有意思的。"

"这些都是我们上了年纪的人的消遣工作，要如你们年轻人来弄这一套儿，那就不大合适的了。"

两人正说着话，秋兰已理过了晨妆走出了院子来。她今天也薄施脂粉地打扮起来，所以格外显得妩媚可爱。她笑盈盈地叫道："高先生，您早啊！"

"也不算早了，已有七点多了。你瞧，昨夜落了大雨，今天太阳多晴和，这叫我们去玩西湖，是再好也没有了。"

"是呀，老天成全你们来游春的人儿呢！"

秋兰瞟了他一眼，笑盈盈地回答。这时李妈已开了早粥，请他们一同到客厅去吃早餐去。吃毕早餐，已八点一刻。乐明的意思，是想请秋兰一同到西湖边玩去，但在士钊面前，终觉得不好意思开口。正在欲语还停之间，忽然院子里一阵女子的笑声，高嚷着秋兰的名字。秋兰一听这叫声是白苹的口气，遂连忙起身相迎。这时白苹已由院子里走入客厅，她身后还随有一个十五六岁的小姑娘。当她发现到屋子里那个乐明的时候，心里这一惊奇，真所谓丈二和尚摸不着头脑，这就啊呀一声叫了起来。

三　明妒暗恨争宠各献媚

　　白苹见了乐明，因为认识他就是昨天在柳浪闻莺的地方被自己碰过钉子的那个青年，想不到他今天这么大清早的也会在秋兰的家里，她心中自然感到十二分的奇怪，所以呆呆地望着乐明，忍不住啊呀一声叫起来了。秋兰连忙走上去，拉了白苹的手，笑嘻嘻说道："白苹，我给你介绍介绍吧！这位是高乐明先生，他是我爸爸从前的学生子。这位白小姐是我从前的同学，你们大家见见。"

　　白苹听了，方才恍然大悟，遂笑了一笑，彼此招呼了一声。她一面把身后那个十五六岁的姑娘拉过来，也给大家介绍着，说道："这位是我的表妹鸿筱英，她听我到你家来玩，所以也跟着来了。这是秋兰姊姊，这位高先生，还有这位是秋兰姊的爸爸。表妹，你该叫声崔老伯！"

　　筱英还不脱孩子的成分，所以她非常天真可爱，向大家弯着腰儿，鞠了一躬，一面还笑盈盈地叫着老伯、姊姊、先生不停。崔士钊说道："白小姐，你们早点心吃过没有？要不要来这儿用一些稀粥？"

　　"老伯，多谢你，我们已经吃过了，我想约了秋兰姊到西湖拍照相游玩去，不知道老伯肯答应吗？"

　　"好极了，你们只管一同去游玩好了。还有乐明，你就伴着她们去吧！中饭可以回到这儿来吃，我吩咐李妈杀一只鸡。"

士钊当然含笑答应，一面还向乐明叮嘱着说。乐明想不到自己可以带了三个姑娘一同去游玩，这是一件多么兴奋的事情，一时乐得拉开嘴儿笑起来，说道："老师，我们到了外面，恐怕就没有一定的时间，所以午饭你老人家可以不必等我们的。假使时候不早，我们就在外面馆子里吃了！"

"也好，也好，那么你们晚饭都回家来吃，白小姐和鸿小姐也可以住在我家的。"

白苹听士钊这样说，她就想到这个高先生昨夜一定是宿住在秋兰家中的，这就望了两人，神秘地一笑。大家于是向士钊告别，一同步出院子，玩西湖去了。

乐明在女人面上花一些钱当然是件高兴的事，所以他雇了两辆三轮车，预备沿着苏堤兜圈子游览。四个人坐两辆三轮车原是齐巧正好，不过怎么样的坐法，却是发生了问题。因为女孩子当然是很怕难为情的，尤其在大伙儿的面前，似乎更加应该避一些嫌疑。所以秋兰心里虽然愿意和乐明坐在一起，但表面上却绝对不肯这样坐。白苹因为自己曾经给乐明碰过钉子，那自然更加不好意思和乐明坐在一起了。结果，这是筱英小姑娘不懂儿女私情，她却大大方方的和乐明坐在一起了。

三轮车缓缓地沿着苏堤驶行，大家左顾右盼地欣赏着四周的美景。这时太阳光已爬上了南北高峰的顶尖儿，灰白的浮云，都映成了金黄灿烂的色彩，远远地望去，真有说不出的美丽好看。沿堤种植桃红柳绿，迎着微微的春风，柳丝舞动着绿波，仿佛二八佳人在婀娜地卖弄她风流的样子。还有黄莺儿穿梭似的飞鸣不息，唱着悦耳动听的歌声，颇觉此时此景正合着苏堤春晓四个字了。

乐明见身旁的筱英，虽然还带些童年时代的风韵，不过生得娇小玲珑，煞是可爱。弯弯的眉毛，乌溜溜的明眸，玫瑰花般的娇靥，樱桃似的小嘴，令人欢喜。这就暗想，不要看她还是个小姑娘，再过两年，保险叫你认不得她。乐明这样想着，他情不自禁地望着她呆呆地出神。筱英偶然回眸过来，这就和乐明望了一个正着，她见乐明呆然的样子，便向他微微一笑。乐明遂低低地问道："鸿小姐，你今年几岁了？"

"我还只有十六岁，你别叫我小姐，就叫我一声小妹妹得了。"

筱英倒也很会说话的，向他笑嘻嘻地回答。乐明见她天真无邪，十分可爱，遂情不自禁地握了她手儿，又低低问道："你的表姊白小姐，她比你大几岁？"

"比我大五岁，她要如赌起钱来，稳稳可以赢的。"

"这是什么缘故呀？"

"咦！她不是齐巧《君对混》吗？要如她做庄家，便可以通吃了。"

筱英见他有些莫名其妙的样子，这就伸了伸舌头，一面说，一面哧哧地笑起来了。乐明听她说得那么淘气，一时也哑然失笑起来，拍拍她的手背，说道："小妹妹，你真会说笑话，你在哪儿读书？"

"我在武林中学读初三，这学期才可以毕业，你说我这人笨吗？"

"不算笨，我说你是挺聪明的。"

"唪！爸爸说我聪明面孔笨肚皮呢！"

乐明听她说话终不脱有趣的成分，因此忍不住又笑了起来。过了一会儿，又悄悄问道："小妹妹，你和白小姐是怎么的表姊妹呀？"

"是中表姊妹，她的爸爸，就是我的舅父。我的爹爹，就是她的姑爹，你明白吗？"

"我明白的，白小姐住在上海吗？她在上海什么学校里读书？"

"表姊在上海春明大学读书，大概是读两年级。"

"她在上海是住在什么地方，路名你知道吗？"

"高先生，你问的那么详细干什么？是不是你要跟我表姊交一个好朋友吗？"

筱英倒也是个人小心不小的姑娘，她听乐明追根究底地问着，便把明眸逗给他一个媚眼，忍不住神秘地问出了这一句话。乐明倒被她问得两颊发红，有些难为情起来，连忙说了两声不不，辩白了一句我是随口问问的。但筱英却向他噘噘小嘴儿，忍不住又咯咯地笑起来了。她的笑声不断地送到后面那辆三轮车上白苹和秋兰的耳朵里，她们心中当然感到有些奇怪，在秋兰自然不好意思开口说什么话，白苹已忍熬不住地叫道："表妹，你们在闹些什么玩意儿，竟笑得这么高兴呀？"

"表姊，我和高先生在谈着你啦！"

筱英回答了这一句话，不但白苹听了感到奇怪，就是秋兰听了，芳心也狐疑起来，暗想：乐明和筱英在谈着白苹，这又有什么可谈呢？莫非乐明见到了白苹之后，他的爱又转变到白苹身子上去了吗？秋兰在这么一想之下，自然有些酸溜溜的感觉，但在表面上故意还向白苹取笑着道："你听，你听，也许高先生在向你表妹打听你在上海有没有爱人呢，假使你没有爱人的话，说不定他要向你求爱哩！"

"啐，说不定他要向你求爱哩！"

"啐，你这个烂舌根的死丫头！胡说八道的，我可不饶你！"

白苹被她这么一取笑，自然也急起来，遂恨恨地啐了她一口，一面娇嗔地骂她，一面伸手去呵她的痒。秋兰缩紧着身子，也只好笑着连连告饶。白苹逗了她一个白眼，方才罢了。但她芳心里却在暗想：高先生的容貌确实生得很英俊漂亮，颇能打动姑娘的心弦，不过他的才学如何，我却没有知道，假使他是个中学毕业生，那和我就相差得远了，因为我是一个大学生，我若和一个中学生谈情说爱，这不是失掉我的身份了吗？白苹这么想着，她便假疑假呆的也打趣着秋兰说道："秋兰，高先生不是你爸爸的学生吗，那么你们之间可说是师兄师妹的关系，我想你们谈起恋爱来，可真不错啊！"

"好，好，我不取笑你，你倒拿我来说笑话，我也不依你！"

秋兰对于她这句话，虽然感到很甜蜜，但表面上也故作娇嗔的样子，向她恨恨地说。白苹一面笑，一面也连说不敢了，并且一本正经地说道："秋兰，我们别闹吧！真的，我倒要问你一句话，高先生既然是你爸爸的高足，昨天在柳浪闻莺那儿遇见了他，你为什么却不认识他呀？"

"你这妮子说话可真没有道理，爸爸教了近三十年的书，在他手里出道的学生也不知有多少呢，我哪里会个个认识吗？"

"我昨天和你分手回家，爸爸还没有回来，等他回来的时候，却多了这位高先生，我当时也奇怪得了不得，后来由爸爸告诉我，方才知道他们是师生关系，无意中在路上遇见了，所以爸爸邀他到我家来坐一回。不料老天真不识相，竟下起了大雨来了，因此高先生就只好宿在我的家里，没有回西冷饭店去。"

"这……怎么能说老天不识相呢？我说老天真是太识相了，代替你留住了贵客，这不是有心玉成你们美事吗？"

白苹怪俏皮地回答，秋波斜乜了她一眼，抿了嘴儿，也忍不住哧哧地笑了。秋兰被她取笑得两颊绯红，咬着嘴唇皮，恨恨地啐了她一口，生气地说道："你只管胡说八道，我以后不再跟你说话了。"

"哦！我不好，我不好，我们谈正经的吧！"

"哼！还有什么正经可谈的？你这狗嘴里根本就长不出象牙来。"

秋兰故作怨恨的样子，气鼓鼓地说。白苹偎过身子去，却笑嘻嘻地叫道："好姊姊，你何必太认真呢？我们一路上要不是大家说说笑话解个闷儿，这不是一些没有兴趣了吗？"

"那你就拿我当作说笑话的资料是吗？"

"不敢，不敢，我无非偶然把你客串一下而已。"

秋兰听她这样说，伸手恨恨地把她又要打了下去。但白苹握住了她手，不禁又咪的一声笑了。两人笑嗔了一会儿，白苹方又一本正经地说道："哎！你说高先生没有回西泠饭店去，难道他在杭州没有家的吗？"

"他和你一样的，也是从上海趁着学校里放春假的日子到这儿来游玩的。"

白苹听了，芳心不由怦然一动，遂不肯放过这机会地连忙问道："难道高先生还在什么学校读书？"

"不是读书，却是在教书，我告诉你，他在上海还开办了一个音乐学校哩！"

秋兰似乎很得意的神气，笑嘻嘻地说。白苹听她口里老是说着他呀他呀，一时由不得暗暗好笑。因为听说乐明已在教书了，这就又急急地问道："什么？高先生还开设音乐学校？他懂得音乐吗？"

"他在大学毕业之后，又在音乐专科毕业的。昨天听我唱的歌声，他说我有唱歌天才，所以情不自禁地叫起好来，实在不是有心吃我们豆腐的。"

"我想你一定会向他说抱歉的，因为当时我先给他碰了一个钉子呀！"

白苹口里这样说着，心中也很有些儿懊悔自己不该太鲁莽，因为她知道了乐明不但是个大学生，而且还是个音乐家，所以她的芳心也不免起了一些羡慕的意思。秋兰望着她微微地一笑，却没有回答什么话。

他们玩过了苏堤春晓之后，便拍了许多照片。筱英的意思，要雇船玩湖，说去瞧瞧三潭印月。大家赞成说好，于是又雇了小船游西湖去了。大家玩过了三潭印月，弃舟登陆，又玩了彭公祠，一路又到飞来峰、冷泉亭、一线天等处游玩。不知不觉的已经近午时了，筱英嚷着有些肚子饿，于是乐明陪伴她们又到楼外楼去吃饭了。

楼外楼面临西湖，凭窗远眺，可以瞧到西湖的全景，所以食客众多，乐明等要如迟到一步的话，恐怕连座桌都要没有了。这时乐明坐在三个姑娘中间，听她们笑声莺莺，十分欢乐的样子，自己左顾右盼，也真有说不出的喜悦。不多一会儿，侍者把他们所点的冷盘端上，又送上三斤绍酒。乐明握了酒壶，给她们杯子里满满地斟上了，然后自己也斟了一杯，握了筷子，指指那盆"别别"还会跳跃的"抢虾"，笑嘻嘻说道："你们这种虾儿吃不吃？在上海是不容易吃到这样别别会跳跃的虾儿。"

"是的，我最爱吃这种虾儿，在上海吃到的活的少死的多，味儿就不鲜美了。"

"那么你就得多吃一些儿，大家别客气，别客气。"

白苹秋波盈盈地逗了他一个媚眼，笑嘻嘻地说。乐明听了，遂把筷子夹了虾儿，送到白苹的面前，然后又向秋兰筱英连说请请。白苹见他单单夹给自己一个人吃，芳心不免荡漾了一下，暗想：他对我不是另眼相待吗？因此秋波脉脉送情的，望着乐明老是甜蜜地笑。秋兰是个细心的姑娘，她瞧到两人这种眉目传情的样子，自然酸溜溜的十分难过。但因为自己和乐明也不过初交而已，所以也只好谈笑如常的向乐明献着媚眼，无非想博得乐明的欢心。大家喝过了两杯酒后，白苹望了乐明一眼，含笑说道："高先生，我们来猜拳好吗？"

"很好，我们怎么样猜拳法？还是抢三？还是一拳一杯？"

"抢三有些拖泥带水的很麻烦，我倒喜欢爽爽快快的一拳一杯。"

"就照你办法吧！那么是白小姐打庄啰！"

"不！我单独的和你来三杯。"

白苹两颊像玫瑰花儿似的，因为有了几分酒意的缘故，所以眼儿水汪汪的，至少是透露着一些春情。秋兰听她这样说，心里有些不受用，遂开口俏皮地笑道："白苹，你这话可没有道理啊！你既然提议猜拳，那你当然存心做庄家的，怎么单独和高先生来三杯？这不是拣佛烧香吗？筱英妹妹，你倒说句公平话，难道我和你就不是人吗？"

　　"对，对！表姊，你这话太岂有此理了，你要猜拳，非打了一个通关不可，否则，你就别说猜拳的话。"

　　筱英当然不知道秋兰这些话是包含了醋意的成分，因为事情和自己也有些关系，所以她被秋兰激动了心中的不平，遂很不服气地回答。白苹是个好胜的姑娘，岂肯示弱？这就握了酒壶，在三只空杯里斟满了，向秋兰说道："你说我拣佛烧香，这话太不中听，我就偏偏做个庄家，先和你来三杯。这儿一共三个人，就是我全输了，也不过九杯酒，难道我怕吗？"

　　"对呀，这才像个人说的话呀！照理说吧，我坐在你的身旁，当然该先和我猜三杯的，你要跳浜过去，这儿可不是跑马厅，那怎么行呢？"

　　秋兰趁此机会，便向她笑嘻嘻怪俏皮地打趣。乐明和筱英听了，忍不住都大笑起来。白苹当然非常不好意思，但这时候脸红也分不出是害羞还是为了酒的缘故，她恨恨地啐了她一口。

　　"这烂舌根的鬼丫头，由你去胡嚼吧！我们猜了拳再说。"

　　秋兰于是不再说话，两人握了纤拳儿，五魁、七巧、三元、八马，大家娇声地喊起来。白苹拳风真不好，一连竟输了三记，筱英拍手笑道："秋兰姊的拳头可猜得真不错呀！连赢三记，表姊得喝三杯。"

　　"喝三杯没有关系，但一连地输三记，我可以请人插拳代猜三记，因为我不服气。高先生，你帮帮我的忙，给我向她报个仇儿。"

白苹一面喝酒，一面向乐明央求地说。秋兰听了，却连连摇头，说道："不行，不行，我们事先没有讲好，怎么可以插拳呢？再说你是庄家，根本没有这个道理。"

"做庄原没有叫人插拳的理由，这样吧，白小姐喝两杯，还有一杯，崔小姐喝了好不好？"

"这是什么规矩呀？"

"并没有什么规矩，这是一些人情，你打胜了，陪一杯助助兴不好吗？"

秋兰听乐明话中大有庇护白苹之意，心中大不高兴，遂向他问规矩了。乐明自然说不出什么规矩，只好拿人情来回答她了。白苹斗着这一口气，遂把三杯酒一杯一口气地都喝了下去，说道："你们不用争论，我喝下去就是，三杯酒算得了什么呢？"

"表姊，你有勇气，那么该和我来猜三杯了。"

筱英笑嘻嘻地说，她表示很佩服的样子，一面也拿过酒壶，在杯子里斟了三个满杯。乐明恐怕她们喝醉了，自己似乎要负一些儿责任，于是劝她说道："小妹妹，你斟得太满了，我说减一半的好，回头醉倒了，下午不能去游玩了。我们不是还要玩九溪十八涧、雷峰夕照、南屏晚钟去吗？"

"没有关系，这三杯就一共不到六两，我表姊有三四斤洪量呢！再说这回不定是她输呢，你何必这么肉疼她？"

筱英拿这些话一取笑他，乐明红了脸儿，倒也不好意思开口再说什么了。但白苹听了，却益发得了意，秋波含情脉脉地瞟了乐明一眼，一面连说没有关系，一面伸手便和筱英猜拳了。可是把旁边那个秋兰，真是又怨又恨，又妒又恼，但又不敢过分的显形于色，哀怨地望了乐明一眼，却默无一语。就在这个时候，她们拳也猜完了，结果，又是白苹连输三杯。筱英得意地笑道："表姊，你大概好久不喝酒了，所以只管在骗酒喝呢！"

"你这小鬼头！赢了我，还说这些风凉话，我不服，再和你来三杯。"

"这三杯该输到高先生了，阿拉勿匆匆来了。"

大家见筱英天真可爱，说话的表情又是那么的妩媚有趣，因此忍不住又笑了一阵。白苹喝下这三杯后，也不多说什么，拿了酒壶，在杯子里斟酒。乐明连忙说道："我们三杯可以少一些，不要太满吧！"

"老少无欺，一律平等，不能少一些，非得满杯不可，否则，让她们又要说是你肉疼我了。"

白苹说到后面，故意用秋波向他盈盈一瞟，还嫣然地笑起来。乐明这就无话可说，便也和她三星、六顺、全福地猜起拳来。不过他为了不让白苹再喝酒起见，故意把自己拳头慢慢地凑上去，给白苹来捉住他的拳法。结果，白苹胜了两记，她就喝一杯酒。秋兰对于乐明放交情让拳的情形，虽然也看得清楚，但她嘴里却不便说什么。筱英到底心直口快，遂笑嘻嘻说道："表姊这次赢两记，分明是高先生放交情的。"

"这是什么话？你们赢了，是你们自己的本领，我赢了，便算是高先生放交情，那不是太以气人了吗？"

"别气，别气，也算你自己的本领，那终没话说的了。"

白苹不是个呆笨的人，她当然也明白这是乐明放交情，所以自己才能赢两记拳头的，不过她在众人面前，自然不肯承认的，还竭力辩白着说。秋兰不是个好人，这就再也忍熬不住了，遂向她怪俏皮地回答。大家笑了一阵，又喝了几杯，方才匆匆地吃饭。吃好了餐饭，不知不觉的竟已两点半了。而且白苹略有醉意，走出楼外楼的时候，却紧紧地靠着乐明，要乐明揽着她走。秋兰筱英见乐明被她闹得呆呆地窘住了，一时两人还在旁边笑个不停。秋兰虽然在笑，不过心中却在暗暗恼恨，觉得白苹这种举动，分明是借酒伴人，故意借此勾引乐明而已。这就感到一个姑娘不该这样荒唐浪漫，而且她既然知道我们是师兄妹关系，她也不该用这种亲热的态度来对待乐明。秋兰越想越恨，越恨越气，遂把眸珠转了一转，心生一计地说道："我瞧白苹真有些儿醉了，下午我们不再到什么地方玩去，还是送她回去休息休息吧。筱英妹妹，你说好不好？"

"我没有醉，我没有醉，你不要胡说八道地冤枉我吧！"

白苹紧紧地偎着乐明肩头，她不等筱英开口，却又笑又嗔似的表情，急急地回答。乐明弄得没有了办法，望着秋兰筱英两人的脸儿，大有哭笑不得的样子。就在这个时候，白苹因为吹了几阵风，便哇的一声呕吐起来，吐得乐明西服上全是污物，乐明方知她是真的醉了。秋兰和筱英见了这情形，也慌忙来扶抱白苹。秋兰还拿了手帕，很多情地给乐明揩拭西服上的污物。筱英把手帕也给白苹拭了嘴儿，但这时白苹只觉得头晕目眩，却已人事不省的样子。乐明皱眉说道："白小姐太好胜了，我知道她要醉的，果然不出我所料，那可怎么办？"

"还是让我送表姊回去吧！"

筱英也觉得很扫兴的，遂低低地回答。于是他们路分两头的，遂各自走开了。秋兰见此刻只有自己和乐明两个人在一块儿，心中自然十分安慰，遂很亲热地陪着乐明驾了一叶扁舟，又到各处去游玩了一回。直到日已西沉，林鸟归巢，秋兰方才温情地说道："高先生，我们一同回家去吧，爸爸等着我们回去吃夜饭呢！"

"我想……今晚不住到你府上去了，我要回西冷饭店去瞧瞧。"

乐明搓搓手儿，微笑着回答。秋兰听了自然十分失望，遂故作娇嗔的神气，秋波白了他一眼，怨恨地说道："是不是西冷饭店里还有什么知心人等着你回去吗？"

"哪里哪里！崔小姐，你又开玩笑了。"

"既然没有知心人儿等着你，那么你就跟我一同回家去。"

"今天又跟你回去，不怕……老师笑话吗？"

乐明抓抓头皮，很不好意思地回答。秋兰知道他是为了怕难为情的缘故，这才娇嗔地嫣然一笑，拉了他手儿，说道："这怕什么啦，早晨出来的时候，不是我爸爸自己请你回去吃晚饭的吗？没有关系，我们一同去吧！"

秋兰一面说，一面已向回家的路上走。乐明因为被她拉住了手，这就身不由主的只好跟着她一同回家去了。两人回到家里，天色已黑，崔士钊笑道："我以为你们晚饭也在外面吃了，倒叫我等急了。咦，白小姐和鸿小姐呢？她们没有一同回来吗？"

"爸爸，白苹这妮子中午喝醉了，早由她表妹陪送回去了。高先生本来也不肯来，是我硬拖着他一同来的呢！"

"乐明，你要再不肯来的话，那我杀了这只鸡是只有自己吃的了。"

崔士钊一面吸着烟枪，一面微笑着说。乐明连忙说老师何必那么客气呢！秋兰望着乐明却只管得意地笑。这时李妈见小姐等回家了，遂把晚饭开上。士钊指了那碗红烧鸡说道："这只鸡儿整整地烧了一整天，恐怕连骨头都烧酥的了，味儿一定不错，我们快坐下来吃吧！"

秋兰早已把椅子拉开，招待乐明坐下。士钊今天开了一瓶五茄皮，给乐明倒了一玻璃杯。乐明笑着道谢，一面说道："老师，这五茄皮可比不了绍酒，性子很凶，我这么一大杯子恐怕太多了。"

"回头你喝不下，剩给我喝得了。没有关系，反正你今夜也不回

167

去的了，喝完了酒早些儿睡觉，不是很舒服吗？"

崔士钊笑着说，是劝他只管尽量喝酒的意思。乐明这就不再推拒，就握了杯子吃喝起来。吃完这餐晚饭，时候还只有七点敲过。士钊今天不像昨天那么的还陪着乐明说话，因为他是喜欢早睡的，所以喝过了一杯茶后，便管自回房去睡了。李妈收拾了碗筷，也到厨房里去吃饭了。客厅里只剩下了秋兰乐明两人，乐明因为晚上多喝了一些酒，所以两颊涨得红红的，坐在椅子上呆呆地出神。秋兰把明眸斜瞟了他一眼，含笑低低地问道："你在想什么心事吗？"

"不想什么……我有些头晕，恐怕醉了。"

乐明把手摸着额角，皱着眉毛儿回答。秋兰却嫣然一笑，摇摇头儿，怪俏皮的语气，轻声儿说道："酒后想情人，头脑子原要晕起来的。"

"你这话是什么意思？我哪儿来情人呀？"

"嘿！这位白苹小姐还不是你心爱的情人吗？"

乐明听她冷笑了一声，显然这句话是包含了酸溜溜的成分。一时把按在额角上的手儿放了下来，一本正经地说道："你不要说笑话了，我对她根本一些儿也没有意思。"

"没有意思，只怕不见得吧？"

"真的，我……可以罚誓，我……"

"又来这一套了，我最不相信就是罚咒念誓地闹鬼把戏。"

秋兰恨恨地说，显然有些儿生气。乐明站起身子来，歪歪斜斜地走到她身旁，显出那份儿可怜的样子，说道："崔小姐，你以为我是爱上了白小姐么？"

"这还用说吗？瞧你那份儿关心她的样子，我可不是死人，我怎么会瞧不出来？"

"你是说我叫她不要多喝酒吗？这……并不是关心她……"

"笑话！这不算关心她，那你要怎样才能算关心她呢？"

"是我请你们吃饭，这在我就有一份儿责任，瞧白小姐她不是果然醉得这个样子，那在我确实是感到抱歉的。"

"那你赶快向她去道歉呀！刚才悔不该你亲自送她回去！"

秋兰一步一步逼紧着说，她好像和乐明有些争吵的样子。乐明听了，倒忍不住好笑起来，说道："你何苦生这么大的气呢？"

"我没有和你生气，我是和你闹着玩笑的，其实爱原是自由的，即使你真的爱上了白苹，这和我原也不相干呀！高先生，你既然有些头晕，我陪你到房中去睡吧。"

乐明见她忽然又改变了态度，显出无限温情的样子，笑盈盈地说，而且还伸手来扶自己，一时心里有些感情地说道："崔小姐，我已经爱上了你，我怎么再会去爱别人呢？希望你不要多心才好。"

秋兰听他这样说，芳心里益发得到安慰，便执了油灯，伴他进房。把油灯放在窗口桌子上，然后扶他到床边，给他躺了下来。乐明把手拉住了她，笑嘻嘻地说道："崔小姐，你别走，请你坐在床边，陪我谈一会儿好吗？"

"我这人脾气很不好，时常会叫你生气的，所以还是不谈的好。"

"不！我知道你对我很痴心，所以我并不怪你，我只有感激你。"

乐明也柔情绵绵地说，他明眸中含了热情的光芒，直望到秋兰的粉脸上出神。秋兰在床旁终于坐了下来，她的芳心被乐明这些话深深地打动了。两人相对地望了一回，秋兰见他红晕的脸、迷糊的眼儿，颇能令人感到心爱欢喜，遂情不自禁地说道："好孩子，安静地睡吧！明天可以早些儿起来。"

"嗯！我不要，我要你伴着我，永远地伴着我，生生世世地不分离。"

酒后的乐明，仿佛是个小孩子般的，拉了秋兰，却恩恩唔唔地缠绕着说。秋兰被他一拉，有些坐不稳的，身子不由自主竟倒了下去，粉脸儿齐巧凑在乐明的嘴边，这给乐明一个好机会，便啧啧的吻了一个香。秋兰又羞又急，也嗯了一声，方欲挣扎坐起身来。忽然窗外一阵风儿吹过，把桌子上油灯吹熄灭了，于是卧房里的一切，也就变成黑漆漆的了！

四　志薄意弱醉中忘自爱

春天的夜里，温情而幽美的，仿佛一个含苞待放的姑娘，充满了十二分的热情。月亮光虽然是淡淡的，但在黑沉沉的环境里，也透现着十分的光明。她似乎包含了笑容，在偷望那个窗口旁桌子边坐着的姑娘的粉脸，好像在暗暗地想着，女子的心肠终是软弱的！原来那个姑娘的明眸里，包了晶莹莹的眼泪，似乎在暗暗伤心的样子，听有个男子的声音，十分低沉地说道："崔小姐，你不要伤心了，事到如今，我……我……只好向你跪下了。"

这说话的男子原来就是高乐明，他站在秋兰的面前，一面说，一面真的向她跪下来了。秋兰并不理他，兀是扑簌簌地落眼泪，显然有无限委屈难以告人的样子。乐明跪在地上，把身子伏到她膝踝上去，又去拉她的手儿，接着说道："崔小姐！……不！从今夜起，我该叫你一声秋兰了，因为我们已经混合了一个身子，从今以后，你就是我心爱的妻子了。"

"我……想不到……你……会这样欺侮我，我以为你是一个君子，所以才扶你来睡的，谁知你借酒伴人，你……不是明明的存心不良吗？"

秋兰方才低低地回答，她似乎又悔又恨的意思，掩着粉脸儿，益发抽抽噎噎地哭起来了。乐明恐怕被士钊和李妈听见，急得伸手去扪住她的嘴，说道："我的好妹妹，你……千万别哭出声音来吧！

171

这……并非是我存心不良，实在是酒后糊涂的缘故。好在我决不会忘记你，我已认为你是我的妻子了，那……那……你终于不要再伤心了。假使你也有心爱上我的，我劝你不要闹开来被人知道，否则，我固然要被人看不起，就是你的名誉，不更要受影响了吗？"

"你……你……真的不会丢掉我吗？"

秋兰听他这样说，一时想到木已成舟，生米已成熟饭，这还有什么办法好想呢？因此也只好收束了眼泪，望着他哀怨地问。乐明当然连连点头，捧了她手儿，亲着她的脸，诚恳地说道："我怎么会丢掉你？你的处女已交给了我，我如何还能丢你？那我还能算上一个人吗？除非没有心肝了。"

"但是，你……不多几天……就要回上海去的，万一你到了上海之后，倒不再理我了，那叫我到什么地方去找你好呀？"

"你别说傻话了，我们当然要时常通信，同时有机会的话，我还希望你能到上海我家里来游玩，那时候我把你介绍给爸妈认识，像你这么一个聪明美丽的姑娘，我爸妈见了你，还会不中意吗？只要爸妈喜欢你，我就差人来做媒，说不定下半年我们就可以结婚了呢！秋兰，你说我这意思好吗？"

乐明这一番话，把秋兰方才说得慢慢地欢喜起来，她微微地咬着嘴唇皮子，秋波恨恨地白了他一眼，说道："我希望你言而有信，不要是花言巧语才好。"

"我假使是花言巧语的欺骗你，那……我……就没有好死！"

"好！你记住这末后一句话，常言道：过头三尺有神明，不是随随便便可以念誓的，你若丢掉我，以后就要应着现在的话。"

"那当然，我始终爱你，我不会忘记你，我哪儿会没好死呢？"

"你别跪着了，站起来吧！"

秋兰这才努努嘴儿，向他命令式地回答。乐明笑嘻嘻偎着她身子，却放刁似的，说道："我跪了那么多的时候，两膝又酸又麻，一时站不起身子，你就扶我一下吧！"

"我可没有叫你跪着我呀！又酸又麻也是活该。"

"好妹妹，那你的心肠也太硬一些了！"

"你糊里糊涂的欺侮了我，你的心肠难道不硬吗？"

"那我是因为爱你啊！"

"哼！这种不合法的爱，是一个品行高尚的青年所不为的。"

秋兰冷笑了一声，包含了讽刺的口吻，向他痛责地说。乐明听了，自然十分的惭愧，因此红了脸儿，却默不作答。秋兰见他垂了头儿，呆呆地出神，遂伸手去抬他的下巴，不料他脸上却沾了无数的泪痕。女子的心肠到底是软弱的，一见他哭了，便也没有勇气再责备他了，低低的说道："怎么？是你欺侮了我，你倒反而哭起来了？"

"秋兰！我……觉得你的话是不错的，一个青年不应该有这样不正当的行为，恋爱是要纯洁清白，那才是真理，所以我非常对不起你！"

乐明抬起头来，似乎十分悔恨的神气，一面流泪，一面低低地向她求恕。秋兰叹了一口气，却又显出温情的态度，拿了手帕给他拭泪，说道："只要你不始乱弃，一心爱我到底，那我终可以原谅你。"

"妹妹！我生生死死不会抛弃你，你只管放心吧！"

"我相信你的话，……你快点站起来吧！"

秋兰终于伸手扶起了他身子，温和地说。一面她自己也站起来，秋波哀怨地逗了他一瞥，说声明儿见，便预备回房子去了。乐明拉住了她的手儿，依依不舍地说道："秋兰，你别忙，再坐一会儿吧！"

"你还有什么话儿？瞧，已经十一点半了。"

"我……舍不得你离开我……"

"我瞧你真有些儿痴头怪恼的，难道我能陪伴你到天亮？"

秋兰听他这样说，芳心倒是荡漾了一下，忍不住嫣然一笑，白了他一眼，有些娇嗔的样子。乐明怀抱了她腰肢儿，笑嘻嘻说道："嗯！我的意思，你最好永远地陪伴着我。秋兰，你再给我多瞧一会儿。"

"难道刚才还瞧的不够吗？"

乐明见她说完了这句话，立刻显出娇羞万状的样子，两颊红得像玫瑰花似的，一时爱极欲狂，情不自禁搂住她脖子，说道："你给我瞧上三日三夜，我还觉得太少呢！"

"好，那么我就给你瞧一个痛快！"

秋兰把粉脸凑近过去，两人的脸儿这就接近得不到一寸的光景。乐明只觉得她樱口里吹气如兰，令人神魂颠倒，因此他再也忍熬不住地把她紧紧地吻住了。两人热烈地吻了一回，秋兰的娇躯是软绵绵地倒在他的怀里，几乎一些儿气力也没有了。乐明低低地说道："妹妹，你今夜索性睡在我这儿房内好吗？"

"是不是你还预备再欺侮我一次？"

乐明被她这么一问，心内的热情立刻冷了下来，满面又显现出惭愧的样子，很不好意思地说道："妹妹，你为什么要这样说呢？难道你还以为我对你存了玩弄的手段吗？"

"可是，你不应该叫我睡在这儿房中，要如给爸爸和李妈知道了，我看你还有脸儿做人吗？"

"是的，这是因为我情感太浓厚的缘故，妹妹，那么你早些儿回房去休息吧！"

"我希望你能跟我早些实现结婚的愿望，那时候我的一切，就任你来摆布的了。你不用送我了，当心外面风大，明儿见！"

秋兰说完了这几句话，方才推开他的身子，向他赧赧然地一招手，便匆匆地管自回房去了。乐明这晚睡在床上，心里是甜蜜得像吃了一块糖，他在怀念这二十六年来从未尝到过的滋味，他的心是跳动得厉害，他情不自禁的又会把那软绵绵的被儿，紧紧地抱住了。

从这一夜起，乐明仿佛着了魔似的，便定定心心在秋兰家里住宿了一星期。士钊当然想不到女儿和乐明会发生了这样密切的关系，所以他并不注意的尽管让他们深夜在一起，还以为他们正正经经谈谈爱情，那也没有什么问题。因此成全了乐明，竟过了一星期温柔乡的夜生活。

日子是并不像他们难舍难分那么的多情，不知不觉终于到了乐明要动身回上海去的这一天了。秋兰想到这星期的温情缠绵，今日就要分离，芳心自然十二分的悲伤，所以在乐明面前，忍不住暗暗地流着眼泪。乐明只好向她说了许多海誓山盟的话，劝她千万不要伤心，保重身子要紧，一面来和士钊告别，说道："老师，这几天来，多多打扰了你府上，我心里十分感激。假使老师有空的话，和兰妹一同也到上海我家来玩几天，那我们一定万分欢迎。"

"很好，很好，过几天我一定叫秋兰也到上海来玩玩。乐明，你府上的地址可会留给秋兰知道吗？"

"爸爸，他已抄给我了，我藏在身边。"

秋兰在旁边，先低低地回答。士钊点头说好，乐明于是起身告别。秋兰说她要一同到火车站去送乐明动身，士钊当然没有阻拦她，乐明更是求之不得，遂含笑携手而去。士钊见了他们这样亲热的情形，心中也很安慰，站在院子里，眼望着他们身子消失了后，忍不住含了一丝得意的微笑。

两人到了火车站，买了一张二等车票，秋兰偎着乐明身子，有些眼泪汪汪的样子，望着他脸儿，说道："你到了上海之后，要给我

175

常常的通信才好。"

"我知道，每星期给你一封信，你说好吗？"

乐明紧紧地握了她纤手，笑嘻嘻地问她。但秋兰却摇摇头，低低地说道："一个月给我四封信，那未免太少了。"

"那么过三天给你一封信，你还嫌少吗？"

"三天一封信，那么一个月有十封信，那就差不多了。乐明，我们互相通信，你爸妈会干涉吗？"

"不会的，我的行动，绝对自由，你一百二十个放心好了。"

乐明摇摇头，用了温情的语气，竭力地安慰她说。秋兰沉吟了一回，微微地叹了一口气，低声儿说道："上海是个繁华之地，漂亮的女人一定很多很多，我希望你见了她们，要当做没有瞧见一样，你的心里应该时时想着我这一个人。"

"我一定时时刻刻地想着你，我见了别的女人，我会把她们当作木头人一样，我绝对不会动一些感情。秋兰，你终可以放心了。"

秋兰听他说得有趣，一时含了眼泪，倒又忍不住嫣然地笑起来了。

乐明坐在二等车厢里，眼望着车窗两旁的景物，都很快地向后退移，耳朵里只有轧隆轧隆的声音，是十分的嘈杂。他呆呆地想着这次到杭州来游春，万不料会和一个美丽的姑娘发生了这样不平常的关系，一时又甜蜜，又羞愧。仔细想想，觉得自己太荒唐一些，因此红了两颊，独个儿也会深长地叹了一口气。不料正在这个时候，忽然有人娇嗔地喊道："高先生！啊！巧极了，你也是今天回上海吗？"

乐明急忙抬头望去，只见自己身旁已亭亭玉立地站着一个摩登的姑娘了。向她仔细的一望，由不得呀了一声，连忙站起身子，笑道："我道是哪个，原来是白小姐！真的太巧了，你也今天回上海去？"

"世界上巧遇的事情当然有的，高先生，你旁边还有别的旅客坐着吗？"

"没有什么人，只有我一个人坐的。白小姐，你坐在哪个位置上？"

"我坐在那边，没有关系，反正我没有行李，到处都可以坐，我就跟你坐在一起，一路上大家好说话，不会感到寂寞。"

白苹笑嘻嘻地说着，一面摆摆手儿，是请他坐下的意思。乐明当然没有拒绝她同坐的理由，遂只好先坐了下来，还把身子向里面捺进了一些。但白苹却老实不客气地就在他身旁一屁股坐下了，而且还向他偎靠得紧紧的，表示十二分的亲热。秋波水盈盈地斜瞟了他一眼，微笑着说道："高先生，你这一星期的日子都住在崔小姐家里吗？"

"也没有全住在她家里，我在西冷饭店里也住过三四天。哎！白小姐，我想起来了，那天真觉得抱歉，累你喝醉，后来怎么样了？为什么不再到崔小姐那儿来玩？倒叫我们心里都很想念你哩！"

乐明听她问这一句话好像有什么作用似的，一时支支吾吾的颇觉很不好意思，所以只好圆了谎言回答，一面又故意打岔地问她，表示非常关心的样子。白苹微微一笑，叹了一口气，说道："不要提起这一件事了，一提起了，就叫人心里难受。"

"怎么啦，白小姐？"

"表妹送我回到家里之后，当夜我竟头疼发热地生起病来。我到杭州来的目的，原是为了游春，谁知竟生好几天的病，你想倒霉不倒霉？"

"这……我们一些也不知道，否则，我们一定要来望望你的。白小姐，你现在可全好了？说来都是我不好，那天不应该给你多喝了酒。"

乐明很担着抱歉地说，表示十分的不安。白苹摇摇头，笑盈盈地瞟了他一眼，低声儿说道："这是我自己太好胜才喝醉的，如何能怪到你的身上？那天你不是竭力劝我不要多喝吗？可惜我没有听从你的话，要不然，我何至于在床上闷卧了几天哩！"

"所以酒这样东西，少喝一些是可以活络血脉，但喝得太多了，实在是很伤身体的，我劝你以后倒要小心一些才好。"

"谢谢你这么关心我，我真是十分的感激。高先生，我听表妹告诉我，那天我醉后的神态很不好，而且还把污物呕吐了你一身，所以我心里确实也非常的抱歉！"

白苹柔情绵绵地望着他脸儿，秋波逗了他一瞥歉意的媚眼，笑盈盈地说。乐明连忙也含笑说道："在衣服上只吐着了一些儿，没有关系的，你不用客气。"

"我想回到上海之后，你把那身西服交给我，我给你拿到洗衣店里去洗一洗，那我才安心。"

"白小姐，你也说得太有趣了，这一些儿小事情，难道你还老是挂在心上吗？你倒不会说赔我一套新西服，那我不是还可以发财了吗？"

乐明听她说得那么有趣，一时忍不住哈哈地笑起来了。白苹伸手轻轻地拍了他一下肩胛，眉毛儿一扬，扑哧笑道："你也说得太过分了，就算我真的赔还一身新西服，那也不见得就发财了呀！"

"旅途上太寂寞，我们说个笑话，也好解解闷儿呢！"

两人说笑了一回，白苹望着他英俊的脸儿，又低低地问道："我听秋兰告诉，说你还是一个音乐家呢！那天在柳浪闻莺那儿，只怪我有眼不识泰山，还得请你原谅才好。"

"其实这也怪不得你们要生气，原是我自己太冒昧了一些。"

乐明被她提起了往事，也不由得很难为情的红了脸儿，连忙低低地回答。白苹见他倒像个女孩儿家似的，遂笑嘻嘻着说道："我想你听了崔小姐的歌声，大概有些神魂颠倒了吧？"

　　"白小姐，你真会说笑话。"

　　"倒不是笑话，正经的，你若果有爱她的意思，我可以给你做月老。"

　　白苹所以这样说，无非假痴假呆探听他的口气。乐明听了，心中不由暗暗地好笑，想道：我们早已连夫妻的权利都享受过了，哪里还要什么人做月老吗？乐明心中这样想，但口里却不说什么，只微微地一笑而已。白苹见他不说话，心里很着急，遂又含笑问道："高先生，我们谈谈正经的，在上海哪几个学校里执教呀？"

　　"沪东中学里我担任的是英文教授，浙江中学里我担任的是音乐教授……"

　　你真是能者多劳，听说你还开设了一个音乐学校。

　　白苹不等他说完，便瞟了他一眼，称赞地说。乐明笑道："也无非是穷忙而已，春明音乐学校是我几个音专同学合办的，我每天只去教两个钟点的课，但东忙西跑，也确实很够麻烦的了。"

　　"我想你可以买一辆车代步，那身体就可以舒服一些了。"

　　"幸亏我爸爸有几辆汽车，我就用了一辆，比较便利得多。"

　　乐明这两句话，听到白苹的耳朵里，当然十分的惊奇，暗想：这么说来，他还是一个富家之子哩！于是又笑盈盈问道："你爸爸是做什么生意的？"

　　"我爸爸是开设纸行的。"

　　"原来是纸头老虎，这可了不得，近来纸儿涨得热昏，怪不得你爸爸汽车可以有好几辆哩！"

　　白苹这些话虽然近乎羡慕性质，但多少是包含了一些讽刺的成分，所以乐明听了，两颊益发绯红起来，很不好意思说道："我爸爸的汽车，都是十年前就买下来的，倒并非是发了国难财方才致富的，这些我应该向你声明的。"

"算了吧，我听说你们十年前还住在杭州哩！其实发国难财和胜利财方才致富的，没有什么关系。比方拿我爸爸来说吧，他现在可说是个股票大王，也完全是发了时势造英雄的财呀！"

白苹这几句话也是说破他们从前住在杭州的时候并不是什么大富之家的意思，不过她又怕乐明恼羞成怒，所以又把自己爸爸的事业也说出来，表示他们都是社会上同等的人物。乐明听了，果然微微地一笑，说道："这么说来，你爸爸是个投机家？"

"不错，这个年头儿做人，不投机、不操纵，哪儿有汽车坐？哪儿有洋房住呢？再老实说一句，我们哪儿能到杭州来游玩西湖呢？"

白苹听他这样说，显然他是有些向自己报复的意思，但是她却非常坦白地回答，这倒把乐明说得哑口无言了，笑了一笑，不再回答什么话。两人静静地坐了一会儿，白苹忽然在皮包里取出一包留兰香糖，抽出一片，递到乐明手里，笑盈盈说道："高先生，吃糖吗？"

"哦！谢谢你。"

乐明不便拒绝，遂伸手接过，说了一声谢谢，他一面在袋内摸出一包白锡包烟卷，也递一支过去，问她说道："白小姐，你吸烟吗？"

"我不会吸烟，你自己吸吧！高先生，你府上住在什么路呀？"

白苹摇摇头，一面把留兰香糖放在小嘴里细嚼着，一面向他低低地问。乐明取了打火机，燃着了烟卷，吸了一口，喷去了烟后，方才说道："舍间在嘉善路一百二十六号，白小姐有空，不妨过来玩玩。"

"那么离我家倒不远，我家是住在亚尔培路三百十六号，高先生有空，也请过来游玩。星期日我终在家里的，你知道吗，我在春明大学读书的。"

白苹听他并不反问自己家住那儿，她心里很是着急，遂自己先问他告诉出来说。乐明点点头，说道："我知道你在春明大学读书，因为你表妹已经告诉过我。"

"表妹说是你问她的，你还问我多大年纪了是不是？高先生，你很关心我吗？"

乐明再也想不到白苹会厚了面皮向自己问出这一句话来，一时倒弄得两颊绯红，不知怎么回答才好，遂尴尬地笑了笑，说道："你表妹天真活泼，很是可爱，我们坐在车上，也无非偶然谈着解闷而已。"

"那么你并不关心我吗？"

"我……我……无缘无故的怎么能关心你？"

白苹见他那一副窘态，感到相当有趣，忍不住扑哧一声笑了起来，伸手按了他肩胛，把娇躯几乎要靠到他的怀内去，笑道："那也没有关系，我倒很想跟你结成一个朋友，不知道你心里愿意么？"

"交个朋友，那也无所谓，我当然愿意。"

"不过，我希望我们能够交一个密切一些的朋友，你觉得怎么样？"

乐明听了这一句话，一时支支吾吾的倒回答不出什么话来了，暗想：看这情形，这位白小姐不是有爱上我的意思吗？但是我心中已有秋兰这个可爱的姑娘了，我怎么还能和她再谈恋爱呢？因此呆呆的倒是愕住了。白苹见他听了这话，并无一些儿喜悦的表示，心中不免有些生气，遂冷冷说道："大概我不够资格跟你交一个密切一些关系的朋友吧？"

"不，不是这个意思，请你别误会。"

"那是什么意思呢？"

"因为……因为……"

"你不用说了，我已经知道了，你是不是已经爱上了崔小姐？"

乐明被她一语道破，心中别别乱跳，脸儿便益发红起来了。但他还竭力镇静了态度，心生一计地说道："不，不！因为我已经是订过婚的人了。"

"真的吗？是你父母做主的？"

白苹引以为真地皱了眉尖，向他慌慌张张地问。乐明将计就计地点点头，却没有作答。白苹连忙又问道："对方是个怎么样的姑娘？你瞧见过吗？"

"瞧见过了，是个中学生。"

"容貌生得怎么样？"

"还算不错。"

"和我比较起来，谁生得美丽？"

"那当然是你美丽得多。"

乐明因为在当面不好意思说她不美丽，所以故意奉承地说。白苹听了，立刻眉飞色舞地得意起来，笑盈盈说道："高先生，你也是一个大学生，难道你愿意这种买卖式的婚姻吗？我以为新时代的青年男女，应该是恋爱自由的，我的意思，你们没有结过婚，事情就好办了，只要你真心爱上我，你不是可以跟对方去解除婚约吗？"

"这件事情，我们到了上海再慢慢地谈吧！只怕我爸爸不答应。"

乐明听她简直有些儿自说自话的，一时忍不住暗暗好笑，遂只好点点头，表面上敷衍着回答。白苹却又愤愤不平地说道："你今年几岁了？婚姻难道还不能自主吗？"

"我二十六岁了，照理上说，我当然有自主权。但……我……一切还全靠着爸爸的经济能力呢！所以我有些怕爸爸。"

"不是怕爸爸，干脆地说，你是怕金钱拿不到手，是不是?"

"这你要明白，也就是了。"

"我老实跟你说，我爸爸就有我一个独养女儿，所以爸爸的产业，只有我一个人有承继权，只要你真心爱我，我爸爸所有产业，都是你所有一样了，那你还怕什么呢?"

白苹非常爽快地对他说，是希望他去解除婚约的意思。乐明沉吟了一回，只好说到了上海后再作道理。于是两人说话，就在这儿告一个段落。

两人回到上海，同坐了一辆三轮车回家。车子先到亚尔培路三百十六号门口，白苹叫车夫停下，一面和乐明握手，说道："你家里电话号码多少数字? 我有什么事情可以打电话来找你吗?"

"七六七八九，不过我在家里的日子是很少的。"

"反正往后再说吧! 再见。"

白苹点点头，便匆匆地步进那座小洋房门口去了。这儿乐明回到家里，匆匆走入上房，只见爸妈都在，听弟弟乐天在说道："我瞧还是先给哥哥定下吧!"

"弟弟，你说什么先给哥哥定下来呀?"

乐明因为听得有些莫名其妙，这就连忙急急地问他。乐天抬头一见乐明，便笑起来，说道："哥哥回来了，那就好了，我告诉你，爸爸预备给你定亲呢!"

"啊! 弟弟，你不要开玩笑吧?"

这消息听在乐明的耳朵里，自然万分吃惊，那颗心儿会像小鹿似的乱撞起来，遂故作不相信的样子，埋怨着回答。乐明的父亲高利民，一面吸着雪茄，一面笑呵呵地说道："不是开玩笑，事情是真的。我最近认识了一个朋友，在社会上相当有地位，他只有一个独养女儿，还在大学里念书。他听说我有两个儿子，他的意思，预备把女儿给我做媳妇，嫁给老大还是老二，他没有成见，反正由我做主好了。刚才我对乐天说了，乐天的意思，说他还在大学念书，暂时谈不到婚姻的问题，所以说先给你定下了，不知道你的意思怎么样？"

"爸爸，我的意思，对方既然还在大学念书，而弟弟也在大学念书，那么他们此刻先订婚，等大家毕了业之后再行结婚，不是很好吗？"

乐明听了爸爸的话，方才知道这是实在的事，因为自己心中已有了秋兰，况且白苹还一味地缠绕自己，所以他当然着急起来，遂转着乌圆眸珠，说出了这一番理由来。乐天听了，也着急地说道："婚姻事情，终得由大而小挨次下来才对，弟弟怎么好抢着哥哥先订婚呢？我说你这理由是不对的。"

"这有什么关系呀？社会上类如弟弟先结婚的情形也很多呢！"

"我不要，哥哥不订婚，我就更嫌太早了。"

乐天由沙发上站起身子，表示不愿意的样子，恨恨地说。高利民笑道："其实你们年龄都不小了，大家应该定了亲事才对。不过对于这一头婚事，照彼此年纪而说，倒是嫁给乐天为相宜。因为这个女孩儿还只有二十一岁，比乐天小一岁，和乐明却相差五年。所以我的意思，还是乐天先定下了再作道理。"

"相差五年，不也很好吗？爸爸，你应该先给哥哥的。"

乐明听父亲这样说，急红了脸儿，连忙又坚决地推脱。乐明听了，也连声地说不要。高太听两个儿子都不要，便生气地说道："不要，不要，大家都不要！老头子，我劝你还是别管这些闲账吧！"

"哎！孩子长大了，便什么都不由爹娘做主了。"

利民摇摇头，却忍不住深长地叹了一口气。于是大家静悄悄地沉默了一回，这时仆妇进来，说饭厅里已开上了饭，请老爷太太，大少爷二少爷用晚饭去。

第二天早晨，乐明还只刚起身，仆妇就来说大少爷的电话。乐明连忙来到电话间，握了听筒，问道："是谁？"

"你是高乐明吗？我是白苹。"

"喔！白小姐！这么早有什么贵干呀？"

"我有一件要紧事情跟你商量，你马上到乐开咖啡室来一次好吗？"

"今天学校里要上课的，我哪儿来工夫还上咖啡室呢？"

"难道你就不能为我牺牲一天吗？你……你……也太狠心了。"

"这……这……你要原谅我，我……早晨实在没有空呀！这样吧，晚上七点钟我们在咖啡室碰面好不好？"

"也好，那么我请你金谷饭店吃西餐，你可不能失约。"

乐明被她缠绕不过，一时没有办法，也只好勉勉强强地答应下来。他放下听筒的时候，却忍不住深长地叹了一口气。

五 悬崖勒马孺子尚可教

一阵一阵的音乐声音，在天青的日光灯之下，悠扬地播送着。那边火车式的座桌坐了一个摩登的姑娘，她这时的神情，显着相当的忧郁，皱了细长的眉毛儿，好像心事重重的样子。她不时抬起头来，向门口进来的男女食客张望不停。而且她又常常瞧着手腕上的手表，显然她是在等人的样子。好容易给她发现一个西服青年，匆匆由门外而入，她仔细一望，这才展现了笑容，很快地走上前去，拉了他的身子，叫道："高先生，你也来得太迟一些了，叫人等了多心焦哪！"

"白小姐，我们约定的不是七点钟吗？此刻还只有六点五十呀！怎么能说我迟到呢？"

乐明听她似乎有埋怨的意思，遂不得不辩白着回答。白苹仔细一想，也觉得自己有些埋怨错了，遂对他盈盈一笑。一面拉了他向座桌边走，一面说道："虽然约好原是七点钟，但你应该早些儿到来才好啊！"

"你不知道，我在学校里分不开身，其实我的心里也很着急呢！"

乐明没有办法的只好这么回答她，表示他有不得已苦衷的意思。白苹坐下后，便向侍者一招手，吩咐拿上两客精美西餐，一面又向乐明问道："你喝什么酒？"

"还是喝啤酒吧！你喜欢吗？"

"很好，我也爱喝啤酒的。喂！拿四瓶啤酒。"

侍者答应了一声，便即匆匆下去。乐明在袋内取了烟卷，一面点火吸烟，一面望了白苹一眼，笑嘻嘻相问道："你喝啤酒的胃口这么好吗？我是只能喝一瓶的。"

"我的意思，原预备每人喝两瓶。既然你只有一瓶胃口，那么我就喝三瓶也没有关系。"

"我就怕你像在杭州一样的喝醉了，那可怎么办？"

"今夜我若喝醉了，我倒希望能够醉死了痛快。"

白苹听他这样说，粉脸上立刻笼住了一沉浓霜般的愁云，叹了一口气，沉痛地回答。乐明倒弄得有些莫名其妙，吃惊地问道："你这话是什么意思？难道你受了什么刺激了吗？"

"难道你忘记我约你到这儿来是有事情商量吗？"

白苹的明眸含了哀怨的情意，向他脉脉地逗了一瞥，低低地问。乐明听了，这才记了起来，哦了一声，连忙说道："不错，那么你有什么为难的事情和我商量呢？"

"我回到家里，听爸爸告诉我，他预备给我配人了。"

乐明听她说完，大有盈盈欲泪的样子，一时暗想，奇怪得很，这真是无独有偶的了。因为自己对她根本也没有什么意思，所以对于这个消息，当然心中也并没有过分吃惊的表示，故意沉吟了一会儿，说道："你知道对方是个怎么样的人？照片看过吗？"

"没有。"

"在读书，还在经商呢？"

"我也不知道。"

"难道你爸爸给你做媒，就不详细告诉你对方的人才吗？"

"他告诉我的，但我心中就存了一个不愿意，所以一句也没有听进耳朵里去。我不愿意这种盲目的婚姻，我无论如何也不答应的!"

白苹恨恨地说道，她几乎要哭出来的样子。乐明见她类如撒娇的神情，又听她这么说法，一时忍不住倒也笑起来了。白苹被他一笑，倒气得愤愤地说道："你这人真没有情义的，我心里难过，你还向我笑哩！"

　　"我笑你说得有趣，你爸爸既然详详细细告诉你对方的人品，你就暂时听在耳朵里也不妨事呀！为什么一句也不听呢？"

　　"我一心一意要嫁给你，我为什么还要听这些啰唆的话呢？"

　　白苹说出来这两句话，秋波斜乜了他一眼，红了脸儿，有些赧赧然的样子。乐明听她对自己竟有这么的痴心，一时心也不禁怦怦乱跳。但他竭力压制情感的行动，为难地说道："不过，你该明白，我已经是个有未婚妻的人了。"乐明说到这里，侍者把第一道花旗冷盘拿上来，并又拿上四瓶啤酒，先开了两瓶。白苹因为听了乐明的话，芳心似乎有说不出的痛苦，她满满地倒了一杯，向乐明举了一杯，说声请，便仰了脖子，一饮而干。乐明见她态度失常，心里有些慌张，遂急急地说道："白小姐，你为什么要这样狂饮呢？"

　　"不要管我，我非喝个大醉不可。"

　　白苹一面说，一面拿了啤酒瓶，又向杯子里倒去。乐明这就伸手去阻拦了她，低声儿劝着说道："白小姐，你这又有何苦呢？你千万不要这个样子，我们有话好好儿地说吧！"

　　"还有什么可说的？我恨不得马上就死！"

　　白苹被他阻拦了，这就不能再喝酒了，她万分怨恨地说了这两句话，眼泪竟然真的直滚下来了。乐明忙又温情地说道："白小姐，那么照你的意思说，你预备叫我怎么样呢？"

　　乐明这句话，倒是把白苹问得愕住了。于是便收束了眼泪，叹了一口气，哀怨地说道："我不是叫你来商量商量的吗？"

　　"白小姐，我喜欢跟你说老实话，你要我跟未婚妻去解除婚约，这在我倒也无所谓，然而我父母肯不肯依我这样做，那实在还是一个问题。所以我的意思，你爸爸既然给你配人，你不妨先听听对方是个怎么样的人，倘然是个俊美的好人才，那么在你又何必一定要爱上我一个有未婚妻的青年呢？因为我去解除婚约，这也是一件很麻烦的事。况且两头美满亲事，拆散了变成我们一头亲事，这在我未婚妻的心中，她是多么痛苦呢！白小姐，你说我这话可有道理么？"

"我明白了，你大概很爱你的未婚妻吧？"

"因为我不愿一个可怜的女子遭到一重打击的痛苦。"

白苹听他这样说，她似醉如痴地出了一回子神，眼泪忍不住又落下来了。乐明见了女人家的眼泪，他心里也会感到悲酸起来，叹息着说道："白小姐，我劝你别太痴心了。"

"你……就……忍心看着我这个可怜女子遭到打击的痛苦吗？"

"你现在根本还不知道对方的人生得好不好，你怎样肯定你自己会遭到打击呢？万一那个对象倒比我更生得好呢？这机会错过了，岂不可惜吗？"

"那么假使是个不俊美的人儿呢？你有什么办法可以使我感到满意吗？"

乐明听她这样问，一时倒觉得不知怎么回答才好，遂沉吟了一回，忽然笑了笑，敷衍着说道："假使你见过他的人儿后不喜欢他，我一定去解除婚约，来跟你结婚。"

"啊！我的天！你这话可是真的吗？"

白苹把娇躯靠到他的身上去，她这回子却忍不住破涕笑起来了。乐明见她对自己这么的情意绵绵，一时也不免被她弄得神魂颠倒，遂扶起身子，含笑指指花旗冷盘，说道："白小姐，我们先吃菜好吗？此刻肚子倒真有些儿饿了。"

"好！你只管吃呀！我又不会叫你不吃呀！"

"那么我们慢慢儿一口一口地喝，不要这样一杯一杯地狂饮。"

乐明一面低低地说，一面握了杯子凑了过来。白苹懂得他的意思，遂也握了杯子，和他碰了一碰，然后两人凑到嘴边，喝了一口。乐明握的刀叉，向盆上一指，便动手吃了，一面望了白苹一眼，却神秘地一笑。白苹红晕了娇靥，赧赧然地问道："你为什么望着我老是好笑呀？"

"我笑你像个小孩子似的，一会儿哭，一会儿又笑了。"

"嗯！没有成家的青年男女，当然还是个小孩子，难道你算是个大人了吗？"

白苹噘着小嘴儿，撒娇地说，秋波逗给他一个妩媚的娇嗔。乐明没有回答，却含笑低头只管吃着菜儿。两人吃了一回，白苹拉了拉他的手，低低说道："我要你跟我跳舞去，你愿意吗？"

"我当然愿意的。"

乐明站起身子，挽了她手儿，一同走到舞池里去了。白苹紧紧地靠在他的怀内，把她的粉脸也柔软地贴在他的面颊上，这意态真是亲热到了极点。乐明在她这样柔媚的手腕迷恋之下，他那颗心儿真是紧张得像小鹿般地乱撞起来了。但白苹忽然仰开娇靥，眯了媚人的双眼，凝视着他，笑道："你的心怎么跳得那么厉害呀？"

"因为……我好久不跳舞的缘故。"

乐明情不自禁搂住她的腰肢儿，两人的胸部就真贴在一起，这时乐明的感觉，更加神魂飘荡起来了。白苹还把小嘴去吻他的面颊，低声儿说道："我说你是见了女色动了心的缘故。"

白苹一面说，一面还故意把身子扭动了几下。乐明身上的每个细胞，这就更加肉感起来了。他在杭州因为已经亲近过女色的滋味，所以此刻糊糊涂涂的，顿时会想到了神秘的一幕。幸亏这时音乐已停，两人方才携手回座了。白苹见他脸儿也红得发烧，而且两眼望着自己，好像有些迷醉的样子，于是她的芳心，便想到了一个主意。她把啤酒满满地又倒了两杯，笑道："来吧，我们喝个痛快，人生难得几回醉！"

"我怕你会喝醉的……"

"不会的，啤酒没有关系，我给你再倒一杯。"

乐明起初是很清楚的，但到底有了三分酒意之后，况且又在白苹柔媚的手腕抚弄之下，他也慢慢地糊涂起来。两人吃毕这顿西餐，啤酒喝了半打。这时已八点半了，乐明伸手要付账，却被白苹抢着付了，秋波白了他一眼，说道："今天是我请客，为什么要你付钱呢？"

"你付我付不是一样的吗？你为什么要分得那么清楚呢？"

乐明笑嘻嘻地回答，他有些讨便宜的意思。但白苹听了，是只有感到十分的欢喜，点点头儿，眉花眼笑地说道："你这句话说得中听，那么我已付了，你回头还给我好了。"

"好的，好的，那么我送你回家去吧！"

两人一面笑着说话，一面走出了金谷饭店的大门。这时马路两旁的舞厅戏院的霓虹灯亮得通明，真是十分的热闹，白苹说道："这么早的时候，你预备送我回家去吗？"

"我随你的意思，你要到哪儿去游玩，我终可以奉陪你。"

"那么我们到大东舞厅去坐一会儿，那边地方大，比较清静一些。"

乐明听她这样说，遂把头一点，表示很赞成的意思。两人坐了三轮车，便又到大东舞厅里找寻欢乐去了。

舞厅里的光线当然比金谷饭店内更要暗沉而带了神秘的成分，所以酒后的乐明和白苹，两人紧紧地偎坐在一个角落里，他们是显得分外的亲热。这时爵士音乐奏得非常热狂，白苹虽然醉得身子有些软绵绵的，但是她心中也被音乐声鼓动得高兴起来，遂拉了乐明的手儿，一同到舞池里去了。

在一阵欢舞之后，白苹有些头晕目眩起来，因此搂住了乐明的脖子，一面咻咻地笑，一面却连说不行不行。乐明奇怪地说道："什么事情不行呀？"

"我不能再跳下去了，我的两眼发花了呢！"

"一定是有些醉了，我快扶你到桌子旁去坐一会儿吧！"

乐明听了，慌忙把她连抱带扶地回到座桌边来。白苹把娇躯整个儿倚在乐明怀里，微闭了星眸，口里低低地说道："别动，别动，我要呕吐起来了。"

"那怎么办？我……我……不是叫你少喝一些儿吗？"

乐明有些埋怨地说，一面却不敢动一动的让她静静地靠着，恐怕她又会呕吐起来。白苹并不说话，闭了眼睛养神，但她的小嘴齐巧凑在乐明的脸上，乐明只觉她吹气如兰，似乎有股子细细的幽香，触送到鼻子管里来。他本来已经有些醉意了，因此这时就更加神魂飘荡的完全陶醉了，情不自禁地偏过脸去，他的嘴齐巧对准白苹樱唇旁，于是他不老实地吮吻下去了。白苹是个怀春的少女，在平日确实已很需要异性的慰藉了，今日在酒后的环境下，被乐明这么轻轻一吻，那嘴唇是最敏感的东西，这使白苹内心的热情更像火山似的爆发出来。微启明眸，斜乜了他一眼，恩恩唔唔发嗲地说道："怎么啦？你偷东西吗？"

"我偷什么东西？"

"你偷了我的小樱桃，嘻嘻……"

白苹低低地说，却忍不住咻咻地笑得花枝乱抖。乐明被她身子这么一抖动，这就引起了感觉，他情不自主地紧搂她软软的腰肢儿，笑道："难道你舍不得给我偷吃吗？"

"我肯，我情愿，你不用偷，你就放大了胆子爽爽快快吃吧！"

白苹这时的热情已关不住了，她一面说，一面把小嘴儿也凑了上去。乐明还有不乐而接受的道理吗？于是两人的嘴唇再度凑合在一起来。良久，良久之后，白苹才推开了他，气喘喘地说道："我……我……头痛得厉害，我……我……要睡了。"

"那么我送你回吧！"

"不！我不能让风吹了我，否则，我要呕吐的。"

"那怎么办呢？你终不能在舞厅里睡一夜的。"

乐明搓搓手，皱了眉尖儿，似乎忧愁地说。白苹眉花眼笑地凝视着他俊美的脸儿，心里荡漾着说道："不睡在舞厅里，不回家去，还有别的地方能给我睡吗？你倒想一想。"

"那除非是睡在大东旅社了，不过……被人家瞧见了，说起来很不好听吧？"

乐明情不自禁冲口说出来这句话，但立刻又顾虑到这一层的回答。白苹却很得意地扬眉笑道："这不会那么巧的，难道就会碰见什么熟人吗？我想你准定给我弄一个房间去养养神，否则，我委实受不了！"

"我的意思，还是我送你回去比较妥当。"

"嗯！我不要，你……不依我，我……情愿不要做人了。"

白苹撒娇地说，她说到后面，似乎还要哭出来的样子。乐明这就没有了办法，只好称了她的心意。

当白苹睡在大东旅社床上的时候，她口里还是不住地呻吟着，好像有什么不舒服的样子。乐明本来是坐在沙发上出神，听了她的呻吟声，便走到床边去，低低的问道："白小姐，你为什么哼着？有什么痛苦吗？"

"我头痛，我心里发烧……"

"那是你酒醉的缘故，我叫侍役去买些水果来给你吃吃好吗？"

"不要，你……你……能给我在额角上轻轻地捶敲几下吗？"

白苹水汪汪的秋波，向他斜乜了一下，央求地说。乐明不忍拒绝她，只好在床边坐下了，握了拳头，在她额角上一下一下地敲着。白苹含了浅浅的笑容，呆呆地望着乐明，似乎得到了一种深深安慰的样子。乐明于是问她说道："你现在觉得好一些儿吗？"

"好得多了，谢谢你，你累吗？"

"我不累，你闭了眼睛静静地睡一会儿。假使你在十二点之前醒过来，我还可以送你回家去。"

乐明很温情地说，他此刻理智还很清楚。但白苹听了，芳心里却有些儿怨恨，不过表面上是显出感谢的意思，向他点点头。过了一会儿，白苹又低低笑道："你瞧，我们这情形像什么？"

"像什么？"乐明莫名其妙的样子，低声儿反问她。

"哎！你这人真笨，这一些都不知道的。"白苹向他怨恨地娇嗔着。

"哦！……"乐明有些想过来了，他微微地笑起来。

"哦什么？我们像不像一对小夫妻？"白苹厚了面皮问，芳心的跳跃，好像小鹿似的乱撞。

"有些像……"乐明的心儿也跳动着。

"干吗说有些像？难道不能说完全像吗？"

乐明不知道该怎么回答才好，他笑着却没有作答。白苹见他还是毫无感情的样子，心头十分焦急，忽然眉尖儿一蹙，喔了一声叫起来。乐明吃惊地问道："怎么啦？"

"我……我……忽然肚子痛起来。"

"那……可怎么好？我去给你买人丹吧！"

"不用，你给我揉摸揉摸就行了。"

白苹两手捧着腹部，显出万分痛苦的样子。乐明被她说得神志有些糊涂起来，一时只好依顺了她，伸手在她腹部连连揉摸。白苹兀是喔唷喔唷地叫着，乐明因她哼得厉害，所以揉摸得更加起劲。白苹眯了两眼，瞄着乐明，还连说上一点。乐明随了她的话儿，他的手指也接触到软绵绵高耸耸的时候，他的神志这就更加昏迷起来了。在不可抑制的热情爆发之下，乐明情不自禁地伏下床去，把她脖子紧紧地搂抱住了，在她小嘴儿上这就发狂似的吻了一个痛快。

当白苹的酥胸已显露在乐明眼前的时候，忽然间，在乐明的脑海里回想起秋兰这个姑娘来，因此他的耳朵里仿佛听到有人在对他说："你不能再随随便便爱上别的女人了，否则，你会没有好死的！"这在乐明心中是感到十分的吃惊，他身子不觉会一阵子颤抖，好像有盆冷水浇在头上似的，立刻感到害怕起来，于是慌忙一骨碌翻身爬起，逃到沙发上去坐下了。

白苹软绵绵地躺在床上，在她芳心里的意思，原是静静待他的发展。因为她预备把生米煮成了熟饭之后，便可以要挟他一定得去解除婚约不可了，那么她就可以达到嫁给乐明的愿望，同时在自己爸爸面前，也可以抱定决心拒绝婚姻的勇气了。不料正在一触即发的时候，万不料乐明会不战而退，一时又惊又奇，猛可从床上坐起，急急地问道："哎！哎！你……你……这是怎么一回事呀？"

"我……我……不能这样糊涂，我……我……太惭愧了！"

乐明绯红了两颊，十分不好意思的样子，支支吾吾地说。白苹听了，这才明白过来，心中由不得暗暗好笑，觉得世界上还有这么老实的傻孩子，那真是太可爱了。因此益发非得到他不可了，遂离开床边，也走到沙发旁边去，把娇躯直倒向他的怀里，媚笑地说道："只要你真心地爱我，我情愿把身子先交给你。"

"但……这不是一件合法的事情，我……不能这样的……唉！请你原谅我吧！"

"那么……你……吻了我，你……摸了我，我……我……就这样白白地牺牲吗？"

白苹无限怨恨地白了他一眼，她故意把乳峰露到外面来。乐明连忙把她衣襟拉上了，遮去了这诱惑性的怪物，说道："白小姐，你……有些醉了，你……应该把头脑冷静一下子，我们是不应该这样的荒唐……"

"好！你刚才吻我摸我，你……不是存心侮辱我吗？"

白苹竖了柳眉，愤怒地喝问着说，她气得快要哭出来的样子。乐明急得目瞪口呆的，愁眉不展地说道："这是我们都喝醉了酒的缘故，你……你……也不能责备到我一个人的身上来呀！"

"你……这没有良心的人，你……也太狠心了一些，我……女孩儿的肉体已被你玩弄了，你现在不要我了，你……你……叫我还做些什么人呢？我……我也不要做什么人了，我……我就死在你的面前好了。"

"白小姐，你……现在还是一个白璧无瑕的处女呀！我究竟还没有对不起良心呀！你为什么要这样说呢？"

"我和你一同在旅馆之内，外界说起来，我们终是发生关系过了，你以为叫我嫁给谁去？你既然不要我，就不该吻我亲我。我现在无脸做人，我还是自杀干净！"

白苹觉得女孩儿家在移樽就教之情形下，谁知还是得不到胜利，这是多么的坍台呢！所以她在乐明怀内撞哭了一回之后，猛可站起身子，似乎奔到外面真的要去闹自杀的样子。

六　移花接木用心诚良苦

乐明见白苹发狂似的要向门外直奔，这就急得抢步奔了上去，紧紧地拉住了她的手，有些口吃的语气，说道："白小姐，你预备上哪儿去？"

"我到马路上去给汽车辗死了干净。"

"这……这……又有何苦来呢？你犯不着这个样子呀！"

"不要你管，我喜欢死！你叫我怎么活得下去？"

白苹一面说，一面尚有挣扎向外走的意思，她粉脸上是沾了无数的眼泪。乐明哪里肯放松她，用力把她拖回到沙发上坐下来，低低地说道："白小姐，你且静一静，我有许多话要跟你说。"

"没有什么可说的了，我……我一切都完了的。"

"你要明白我心中的苦楚，我……我……老实地告诉你吧，我……我因为已经和一个姑娘发生过肉体关系了，你想，我……我怎么再能跟你……唉！那我还能算是一个有人格的青年了吗？"

"什么？你和谁发生关系过了？"

乐明皱了眉毛，无限惭愧地说，他内心似乎十分痛苦的样子。白苹听了这个消息，当然十分惊奇，遂抬了满颊是泪的粉脸，望着他急急地问。乐明的耳根子也红了起来，支吾了一会儿，才低低地说道："就是……秋兰……"

"哦！原来就是她？难道就在这次杭州她的家里发生的吗？"

白苹恍然地哦了一声，大有酸溜溜的成分，妒忌地问他。乐明点点头，却羞愧地没有回答。白苹接着问道："是你爱上她，还是她勾引你的？"

"这也说不上谁的错，都是酒害的人。比方说我们今夜的事吧，也是为了喝醉酒使我们神志都糊涂起来了。"

"秋兰的爸爸知道吗？"

"没有……他若知道了，我还有脸儿做人吗？人家好意叫我住在他的家里，我却把人家女儿身子沾了，我……还能算人吗？"

"那么你说你已订了婚的话，完全是骗我的了？"

"其实，我和秋兰既已发生了肉体关系，不是比订婚更近一步吗？"

"你……你……把我怎么办？"

说话到这里，白苹方知他是为了秋兰的缘故，所以不肯再爱自己了。照道理说，白苹应该放乐明，另找对象。但爱情原是最自私的，在爱的圈子里，大多数人，是只有自己，没有别人的。所以白苹心中又妒又恨，又怨又悲，秋波白了他一眼，忍不住又伤心地流起泪来。乐明在这情形之下，深悔不该和白苹一同在酒后到舞厅里来。不过他口里却解释着道："白小姐，你不还是一个清清白白的姑娘吗？你只管另外可以嫁一个如意郎君，那根本没有什么关系啊！"

"难道你……不能放弃秋兰来爱上我吗？"

"这……我也是有苦衷在心里，我不能见一个爱一个，糟蹋一个丢掉一个，假使我抛弃了秋兰，使秋兰心中受了打击，那么她又将如何的悲痛呢？万一像你一样的要去闹自杀了，我的良心怎么能安呢？"

"她自杀了，你良心不安，那么我自杀了，你倒安心吗？"

"可是，你犯不着自杀的，因为你还没有给我玷污过，你还是一个处女，你有光明的前途，你仍旧可以步入幸福的乐园。"

白苹听到这里，因此弄得无话可答。不过，她芳心里始终觉得十二分的不如意，所以呜呜咽咽的又哭泣不停。乐明被她哭得没有了主意，只有长吁短叹地叹息了一回。忽然他灵机一动，拍拍白苹的肩胛，说道："白小姐，你快不要哭，我倒是有个主意了。"

"你有什么好主意呀？是不是你肯爱上我了？"

白苹停止了呜咽，泪眼盈盈地望着他，急急地问。乐明见她对自己竟痴心的这个样子，一时倒也十分难受，遂低低说道："不，我想给你介绍一个对象……"

"不要，请你别这么的热心。"

白苹失望地白了他一眼，显然有些娇嗔的样子。乐明微微一笑，说道："我给你介绍的人才，绝不比我差的，至少是还要好上我一倍。"

"除非和你的脸蛋儿性情都一样。"

"那就好办了，说起来确实和我差不多，而且年纪还比我轻，今年只有二十二岁，和你是天生一对、地生一双。"

乐明笑嘻嘻地回答，他似乎有些扬眉得意的样子。白苹很奇怪的有些将信将疑，秋波脉脉地望着他，问道："他是你什么人？"

"猜一猜。"

"同学是不是？"

"不是。"

"我不高兴猜了，人家心里难过，你还来调排我。"

白苹怨恨地逗了他一个白眼，生气地说。乐明这才笑着告诉道："他是我的弟弟，名叫乐天，现在在荣光大学读书，容貌比我生得漂亮，我下巴还有几根胡须，他实实在在是个小白脸呢！"

"你真的还有一个弟弟吗？"

"我干吗要骗你？当然真的，假使你做了我弟媳，不也很好吗？"

"可是我还不知道他的性情好不好？"

"好！好！当然好，我口说无凭，明天你见到了她，保险你心里会喜欢他。"

白苹听他这样认乎其真回答，一时心里倒也略为喜悦起来，遂收束了泪痕，由不得嫣然一笑。但既然笑了出来，却又觉得十二分难为情，白了他一眼，似乎有无限怨恨的样子。乐明很正经地说道："今夜的事，好在我们只有两个人知道，只要你我能保守秘密那么就决没有第三个人知道了。白小姐，你到底喜欢跟我弟弟交朋友吗？"

"这儿有两个问题，我心中不免有些担忧。"

"什么问题呢？"

"第一，你弟弟是否是我理想中的人？第二，一个大学生说不定他早已有了女朋友的。"

"这两个问题一些不用担忧的，等明儿你们一见面之后，不是就可以解决了吗？"

乐明这样地劝告她，白苹也就不说什么话了。这时两人酒也醒了一半，想起了刚才种种情形，都觉得很不好意思地感到赧赧然起来。乐明一瞧手表，已经十一点四十分，于是低低说道："时候不早，我送你回家去吧！"

白苹默默站起身子来，她走到梳妆台旁去，在皮包内取了木梳，理了理蓬松的头发。乐明拉了她的手，方才送她回家去了。

这晚白苹回家后睡在床上，呆呆地想了一回醉后的情形，真觉得羞愧万分，她觉得一个女孩儿家，真是太失了自尊性，因此颇为悔恨，忍不住暗暗地流了一会儿眼泪，方才沉沉入梦。第二天早晨，白苹懒洋洋的不肯起床，因此没有去学校里读书。白苹的母亲以为女儿病了，倒着急地来白苹房中探望了好几次，要想给她请医生，又被白苹阻拦了，因此只好嘱她静静休养，还给她买来了许多水果和糖食，是给她躺在床上消遣的意思。

直到黄昏时候，仆妇林妈匆匆来报告，说小姐有电话来了。白苹听了，心中暗暗奇怪，这是什么人给自己电话呢？于是披上了睡衣，来到电话间，拿了电话筒，低声儿问道："你是谁？叫什么人听电话？"

"我是乐明，你是白小姐吗？今天没有上学校去？"

白苹想不到乐明这时候忽然又会给自己电话来了，她芳心里倒又微微地动荡一下，遂连忙含笑说道："是的，我今天没有上学校，你怎么知道的？"

"我到学校里去找过你，是你同学们告诉我你家的电话号码，所以来问问你的好，为什么在家里休息？难道有什么不舒服吗？"

"不，我懒得上学，就赖学一天。怎么啦？你找我有事情吗？"

"你忘了给你介绍我的弟弟的事情吗？假使你有空，你此刻到晋隆饭店来好吗？"

"好，我马上就来。"

白苹听乐明并没有失信，可见他是很诚心诚意地给自己介绍，于是便很高兴地答应下来。一面放下听筒，一面便急急回到卧房来化妆了。

等白苹化妆完毕，坐车赶到晋隆饭店，天色已经夜了。匆匆走到楼上，只见乐明已迎候在门口了。乐明一见白苹打扮得无限美丽的到来，遂和她握手笑道："好等好等，我以为你做黄牛了。"

"人家不是该洗个脸换身衣服吗？你的弟弟呢？"

乐明听她这么性急地问，由不得神秘地一笑，把手向那边一指，遂拉了她走到那边坐桌旁去。只见一个西服青年，果然站在桌子旁，满面含笑的相迎自己。乐明于是介绍着说道："这位是白小姐，这位

201

是我的弟弟乐天。"

"哦！白小姐！"

乐天含笑向她招呼着，两人便握了一阵子，三个人于是在桌子边坐了下来。乐明这时忙着向侍者吩咐拿酒拿菜，白苹趁此向乐天偷望了一眼。觉得弟兄俩的脸儿有些相像，果然乐天的容貌比乐明更白嫩可爱，一时芳心中不免暗暗欢喜。乐天的两眼，自然也注射到白苹的脸上去，觉得柳眉杏眼，樱桃小口，芙蓉粉颊，果然绝丽非凡。两人互相地打量着，自不免四目相接，彼此这就觉得很难为情，忍不住都赧赧然地笑了。乐明见他们都在眉目传情的样子，遂也笑道："我弟弟是大学生，白小姐也是大学生，你们都是有为的青年，我希望你们诚诚恳恳地交一个朋友，将来在社会上干一些事业。"

"只怕我高攀不上吧！"

"不要客气，我是不大会说话的。"

乐天脉脉含情地瞟了她一眼，微笑着说。白苹觉得他的目光，好像含有一种电流的热会向自己心眼儿上灌注过来，因此对他也就存了一份好感，把一片爱上乐明的情意，也就转移到乐天的身上去了。

这时侍者送上酒菜，乐明满斟三杯，把玻璃杯送到乐天和白苹的面前。他又望了白苹一眼，似乎含有些作用地说道："今天我们不多喝酒，三个人只能喝两瓶啤酒，那就绝不会醉的了"

"喝酒容易误事，我们应该少喝一些儿的好。"

白苹听乐天这样说，她有些心虚的两颊由不得会绯红起来，遂含笑点点头，并不作答。乐明知道她所以羞愧的缘故，遂把杯子一举，打岔地说道："那么我们喝酒吃菜吧！好在我们吃的是西餐，用不到说请呀请呀，大家不用客气。"

"我赞成外国人的风俗习惯，他们绝没有一切虚伪的客套，这是多么的爽快呢！"

"那么小高先生的个性一定也是挺爽快的了，是吗？"

"不错，我弟弟的个性和白小姐有些仿佛，喜欢爽快的。所以你们交了朋友，一定可以情投意合十分的知己。"

乐明听白苹笑盈盈的这么问他，遂不等弟弟开口，先代为很快地回答。白苹秋波向乐天逗了一个媚眼，两人都赧赧然笑了。

吃完这餐西菜，时已八点相近。三人走出晋隆门口的时候，乐明故意很识趣地望了他们一眼，含笑说道："我还有一些别的事情，得先走一步了，你们两人可以到对面米高美舞厅里听一回音乐，因为此刻时候还很早呢！"

乐明说完了这话，也不等他们回答，便跳上三轮车匆匆地走了。这儿乐天望着她玫瑰花般的娇靥，低低地说道："白小姐，你有兴趣去听一回音乐吗？"

"好的，你高兴去，我一定奉陪。"

白苹点头答应，两人遂向对马路走了。在穿马路的时候，乐天扶了她的手臂，表示十二分地关心她。白苹觉得他和哥哥一样的温文可爱，因此心眼儿上自然又无限的甜蜜。

在舞厅的一个角落里，两人紧紧地靠坐在一起，他们已经跳过了好几次的舞，所以他们在行动上似乎也亲热了许多。这时乐天便向白苹低低问道："白小姐，你和我哥怎样认识的？"

"唔！……我们在杭州认识的……"

白苹因为不知道乐明在弟弟面前是怎么样说的，恐怕说了谎，反而不符合，使乐天心中要引起疑窦，所以支吾了一回，含糊地回答。乐天含笑又问道："听说你是我哥哥女朋友的同学是不是？"

"对了，你哥哥女朋友姓崔名叫秋兰，她是我的同学，这次我到杭州去游春，在崔小姐家里跟你哥哥碰见的。说来很巧，回上海来的火车上，我们又碰到了，你说不是很有趣吗？"

白苹这才很坦白地告诉了他，表示她和乐明根本没有一些儿女之情的关系。乐天点点头，认为她告诉的和哥哥说的相同，一面又问道："白小姐府上还有些什么人？"

"爸爸、妈，此外没有什么人，我是没有兄弟姊妹的。"

"原来是个独养女儿，那你平日一定很娇养的。"

乐天笑嘻嘻地说，他觉得白苹妩媚的风韵令人很可爱。白苹秋波斜也了他一眼，笑盈盈说道："嗯！我回到家里之后，还叫妈抱着我呢！"

白苹说着，两人忍不住笑了一阵。这晚他们直到十一点敲过，方才携手出了舞厅。坐了车子，送白苹回家后，乐天才一个人回去。

乐天回到家里，走过哥哥的房门口，见里面还亮着电灯，遂推门入内。只见哥哥坐在写字台旁，好像在写什么似的。轻轻地走到他背后，探头望去，只见一张信笺上写着"秋兰吾爱……"等字样，显着他是在写情书，这就忍不住噗的一声笑起来了。乐明听有人笑声，连忙回过头来，一见了弟弟，便连忙把信笺覆了转来，微红了脸儿，似乎有些难为情的样子，说道："弟弟，你多早晚回家来的？我竟一些儿也没有知道。"

"刚回来呢！哥哥，这情书不能公开吗？那我就不来打扰你了，明儿见！"

乐天一面笑嘻嘻地说，一面预备向门外走。但乐明却叫住了他，并叫他坐下，说道："弟弟，别忙，我要跟你谈谈。"

"谈什么？写情书要紧呀！"

乐天虽然是在沙发上坐了下来，但口里还取笑着说。乐明也笑了起来，一面取了一支烟卷吸着，一面向他低低问道："我给你介绍的那位白小姐，你觉得她的人品还中意吗？"

"才见了一次面，那怎么就能知道了呢？"

乐天微微一笑，脸儿也有些红晕。乐明伸手弹了一下烟灰，笑道："事情固然要日久见人心，但你终有一些感觉，她的人儿使你感到怎么样呢？是不是愿意和她一直做个朋友？"

"让我们多有几次碰面之后，才可以决定她是不是我理想中的女人。"

"这话倒也不错，但照我猜想，你们一定能够很要好起来的。"

乐明点点头，他猜测地说。乐天似乎想到了什么似的，微蹙了双眉，说道："不过爸爸要给我们定亲，那可怎么办呢？"

"我们不是已经回绝过爸爸吗？我想爸爸也不会过分强迫我们的。"

兄弟两人谈说了一回，方才各道晚安，乐天回房安睡去了。光阴匆匆地过去，乐天和白苹在几次碰面、一同游玩之后，感情也就一天一天地增加起来。这天星期日，乐天和白苹在公园里游玩。这已经是秋天的气节了，但游人还十分拥挤，大半都是三五成群年轻的学生子。白苹乐天他们坐在一棵大树下面，身子互相偎得紧紧的，显然是十分亲热。两人东谈西谈的，白苹忽然忧愁地说道："自从八一九改革币制之后，我爸爸就再不能做投机了，他这几天很烦恼，因为他从今不是要失业了吗？"

"我想一个人钱太多了又有什么用呢？就是你爸爸不做投机了，也不至于会饿死吧！只要币制改革成功，大家有饭吃，社会上民生问题不是会安定得多吗？况且你爸爸将来可以做一些实业，这不是一样可以赚钱吗？"

乐天到底还有一些爱国思想，遂向她这么回答。白苹点点头，说道："你的话虽然很对，不过做惯投机生意的人，他别的事业就不会做了。"

"这也说说罢了，一个人只要有决心，当然可以改变事情的。比方说我爸爸吧，他做的是白报纸生意，这次我劝他老人家把所有货色应该照八一九限价出售，那么使金圆才能稳固呢！"

"可是还有许多纸业商却在工会做黑市交易呢！"

"这种人应该杀头充军！"

"你倒是挺爱国的。"

"爱国是人民的责任和天性，不爱国的人除非是畜生！"

"你骂得很痛快，我回家去一定要好好儿劝告爸爸，叫他千万别再上交易所去了。"

白苹被他说得非常感动，遂一本正经地回答。乐天听她后面一句话，似乎有些露出马脚来了，这就惊讶地说道："怎么？你爸爸还上交易所去？难道在做黑市交易吗？"

"我……也不知道呀！他说他开设的字号里还有些账目没有弄清楚呢！"

"这倒是一件很严重的问题，你不能袖手旁观的。假使被当局调查出来，那可是要犯法的呢！"

乐天关心地向她忠告着说，白苹听了，有些心惊肉跳，连忙称是。这天他们并没有玩得太晚，在外面吃了夜饭之后，就各自回家去了。

匆匆地过了几天，乐天这日在报上发现有许多做黑市交易的人被当局捕去，他心里代为白苹的爸爸着急，连忙打电话给白苹，约她在大光明咖啡室会谈。两人见了面，白苹忙问他有什么事，乐天说道："你爸爸这几天还到交易所去吗？瞧报上登载着不是已经有人发生乱子了吗？"

"那天晚上我回家后向爸爸竭力地劝告了一回，最近他住在家

206

里，没有出去过，他也怕犯法哩！"

"这样才好，你们一共也没有多少人，生活终有办法，况且你家又有钱，何必还要利令智昏呢？"

"你的话说得是，这半个月来的物价确实很稳定，假使这样肯长久维持下去，穷人也就有好日子过了。"

"听说这次改革币制，情形良好，人民把金钞向中央银行兑换金圆券，十二分踊跃，这可见人民对政府是非常信仰。"

"不过，我有一个亲戚在中央银行做事，听他告诉我们，说来兑换金圆的金钞，都是零零碎碎的，大条黄鱼简直没有瞧见过，可想而知这班大富豪还是藏着没有兑换呢！"

"这种人太没有爱国心，将来都是亡国奴！"

乐天听白苹这样说，遂恨恨地咒骂着，神情非常的愤怒。白苹微微地一笑，秋波斜乜了他一眼，说道："那么我倒是问问你了，你爸爸手里金条美钞可会去兑换过么？"

"爸爸说他没有金条美钞，他只有报纸，现在报纸照限价出售，那么他可说很对得起国家了。"

两人说了一回，喝完咖啡，方才各自分手回家。乐天回到家里，见哥哥正从屋子里走出，他手里拿一封信，脸上带有愁容，遂低低问道："哥哥，你上那儿去？"

"我去寄信，你刚回来？"

"是的，你愁眉苦脸的样子，有什么心事吗？"

"唉！秋兰来信说她爸爸病了，没钱请医生……"

"那你该寄些钱去才是啊！否则，最好你自己到杭州去望她一次，你不是说她在杭州很孤苦伶仃吗？"

"可是，我学校里分不开身，所以我只有多寄一些钱给她，希望她爸爸能够早些儿好起来。"

乐天听他哥哥这样说，遂也说了一句但愿吉人天相，病占勿药才好。兄弟两人点点头，遂各自走了。

自从政府实行加了烟酒税之后，一般商人的心理便都起了失常的变态。限价渐渐地动摇，明限暗涨，尤其是小菜场内的情形，更见混乱。于是一般薪水阶级的小市民，也慢慢地感到生活威胁的痛苦起来。

接着情势一天一天地严重，因此酿成了抢购的局面。于是买油要排队，买布要排队，还要凭每个人身份证限购一件。虽然当局大声疾呼，劝市民不要抢购，因为抢购等于自杀，可是人心惶惶，哪个肯听从这些忠告呢？

上海每一条马路、每一家商店里，都是人头挤挤，轧得水泄不通。半月来的抢购，各商店内的货物都已卖空，于是全市商店打烊起来，跑到马路上一看，仿佛大年初一。想不到金圆出世才七十天，竟会遭到这样悲惨的命运，真是使人要痛哭流涕了。

七　繁华春江天堂变地狱

一灯如豆，在黑沉沉的卧房内，闪烁着微弱的光芒，把这屋子内的一切更笼上了一层凄惨的气氛。四周是静悄悄的，一些儿声息也没有。秋兰站在窗口旁，抬头望着天空，只见天上满布着灰白的云儿，好像是海洋中的浪花，一会儿在高涌，一会儿又在奔流。一弯眉月，在云堆中发出淡淡的光，旁边还点缀了几颗小星儿。夜风微微地吹，浮云在慢慢地飘动，但是却不容易看得出来。相反地，倒看出月亮和小星在行动的样子，好像是一只船在茫茫海洋中穿过滔天的白浪，作长途的航行。明月仿佛是船上的半扇白帆，星光又仿佛是船上的灯火。

"阿兰！阿兰！"

秋兰正望着天空中的星月出神，忽然床上的爸爸，在一阵咳嗽之中，又这么气喘喘地叫呼着。于是连忙回身走到床边，低低地问道："爸爸，你叫我做什么？"

"我……我……要跟你谈谈……咳！咳！咳！"

士钊一面说，一面又连忙地咳个不停。秋兰在床边坐下，伸手摸着他的胸口，用了温和的语气，低声儿安慰他说道："爸爸，你才喝了二汁的药，还是静静地安睡一会儿吧！"

"弄点水给我喝，我咳得要命。"

秋兰听了，忙在桌子上端了一杯温开水，服侍他喝了一口。士钊紧紧拉住她的手，两眼望着她发怔，这样子叫人见了有些害怕。秋兰蹙了眉尖儿，像要哭出来似的，急急地问道："爸爸！你……怎么啦？干吗老望着我呢？"

"孩子！我……我……舍不得……丢下你……"

士钊说这两句话的时候，眼角旁已涌上了两行晶莹莹的热泪来了。秋兰的芳心，好像被什么东西猛撞了一下，使她隐隐的有些儿痛苦，忍不住也流泪说道："爸爸，你……为什么要说这些话呢？你……的病是会好的。"

"我也想好起来，但……事实上却是不能好的了。你瞧，我的病只有一天一天地加重，喝药仿佛喝水一样，这……这……还能活得久长吗？"

士钊见女儿流泪，心头更加疼痛，遂长叹了一声，断断续续地回答了这些话。秋兰扶他好好儿躺下，一面忍住了伤心，一面劝慰着说道："常言道，做病容易收病难，有病的人，偏偏是最性急的，所以要病儿好起来，终要静静地休养才好。爸爸，你不要胡思乱想吧！"

"你这话虽然不错，但我的情形和常人不同，因为我的年纪老了，况且本来已经是个患有风瘫病的，你想，我这身体的抵抗力是多么薄弱呢！唉！人老了，终是逃不了一个死，但……剩下你孤零零一个女孩子，叫我的口眼又怎么能安安心心地闭着去呢？……"

秋兰听父亲这样伤人心的话，一时再也忍熬不住了，她伏在床上呜呜咽咽地哭泣起来了。李妈在外面听了哭声，慌慌张张地走进来，急急问道："小姐！小姐！老爷怎么啦？"

在李妈这一句话中，秋兰就明白她是发生了误会，在她一定以为爸爸不中用了。这就立刻停止了呜咽，站起身子，泪眼盈盈地望了李妈一眼，说道："没有什么，爸爸说话太叫人伤心了。"

"小姐，老爷有病在身，你应该安慰他老人家才对，怎么能引逗老爷伤心呢？我劝你不要太孩子气了。"

"李妈，这怨不了小姐，原是我自己先引逗她伤心的。唉！时候不早，你们都可以休息的了。"

士钊听李妈埋怨秋兰，遂代为辩白着说。秋兰不愿多劳乏爸爸的精神，于是给爸爸放下帐子，她管自走到下首床上来安睡了。

秋兰本来是睡在自己卧房里的，这几天因为爸爸病得很沉重，恐怕万一有了什么三长两短，所以李妈叫她也睡到士钊房内来。这时秋兰坐在下首床上，一时哪里睡得着，耳听爸爸的呻吟声，不停地响着，显然爸爸是病得十二分痛苦，心中暗暗想着：爸爸假使真的不救而逝，那么叫我一个孤苦无依的女孩子怎么办好呢？最近生活又日日上涨，三百万换一元的金圆，现在根本是不值钱了。听说烟卷涨得最厉害，拿一元金圆去，只能买到一包最劣品质的烟呢！那如何得了呢？虽然我们不吸烟，烟卷涨原不和我们相干，但别的货物不是也会跟着上涨吗？一时又想到乐明从上海来信中说，上海虽然还在竭力限价，但各商店橱窗内根本没有货物，看起来这样下去，上海要天天过新年了。因为各商店整日打烊，那不是和大年初一差不多吗？秋兰左思右想，觉得家事国事都使人担忧，因此忍不住又暗暗地流了一夜眼泪。

第二天早晨，秋兰很早起身，听爸爸没有什么声响，显然还睡熟着。于是不敢惊动他，悄悄地出房来到客厅里，洗脸漱口完毕，李妈已经在厨房烧好稀饭端出，放在桌子上，两人匆匆用毕。秋兰又走到上房来，只听爸爸在急急地叫道："别走，别走！你等等我，你等等我呀！"

秋兰突然听了这些话，心中自不免大吃了一惊，立刻走到床边，把帐子挂起，只见爸爸的两手在连连乱招，这就连忙叫道："爸爸！

你在说些什么呀?"

"哦!哦!秋……兰……我……我……在做梦!"

士钊被秋兰急急的叫醒,方才睁开眼睛,向她望了一眼,知道是做了一个梦,于是向她低低地告诉。秋兰见爸爸额角上冒着汗水,好像十分吃力的神气,遂又轻声儿问道:"爸爸,你梦见了什么呀?"

"我……梦见了你的妈……"

士钊颤声地回答,他的目光,充分地显露着无限的悲哀。秋兰有些心惊肉跳的,皱了眉毛儿,说道:"这是爸爸想念我妈的缘故……"

"阿兰!我……我……今天不能不向你说老实话了,我这……病……是快差不多的了,趁我没有断气之前,我要跟你多谈几句话。"

秋兰听爸爸这么说,眼泪忍不住又涌了上来,她说不出什么话,她伏在床边上只是抽抽噎噎地哭。士钊伸手抚摸着她的头发,含了苦笑,低低说道:"孩子,不要难受,一个人终要死的,你爸爸活到这么大年纪,也不能算为短命吧!我死了之后,你……你……还是到上海找高乐明去,他……不是对你很好吗?况且我们又得了他好几次的接济,你……代我向他谢谢吧!"

"爸爸!你别说下去,你别说下去,我的心也快要碎了。"

"孩子,不要哭……我……这几个月来虽然病在床上,但在报上看到生活的高涨、物价的昂贵,真叫人有些心惊肉跳的。好在我的寿衣寿材早年已经预备,所以这次死下来,也没有什么意外的花费,你就马马虎虎地给我下葬算了,入土为安,这是古人老话。"

士钊上气不接下气地说,他的脸色是显现了分外惨淡。这时李妈也走进房来,听小姐抽抽噎噎地哭,遂拉她身子,劝她不要伤心。士钊见了李妈,又低低说道:"李妈,你在我家快近二十年了吧,但今天我们要分手了，我死了之后，你要劝小姐不要太伤心才好。"

"老爷！你的病会好起来，别说这些使人伤心的话呀！"

李妈本来是劝秋兰不要难过的，但听了士钊的话，她满显皱纹的脸颊上也会滚滚地掉落了无数的眼泪。

晚上，淅淅沥沥地落着细雨，阴沉沉的空气更增加了悲惨的成分，士钊在这凄风苦雨的夜里，终于长逝人世了。

这是士钊死后十天的一个早晨，秋兰整理了一些细软衣服，她向李妈叮嘱了一番，叫她好好儿守住家，她听从爸爸临死时的话，便乘火车到上海找寻高乐明了。火车站上的旅客，真所谓人山人海，要买火车票，真是十分困难。秋兰心中暗暗奇怪，想不到往上海去的人竟这么多，难道上海真是天堂吗？因为自己身体娇弱，哪里有气力挤到人缝中去买火车票，所以只好没精打采地退出火车站外来，心中想道，看来要到上海去倒也不是一件容易的事情呢。正在低头叹息，忽然有人向她招呼道："崔小姐，你怎么刚从上海回来吗？"

"啊！是张大嫂吗？我哪里是刚从上海回来呢，我想到上海去，可是买不着车票，所以退出来的。"

秋兰抬头望去，见招呼自己的乃是从前学校里茶房老张的妻子，于是蹙了眉尖，向她急急地告诉。张大嫂听了，忍不住笑道："这真是你的好运气，你上海是可以去成的了。"

"张大嫂，你有办法给我买车票吗？"

秋兰听她这样说，芳心中一阵惊喜，她脸上立刻又浮现了笑容。张大嫂两片厚嘴一噘，说道："这两个月来买火车票，真是比登天还要难上万倍哩！我哪儿有什么办法呢？"

"你既然没有办法，那怎么说我上海可以去成了呢？"

"你不要急呀！我这儿有两张火车票，你瞧，我们不是去成了吗？"

"啊！张大嫂！你这车票是怎么买来的呀？"

张大嫂见她欢喜得像跳起来的样子，一时笑嘻嘻地拉了她手儿，说道："我告诉你吧，这两张车票还是三天前预先买好的，一张票子原是我邻居沈大娘买的，谁知昨天夜里，沈大娘忽然头痛发热地病起来，你想，她还能动身吗？所以这张车票，我原预备去退给车站的，如今遇到了你，那还不是你的运道好吗？"

"哦，原来是这么一回事，那真是我的好运气。张大嫂，我情愿多给你一些钱，你把这张车票卖给我吧！"

"崔小姐，你这话说得太见外了，车票是最最便宜的了，算我请客好了，难道我还要卖黑市吗？"

张大嫂一面笑嘻嘻地说，一面拉了秋兰手儿，便又走进火车站去了。两人急急走入月台，跳上火车，抢了坐位。两人在坐上火车之后，那颗心儿才安定了许多，于是彼此又闲谈起来。张大嫂先开口问道："崔小姐，你到上海做什么去？"

"我去找一个朋友的，你呢？"

"我吗？不瞒你说，我是做生意去的。这年头儿，生活这么高，老张的月薪，不够开销，穷人没有法子，所以不得不动一些脑筋！"

秋兰见她红了脸儿，支吾了一回，方才说出了这些话，一时听了，还有些丈二和尚摸不着头脑，奇怪地问道："你一个女人，又有什么生意可做呢？"

"你到底是个不大出门的大小姐，所以外面市面就不大知道了。"

"怎么啦？张大嫂，你能告诉我一些听听吗？"

"崔小姐，这半个月来，上海物价还在竭力地限制，一切都照八一九的限价出售，但这儿的物价却不能限制地狂涨起来，所以我们只要到上海去跑一次，至少可以赚一些钱回来。比方说，我们到上海把限价的烟卷买了来，在杭州就可以照黑市卖去，利息少说也有两三倍。你瞧火车站上为什么有这样多的旅客呢？说穿了还不都是跑车帮的一群吗？"

"那么你到了上海之后，住在朋友家里吗？"

"不，在上海我们根本没有亲戚朋友的。上次我和沈大娘一同到上海去跑车帮，大家是住在小客栈里，开销二一添作五，平均负担。现在我一个人到上海去，假使要节省一点的话，我只好在露天里宿一宵了。"

"唉！现在天气已经很冷了，宿在露天里那怎么行呢？着了冷不是会生病吗？"

"为了赚钱，那也顾不得这么许多了。"

"张大嫂，我想到了上海之后，还是先在小客栈里耽搁一下吧！房钱我来负担，你车票请客，我客栈请客，你说好吗？"

张大嫂听她这么说，心里自然万分的欢喜，遂满面含了笑容，不过口里还表示很不好意思地说道："车票便宜，房金很贵呢！我不是沾你光了吗？"

"哪里哪里，你可别这么客气，我要如没有遇到你，我今天怎么能动身到上海去呢？"

"崔小姐，你到过上海吗？"

"好久不到上海了，上海的路径我也有些陌生呢！"

"你刚才不是说找朋友去吗？你朋友住在哪儿？其实你可以住到朋友家里去呀！何必为我去住小客栈呢？"

张大嫂这人倒也并不是自私自利的，她忽然想到了什么似的，遂向秋兰低低地劝告。秋兰连忙认真地说道："我也并不是完全为了你呀，因为我那个朋友家里我是不十分熟悉的，所以我不好意思一到上海就住到人家家里去。假使他有心叫我去住，我才能去住呀，你说是吗？"

"也好，那么我就不和你客气了。"

她们两人一面说着话，一面火车早已轧隆轧隆地开了。张大嫂这时又注意到秋兰身上穿着孝服，于是吃惊地问道："崔小姐，你穿谁的孝啊？"

"唉！我爸爸亡故了！"

"什么？崔老师已归天了吗？唉！这么一个慈祥的好人，多可惜哪！"

秋兰凄凉地回答，深长地叹了一口气，大有眼泪汪汪的样子。张大嫂表示非常痛惜，忍不住也感叹了一回。

火车到了上海，时候已午后一点多了。因为车上没有什么东西可买来充饥的，所以只好忍饥挨饿地出了北站。秋兰说道："我们先住小客栈，然后想法子叫客饭吃。"

"这样很好，你预备住哪个客栈呢？"

"我在上海不大熟悉，还是你作主意好了。只要有地方安身，不管哪个客栈都行的。"

张大嫂听了，遂伴同秋兰到火车站附近一家隆兴小客栈住下。两人先叫茶房倒盆脸水洗脸，吃过茶后，方才向茶房道："请你给我们去代叫两客蛋炒饭来吧！"

"对不起，这儿附近小饭店因为买不到米，所以都打烊，好多天没做生意了。"

"啊！上海闹着米荒吗？"

秋兰和张大嫂听了，面面相觑，都表示无限的惊奇。那茶房苦笑了一下，感慨地说道："上海的米实在是有不少存货，因为限价二十元一担，你想，一般米商怎么肯卖出来呢？听说黑市已经做到一百元一担了，你想，这年头儿还做得了人吗？今天是十月三十一日，明天就是十一月一日，听说限价卖要取消了。假使限价一取消，那么生活的高涨，前途真不堪设想了。"

"那么附近有什么汤面阳春面吗？给我们去买两碗来好吗？"

"不瞒你们说，连大饼油条摊都不做买卖了。"

"啊呀！那怎么办？我们肚子饿得厉害呢！真没有想到天堂似的上海，连大饼油条都没处买到。"

秋兰听了这话，不由着急起来回答。这时张大嫂心中的焦急，比秋兰更要厉害十倍。她焦急急的，倒并不是为了肚子饿，因为听说限价明天要取消，那么明天物价一定要狂涨狂跳，自己假使买不到便宜货，这不是偷鸡不着反而要蚀一把米来了吗？所以拉了秋兰，急急地说道："崔小姐，我们还是到外面自己去寻食摊吧！"

"好的，我们快一块儿出去。"

秋兰点头答应，两人遂匆匆地走出隆兴小客栈。马路两旁的大小商店，都早已打烊，冷冷清清的，景象显得十分凄凉。张大嫂忙道："崔小姐，我要排队去买限价香烟了，你一个人去找寻吃食摊吧！回头我们隆兴客栈里再见！"

张大嫂心慌意乱的样子，一面说，一面早已向前急急地奔了。秋兰站在人行道上出了一回神，觉得号称第二巴黎的上海，今日会弄成这样的局面，那实在是意想不到的事情，因此忍不住深长地叹了一口气。一会儿她又想道，今天是星期六，乐明在下午当然是回家去了，那么我此刻还是先到嘉善路一百二十六号去找他吧！只要找到了乐明，那吃的问题一定也可以解决了。不过嘉善路向哪一个方向走的，我是一些儿也不知道，看起来还是坐车子去比较妥当。秋兰想定主意，遂向人行道外的三轮车夫一招手，说道："嘉善路去不去？"

"不去，不去！"

三轮车夫的态度有些像经理似的，连连摇头，管自地扬长而去。

秋兰一连地问了五六个三轮车夫，他们都回绝着说不去。秋兰到此，真弄得有些奇怪起来，暗想：这个嘉善路到底是什么地方？为什么都不肯去呢？这时听旁边有个男子在恨恨地骂道："他妈的！这几天三轮车发了财，头颈骨石样硬，坐车子好像不出钱，别的都限价，只有三轮车没法限制的，路远还不高兴去，路近些开口就要两元三元，妈的，照法币算起来，要六百万九百万哩！这还了得吗？"

秋兰在旁边听了这些话，她心中的闷葫芦方才明白过来，暗想：这儿离开嘉善路一定很远，所以他们不肯去呢！不过自己可不是老上海，既然这么远的地方，我陌陌生生的如何找得到呢？秋兰没有办法，只好继续讨车子。总算一个车夫答应去的，不过车钿说出来，叫秋兰要吓一跳，原来他讨八元钱。秋兰暗想，从杭州乘火车到上海，这么几百里的路程，车票也不过两元不到呢！想不到三轮车竟喊价八元，不是明明把我当作乡下人看待吗？心里一气愤，便情愿一路问过去。好在秋兰是识字的，所以一路找去，远不觉十分困难。但火车站是在闸北，而嘉善路却靠近沪西，这长长的路程，起码得花两个钟点。秋兰在走到南京路的时候，差不多已经三点半了。肚子越饿，两脚越加走不动。她只好又讨车子，总算三元钱成交，秋兰由三轮车驶送到嘉善路去了。

三轮车到了嘉善路，已经四点十分。秋兰急急找到一百二十六号大门，抬头见果然是座气象巍峨的洋房。于是急叫车夫停下，付了车钱，走到大门口来。见旁设有电话，遂伸手揿了揿。不多一会儿，那铁门上开开了一个小圆洞，有个门房似的男子探首出来，问道："找什么人呀？"

"对不起！高乐明先生在家吗？"

"我家大少爷不在家，你贵姓呀？找大少爷有什么事情？"

秋兰一听乐明不在家，心里一阵失望，两颊会浮现了痛苦的颜色。不过她表面上还竭力镇静了态度，含笑说道："我姓崔，名叫秋兰，是你少爷的同学。我从杭州刚到上海，特地来拜望他的。"

"哦！原来崔小姐刚从杭州出来吗？本来可以请你到里面去坐一会儿，因为我家老爷太太大少爷二少爷全都有事情出去了，家里一个人也没有哩！我想崔小姐住哪儿请留个地址给我，明天叫我大少爷来望你好吗？"

"那……可不必了，我……明天打电话给他吧！"

秋兰因为自己住的是小客栈，当然不好意思向他告诉出来，遂支吾了一回，方才这么地回答。那门房点头说道："这样也好，明天是星期日，我少爷是不上学校的。"

秋兰点点头，遂离开了这扇大铁门，向前匆匆地走了几步，但立刻又停了下来，呆呆地出了一回神。这时暮霭已笼罩了大地，秋风一阵阵地吹在身上，街上是静悄悄的一无人声，只有汽车驶过后偶尔发出几声喇叭的声音，这音韵听在耳朵里也会感到一阵凄凉的成分。秋兰懒懒地拖着步子，一步挨一步地走，肚子里像雷鸣似的怪叫着。她想不到兴匆匆地到了上海，竟会受到这么忍饥挨饿的苦楚，她心中一阵子悲酸，这就忍不住掉落眼泪来了。

"好容易的在一片小塘食店里给她发现了两只罗宋面包，这在秋兰心中，好像是茫茫无际的大海洋里发现了新大陆一样的欢喜，连忙走上前去，问道："这面包几个钱一只？"

"五角钱一只。"

"我买两只，这儿一块钱，你收下。"

"对不起，每人限购一只。"

店员摇摇头，在玻璃柜内只拿了一只面包给她，当他找给秋兰五角钱的时候，他又望了秋兰一眼，问道："你有市民证吗？"

秋兰被他这么一问，芳心不由得别别乱跳起来，她很生气地说

219

道："那也太笑话了，买一只面包还得看市民证吗？难道我买了一只面包，藏在家里还做囤户不成？"

秋兰一面恨恨地说，一面拿了面包和找还的五角钱，理也不理地匆匆走了。走了几步路，那腹内的鸣声更加响起来，好像在催促着说：既然面包已拿到手了，为什么还不送到肚子里来呢？可怜秋兰活了这二十一年来，她在路上是向来不吃东西的，因为这对于一个女孩儿家，似乎太不雅观。可是今天，她再也顾不到这么许多了，终于像偷吃一般的，东张西望地瞧了一回，见没有人注意，方才把面包偷咬了一口，很快地咽到肚子里去。

那只罗宋面包并不十分新鲜，硬得像一块砖头，假使在平日，秋兰无论如何也吃不下去的，但此刻情形不同，秋兰不但不嫌其硬，而且还吃得津津有味，想起报上瞧到长春已有人吃人的消息，她觉得照此下去，人吃人的事实，恐怕有风行全国的可能了。

为了路上吃东西不大好看，所以秋兰竭力向冷僻的街上走。糊里糊涂的只管走着，她在黄昏的空气中根本没有注意到四周的一切。忽然一阵闹哄哄的人声，触送到耳际，使秋兰吃惊得连忙停住了步。凝眸向前面一看，不由呀了一声叫出来，原来无数无数的人儿，排成了长蛇阵似的，包围在一家米店的门口，远远地望去，还可以看清楚那米店的招牌是"民丰米行"四个字。但米行的门板只开了一半，门口横架几块长板，作为临时柜台。秋兰似乎听到路人在说道："十月份户口米是最后一天了，拿米的人怎么不挤呢？这年头儿，穷人真活不下去！"

秋兰听了这话，心头有些儿悲哀，她觉得整个的民生问题，已到了最严重的关头了。她呆呆地站在对马路上，瞧着买米的人，少说也有几千，老的、少的，男的、女的，他们有的拿了面粉袋，有的拿了筲箕，神情好像临大敌一样的紧张，争先恐后，挤啊拥啊，这些人的脸大多都是干瘪而焦黄，有的流着汗，有的淌着泪，在惨淡阴沉的秋云映照之下，他们的脸色是凄惨得多么可怕呢！

他们都用力猛挤，谁都想拥到前面去，但是谁都防范着后面的人挤到他们的前面来，因此紧紧的像铁链锁住他们一般。他们的背脊贴着胸口，脚跟接着脚尖，鼻头碰着前面人的头发，大人的屁股可以碰到后面小孩的嘴巴，还有人骂道："断命癫痫，你把头不要老向后让呀，凑在我嘴巴上，我快要呕吐了！"

"你不要骂人，我癫痫也没有办法呀！"

大家听了，有的笑起来，但也有哭着的，这是街头巷尾展开的悲喜剧啊！买到米的人，又用力地向外挤出，因此胶着的许多人，不免又拥动起来。有许多气力较大的人，趁此机会拼命地挤上去，有的衣服被撕破，有的鞋子被踏掉，有的布袋被轧落，有的连人儿都被轧倒，他们嘶声地狂叫，他们悲惨地哭喊……因此站在马路上维持秩序的警员，没有了法，他们只好硬了心肠，把手中拿着的竹竿，向正在拥挤人儿的头上狠狠地抽打上去。秋兰瞧到这里，以为他们一定忘记抽下去的下面都是人头，他们简直把这些人头当作石头般看待了，啪啪地抽打，打得竹竿破了，发出了咔咔的声音，许多人头也破了，泪水混流中又渗和许多鲜红的血水。

"妈特皮！你们再挤，打死你们！"

"该打的死坯！还要挤！还要挤！你们不要命了！"

骂声喝声，接着是打声哭声，把静悄悄黄昏的空气扰成了恐怖而可怕的成分，但是几千个人还是拼命地拥啊挤啊，因为他们要米，他们要吃，他们需要生存！

"你们不要挤呀！我老太婆被你们快要挤死了！"

"救命呀！松一松呀！我……九个月的身孕要轧下来了！"

"啊呀！我的气透不过来了！救命啊！救命啊！"

"你们不要叫救命，你们不要叫救命，我是有心脏病的，我听了，我害怕死了，我……手脚都发冷了！"

"救命！救命！我肚子疼极了，我不要米了，我要出去，我腹部痛死了！"

"唉！你这么大肚子，如何能来轧户口米？你家男人死了吗？真是作孽！现在挤上不能，挤出去不能，挤在中间动也不能一动，那可怎么办？你真找死！"

"让让开，让让开，不好了，大肚子妇人脸都白了，快轧死了！"

你一句我一句，嘈杂的声音在空气中流动，警员们见要闹出人命来了，遂分开众人，把那个孕妇从人丛内拖出来，但那孕妇倒在地上，不会动了，接着"哇哇……"的哭声播送出来了。

"轧户口米产子，真是苦命孩子，这年头儿来投什么胎呢？"

"说不定将来倒是个大人物呢！"

"不好了！不好了！产妇晕过去了！"

"前世作孽，今生才过这么个日子！"

话声不绝于耳，但大家挤还是照旧的挤，接着"呜……"的一阵怪叫的声音，响入耳鼓，白色的救护车在灰褐色的马路上到来了。

秋兰瞧到这儿，再也不忍心看下去了，她脆弱的心灵上好像镇压了一块笨重的石头，她眼眶里也会贮满了晶莹莹的热泪。

等秋兰回到隆兴客栈，时已七点多了。张大嫂等在房间里正在发急，一见秋兰回来，似乎放下心来的样子，急急问道："崔小姐，你怎么直到此刻才回来？朋友瞧到了没有？"

"朋友不在家，空跑了一趟。你便宜货买到了没有？"

"轧得几乎要死，好像抢似的买到了两条香烟。直到此刻还没有东西下过肚，我打算今天乘夜车就回去。听说明天什么东西价格都调整，火车票先涨四五倍。"

“你此刻买得到车票吗?”

“不管它，我非去试试不可。崔小姐，我走了，再见吧!”

张大嫂说完了话，心慌意乱地匆匆走了。秋兰也没有留住她，管自地坐到床边去，只觉脚底有些疼痛，全身软绵无力，她倒在床上，忍不住深长地叹了一口气。

第二天早晨，秋兰在附近好容易找到了一家装有公用电话的商店，于是打个电话给乐明。乐明在那边一听女子的声音，似乎已经知道了她是秋兰，便急急问道:“秋兰，你昨天刚从杭州出来吗? 对不起! 昨天我没有在家，累你跑了一个空。你此刻在哪里? 我马上就来找你。”

“我在北站附近一家隆兴小客栈里，你快来吧! 我们有话面谈。”

“好的，好的，我马上就来，回头见!”

秋兰听他说完，便把电话搁断了，她立刻芳心中好像得到了无上的安慰，觉得眼前透现了一丝新生的希望，于是她粉颊上的笑窝儿也不免又微微地掀起来了。

八　暖谷生春艳福几人享

　　一阵一阵动人心弦的音乐，不住地在耳际流动，舞池里的青年男女，还是热情地搂抱在一起，婆娑地欢舞着。在这里根本还想不到轧户口米的痛苦，更想不到民生问题是已经到了怎样严重的程度了！爵士音乐的兴奋、黑人乐队那种表情的热狂，十足还表现出国泰民安歌舞升平的样子。

　　在舞厅角落里坐了一对青年男女，他们紧紧地偎在一起，彼此的亲热情分，显然已达到了沸点的神气。这对男女就是高乐天和白苹了，他们自从认识之后，感情与日俱增，大有心心相印、不愿分离的意思。今天白苹约了乐天在舞厅里游玩，她的眉宇之间，似乎有些哀愁的样子。乐天见她虽然和自己非常亲热，但时时地长叹短吁，心中不觉有些奇怪，遂忍不住开口向她低低地问道："白小姐，我瞧你好像有些儿心事吧？"

　　"是的，我有心事，我……我非常的难过。"

　　白苹点点头，她显出可怜的意态，大有盈盈泪下的样子。乐天心头别别地一跳，遂紧紧地握住了她的手儿，关切地说道："你且不要难过，有什么为难的事情，你就告诉我听听，我们大家可以商量商量。"

　　"爸爸要逼我嫁人……"

　　白苹回答了这一句话，粉脸就伏在乐天肩膀上去，似乎在暗暗地啜泣起来。乐天听了这个消息，由不得沉吟一回，暗想：真有这样巧合的事情吗？这两天爸爸也竭力的要给我们弟兄俩说亲呢！于是拍拍她的肩胛，低低地劝慰她说道："不要伤心，你知道对方是个怎么样的人才呢？"

"这头亲事，在春天里爸爸就跟我说起了，我当时竭力反对，所以就冷了下来。如今爸爸又提起来了，还逼我明天下午去相亲呢！你想，这件事情该怎么办才好呢？"

"你知道对方姓什么叫什么？"

"我一些儿都不知道。"

"那你为什么还这样糊涂？"

乐天口里虽然是这样埋怨她，但心里却在暗想：不要埋怨别人，爸爸要给我们提亲，对方姓什么叫什么，我们不是也一些儿都不知道吗？这当然是因为不情愿的事情，所以并不上心的了。白苹秋波恨恨地逗了他一个娇嗔，说道："我不愿意嫁给一个陌陌生生的男子，我又何必去问得详详细细呢？"

"那你应当反对啊！"

"我当然反对，可是爸爸太专制，他一定要强迫我，所以我今天原是跟你来商量的，我想脱离这个黑暗的家庭！"

白苹鼓着红红的脸腮子，气愤地说，她似乎勇气百倍的样子。乐天听了，心头开始有些儿紧张，沉吟着说道："你要脱离家庭，你有什么准备吗？"

"我还有些首饰……我想只要你有勇气，我就是死了也甘心。只怕你没有胆量，你没有真心爱我……"

乐天见她一面说，一面又掉下眼泪来，一时心中颇为感动，遂下了一个决心的样子，安慰她说道："你不要伤心，在必要的时候，我一定可以跟你一同脱离家庭！你为了爱我，情愿牺牲一切，难道我不能为了爱你而牺牲一切吗?"

"你这话可是真的吗?"

"那可不是儿戏的事,我怎么能哄骗你?"

"乐天!我活着是你的人,我死了是你的鬼!"

白苹听他认乎其真地回答,她芳心中是得到了深深的安慰,遂把娇躯倒向乐天的怀内去,柔顺得好像是头绵羊的样子。乐天感动得很,情不自禁地低下头去,在她小嘴儿上紧紧地吻住了。过了一会儿,白苹才推开他的脸,坐正了身子,低低地说道:"爸爸逼我明天下午去相亲,你说我该去不该去?"

"我说你该去的……"

"为什么?"

"因为你既然存心嫁给我了,去不去都不成问题。为了将来出走时可以便利一些,那么你应该忍耐着去敷衍一回的。"

"你这正合着我的意思,可见我们的心已是一条了"

白苹点点头,秋波斜乜了他一眼,忍不住赧赧然一笑。乐天握了她的手儿,一面得意地笑,一面故意逗她一句,说道:"我比方那么说一句,假使你明天去相亲,见对方的人品,倒比我还要俊一些,那你是不是会改变爱的方针了呢?"

"你问这一句话,是不是还信不过我?"

"我不是预先声明比方那么说一句吗?"

"乐天,我恨不得把心挖出来给你看。好吧!今天夜里我就把身子交给你了,你看如何?"

"苹!我跟你说着玩的,你何苦认真呢?"

乐天见她急得涨红了脸,无限哀怨地说,这就慌忙赔了笑脸,低低地说好话。白苹有些眼泪汪汪地说道:"你何必巧辩呢?反正我的身子终是你的了,只要你吩咐一句,我就马上跟你走,使你可以知道我是真的爱你，还是假意的爱你。"

"好！那么你此刻马上跟我到扬子饭店去，你答应吗？"

"我为什么不答应？走啊！"

白苹果然站起身子来，表示立刻跟他走的意思。乐天在这个时候，一颗心儿好像吊水桶般的忐忑不停，一面付了茶账，一面挽了白苹，走出舞厅去了。在舞厅门口，乐天望了她一眼，笑嘻嘻说道："正经的，我们还是吃点心去。"

"这几天根本到处没有点心店，你到哪儿去吃？"

"隔壁无味斋还开门的，昨天我去吃过，只有一种菜馄饨，别的都没有，一元钱一碗，小账在内，不用外赏，吃一碗付一元钱，倒是挺爽快的！"

"也好，我们就去试试。"

两人说着，于是就又到无味斋门口。果然里面拥满了吃客，还有许多男女，排队等在那儿。白苹很生气地说道："吃一碗菜馄饨还要排队，那我可不高兴，我情愿不要吃。"

"这年头儿没有法子，明天到了菜馄饨也没处吃的时候，你就觉得菜馄饨也挺可宝贵的了。"

乐天笑了一笑，向她低低地劝告。白苹不忍拂他的意思，只好忍耐着性子，静静地排队等候着。足足等了半个钟点，才有了座桌给他们坐下，白苹深长地叹了一口气，笑道：

"肚子里还没有吃东西，我的两腿倒立得酸起来了。"

"若不是这样子，那也显不出菜馄饨的名贵了。"

在平日上馆子吃点心，侍者上来，先要问你吃些儿什么，有时候为了讨好吃客起见，还连珠炮似的数派了一大套，什么春卷、什么八宝饭、什么鸡球大馒头、什么各式炒面汤面……至于馄饨一类点心，除非是虾仁馄饨，否则，一般阔少爷贵小姐都是不要吃的。

现在完全打倒贫富阶级，有钱的人也只好吃菜馄饨，没钱的人也是吃菜馄饨，侍者更可以省却问客人吃些什么的麻烦，只要见一个客人，拿上一碗菜馄饨，账房先生也不必再扳算盘子，爽爽快快，吃一碗一元，吃十碗十元，这是再简易不过的事情了。乐天一面拿了羹匙和馄饨，一面望着白苹笑道："我倒赞成这样大众化的点心店，本来上海人原是太会浪费一些。我希望将来吃食店也这样的节约，那么国家才有办法强起来了。"

"照你说，你还喜欢天天过这种日子吗？"

"不喜欢也得过呀！我问你，要如在平日，你会吃菜馄饨吗？但现在我见你把菜馄饨倒也吃得津津有味的样子，可见在这个时候有菜馄饨吃，实在还算是过着好日子哩！"

白苹被他这样一说，忍不住微红了脸儿，倒也不好意思起来，秋波斜乜了他一眼，笑嘻嘻地说道：

"并不是我吃得津津有味，因为半个多钟头等下来，此刻肚子真的也有些饿了。况且好容易等着了吃，难道还能不吃吗？就是没有菜，单是吃层馄饨皮子的话，那也只好吃下去呀！"

"这话就对了，到了荒年的时候，草根树皮，也把它当作海参鱼翅吃哩！"

两人这样说着，唏哩呼噜的就把两碗馄饨吃完。前客要让后客，时间相当宝贵，乐天白苹在桌子上放了二元金圆，很快地走出了无味斋大门，只见天空已经是黑暗下来了。白苹故意问道："我们去哪儿？"

"还是早些回家吧！"

"扬子饭店不要我去了？"

"我说着玩玩的，像我们这样的知识分子，难道能干这些不合法不合理的事情吗？这到底太荒唐了。"

白苹听他这样说，一时暗暗佩服他的人格，想起自己的存心，倒不免感觉十分惭愧，遂红了脸儿，瞟了他一眼，说道："那么你信任我了？"

　　"我早就很信任你。"

　　"明天晚上，那时候我们再来一个决定。"

　　"再来一个决定？难道你还没有决定吗？"

　　"你不要误会，我是说我们决定一同离开上海呢，还是在上海另一个环境里生存？"

　　乐天见她很生气的样子，遂忙又向她低低地解释。白苹点点头，方才没有话说。两人坐了三轮车，遂一同顺路地各自回家。

　　乐天到了家里，走进上房，见哥哥也在房中，爸爸和妈妈似乎正在与哥哥说些什么正经事的样子。乐明见了弟弟，便笑着说道："弟弟，爸爸要你明天到五层楼相亲去，你去不去？"

　　"我不懂，你这是什么话呀？"

　　乐天对于这一句没头没脑的话，真是感到无限惊奇，遂目瞪口呆的，向他急急追问。高利民说道："就是上次我给你们说过的那个姑娘，论年龄说，和老二配成一对，那是很好的。"

　　"我不要，莫名其妙的婚姻，还是别谈。"

　　乐天不等爸爸说下去，就很不高兴地拒绝着回答，一面把脚恨恨一顿，一面便管自回房去了。高利民气得跳脚道："什么？这世界真是反了，老子的话，竟像放屁一般！小孩子翅膀还没有长成，就不把老子放在眼里，那将来还了得吗？哼！你不答应，我偏要你答应，除非你不吃我的饭。"

　　"爸爸，你不要生气，我去劝劝弟弟吧。"

　　乐明见父亲动了怒，只好小心地回答，一面站起身子，一面匆匆地走到弟弟卧房来了。只见弟弟在室内团团踱圈子，而且口里还连连吸烟。因为弟弟向来不吸烟，此刻会吸起烟来，可见他心头烦闷到何种程度！于是低低地说道："弟弟，我们坐下来谈谈吧！"

"还有什么可谈的？我不愿意这种盲目的婚姻，难道你预备给爸爸来做说客吗？"

乐天气愤愤地说，他几乎恨得要哭出来的样子。乐明忍不住好笑起来，拉了他手儿，一同在沙发上坐下，说道："你和白小姐是不是很有爱情了？"

"唔！……都是你介绍给我的，你……你……为什么不代我向爸爸说一些原因呢？"

"你别急呀！我的意思，你明天只管跟了爸爸去相亲，明天我也陪你一块儿去，等着过了对方人儿之后，我们可以推脱说对方什么地方有缺点，所以你不中意，到那时候，我再把你有一个女朋友的话向爸爸告诉，你看这办法好不好？"

乐天听了哥哥的话，不由暗暗沉吟了一回，想道：不错，反正我和白苹已暗中约定一同脱离上海了，那就乐得假痴假呆的依顺着爸爸，何必表面上一定要反对呢？想定主意，遂点头说道："好吧，我明天一定去，反正人看人，不会蚀本。"

"对了，看只管看，成不成是另一个问题，这样使爸爸心中不会十分的动怒，你也乐得做一个听话的儿子。"

乐明这么说道，乐天倒忍不住笑起来了。兄弟两人商量妥后，方才各自走开。第二天下午，高太太夫妇俩，带了乐明兄弟两人，一同坐了汽车开到大新公司门口停下。大家乘电梯到五层楼，侍者招待入座，一面含笑说道："对不起，只有清茶，没有点心了。"

"没有点心吃，这成什么样子？回头在女家心中想起来，还以为我们气派小哩！"

高太太平日不大出来，所以外面的市面她也不大灵通，她听没有点心吃，先不满意地回答。乐明笑道："妈，你不知道，这两天到处没有点心吃的，人家心中当然也明白的。"

"我们且坐下来再说，就是要掉换个地方坐，也得等女方到来了再作道理。"

高利民这么说着，于是四个人在桌子旁坐下，侍者泡上四杯清茶。利民恐怕女方找寻不到，他便到电梯门口去等他们了。约莫五分钟后，利民方才引导着一男两女走过来。高太太见了，便和乐明弟兄俩起身相迎。只听利民介绍着说道："这位白志仁先生，这位白太太，这位白小姐。这是我内人，这是我的老大乐明，这是老二乐天。"

大家听了利民介绍之后，便含糊地招呼过了，然后又一齐地坐下来。利民忙叫侍者再泡上三杯清茶，笑着说道："做人活到五十多年来，连点心店没有点心吃，这才是真正天大的笑话。请你们到来，只好喝一杯茶，那真对不起！"

"不要客气，我想过了今天，明日限价取消后，一切货物就会应市的。"

白志仁含笑低低地回答，他的眼睛是只管注意到乐天的脸部上去。此刻在坐定了之后，乐天的眼睛也免不得向那位白小姐粉颊上望了一眼。这一望，不料四目接了一个正着。两人怔了一怔，由不得都哟了一声叫起来。利民志仁当然十分奇怪，面面相觑，似乎莫名其妙的样子。这时乐明先哈哈笑起来说道："爸爸，我告诉你吧，这位白苹小姐，原来就是我弟弟最知己心爱的朋友呀！他们本来是认识的，所以他们见了面，勿怪都要惊喜地叫起来了。"

"真的吗？哈哈！天下哪有这么凑巧的事情？"

"那好极了，那好极了，这头亲事那就绝对没有什么问题了。"

白志仁和高利民因为当初做这头亲事，他们儿女都非常不情愿，

231

此刻方才明白他们所以不情愿的原因，是为了他们已经另有所爱的缘故。可是万万也料不到他们所爱的人，就是父母给他们提亲的人，那么在他们可说是如愿以偿了，当然再不会有什么拒绝的意思了。两个老头子想到这里，都喜欢地大笑起来，大家忍不住兴奋地说。

这在乐天和白苹的心中，当然也是一件意想不到惊喜的事情。所以他们互相望着，拉开了嘴儿，却笑得合不拢来了。乐明这时又笑嘻嘻插嘴说道："白小姐！弟弟！你们何必还要相什么亲呢，恐怕你们的脸儿，彼此认识得快要画都画出来了吧?"

"好了！那么这头亲事算成功的了。"

白太太见乐天生得英俊可爱，真是丈母看女婿，越看越中意，她便爽爽快快含笑说出了这两句话。高太太也笑着说道："那么我们就拣日子订婚好了。"

"哈哈！瞧两位太太倒比孩子们还性急呢！"

随了高利民这句话，大家忍不住又笑了一阵。这时白苹和乐天的心头，除了喜悦之外，倒又赧赧然的怕起难为情来，所以两人低了头儿，都默不作声。乐明又打趣地说道："怎么啦？弟弟和白小姐此刻倒又装出真不认识样子来了，我说真好的音乐，你们两人快去跳一次舞吧！"

乐天听哥哥这样说，心中当然也很有这个意思，但恐怕双方家长笑话，终觉有些难为情，鼓不起这个勇气。不料这时乐队齐巧奏出一支婚礼进行曲的音乐来，还有女歌手在麦克风面前向大家说了几句歌词中"恭喜恭喜……"的话。大家听了都又笑起来，连说正巧正巧。乐天因为非常得意，所以他厚了面皮，站起身子，真的向白苹求舞了。白苹当然没有拒绝，笑盈盈站起，两人挽手儿走到舞池里去了。这时志仁夫妇和利民夫妇，四个老人家，眼瞧着这一对玉人那么亲热的模样，他们脸上的笑容也就没有平复的时候了。

在舞池里，白苹乐天故意跳远开去，混在别的对对舞侣中间，然后紧紧地抱住了，亲热了一回。白苹方才笑盈盈问道："乐天，这到底是怎么一回事呀？我真是弄得有些莫名其妙起来了，难道我们在做梦吗？"

"做梦？你不要乐糊涂了，这当然是千真万真的了。你听着，我告诉你吧！"

乐天于是把昨日和她分手回家后的情形，详细地告诉了她一遍，并且又得意扬扬地笑起来，说道："我真想不到对方的姑娘就是你呀！这不是天从人愿吗？"

"可不是？我哪儿想得到小官人就是你？乐天！我们可以不必脱离家庭脱离上海了。"

白苹羞答答的，喜滋滋的，说了小官人三字，她的粉颊便情不自禁的贴到他脸上去了。乐天紧搂她腰肢，也笑着道："幸亏我们没有糊里糊涂的先脱离家庭，否则，岂非多此一举？"

"这是我太糊涂，爸爸当初对我说小官人姓什么叫什么的时候，我曾经掩着耳朵，一句都不愿意听进去呢！"

"这是你的爱情专一。不过，你还记得昨天我对你说的话吗？不要见对方人品比我生得好，你就改变爱的方针。现在，你果然欢喜这小官人了！"

"嗯！你这话真气人！小官人还不就是高乐天吗？"

"哈哈！我该打！我是得意忘形，你可别生气呀！"

乐天见她撒娇地嗯着，还恨恨地白了自己一眼，这就笑出声音来了，连忙向她说好话讨饶。白苹的手儿，在他肩胛上拧了一把，也娇媚地笑起来。

舞罢回座，听他们大家已经商量好了，预备去看四点半的一场电影。看好电影，大家到晋隆饭店排队吃西餐。所以他们这晚回家，已经是九点敲过了。

乐明等回到家中，门房就急急地把杭州有位崔小姐来找过大少爷的话向大家告诉。乐明听了，慌忙问可曾留崔小姐在家里？门房说崔小姐明天会打电话来的。乐明遂也不说什么了，大家走进上房，高太太先问崔小姐是什么人，乐天不等哥哥开口，就把崔小姐是哥哥的女朋友，还把崔小姐和白小姐是同学的话，向爸妈告诉。高利民听了，很是欢喜，说弟弟亲事定了，哥哥最好也定一头亲。一面叮嘱乐明，叫他把崔小姐陪到家里来玩玩，看看她是否是个好人才。乐明听了自然十分欢喜，这晚他睡在床上，当然又做起好梦来了。

第二天早晨，乐明接到秋兰的电话，遂急急赶到火车站附近的隆兴小客栈。两人见面，悲喜交集，忍不住紧紧地抱在一起，秋兰是早已流下眼泪来了。乐明这时已瞧到她身上穿的素服，遂急急问道："你……怎么穿了孝？是不是你爸爸已经故世了？"

"是的……"

秋兰只说了一句是的，她伏在乐明的肩头上忍不住呜咽地啜泣起来。乐明听了，也不免落下眼泪，安慰她说道："人死不能复生，哭也无益。那么他老人家的后事，你把他都料理舒齐了吗？"

"都舒齐了……"秋兰还抽噎着伤心。

"舒齐了就很好，从今以后，你就住到我家去吧！"

"你爸那儿没有问题吗"秋兰忧愁地问。

"有什么问题？他们见了你，一定喜欢你给他们做媳妇儿呢！"

秋兰听他这样说，一时挂了眼泪，倒不禁嫣然笑了。但笑出来之后，立刻又感到难为情起来，红了脸儿，赧赧然的低着头儿不作声。乐明去拉她的纤手，笑嘻嘻地又立刻告诉她说道："秋兰，你还不知道吧？白苹已做我弟的媳妇了。"

"什么？她嫁了你弟弟？"

234

"是的，想不到你们同学两人竟变成妯娌俩了。"

"我……我……一定能嫁给你吗?"秋兰还将信将疑的样子。

"为什么不呢?"乐明满面含了笑容。

"因为……我……比不上白苹家里有钱……"

"你不要说下去了，我爸妈决不讲究贫富关系的，你放心好了。秋兰，几个月不见，你更美了，我们亲热亲热吧!"

乐明一面安慰她说，一面挽了她脖子，要去吻她小嘴儿。秋兰如何还有拒绝的勇气呢? 这就柔顺地给他一些儿甜蜜的温存。过了一会儿，秋兰才推开他身子，哀怨地瞟了他一眼，说道:"我想不到上海会变成这个样子，昨天到了上海，没有地方吃饭吃点心，可怜好容易找到你的家里，还碰了一个空。你想，叫我伤心不伤心? 我真有些无意做人了。"

"啊呀! 你不要太痴想了，你若无意做人，叫我怎么办呢? 真可怜，难道昨天你一整天没有吃过东西吗? 我此刻马上陪你吃点心去吧!"

"馆子店不是都打烊吗?"

今天限价取消，百物都涨了价，我想东西一定都有得买了。你房金付了没有，我们马上吃点心去!

"房金昨天就付了，还可以找还几元钱呢!"

"几元钱就给他们小账吧! 你行李呢? 我来给你拿。"

"没有什么行李，只有这只小提箱。"

乐明听了，一手提了皮箱，一手拉了秋兰，便匆匆出来隆兴小客栈。人行道旁停了一辆簇新汽车，乐明开了车门，给秋兰坐上，然后他也匆匆跳上汽车，自己驾驶开到冠生园茶室去了。

秋兰此刻坐在软绵绵的汽车里，想到昨天讨不着车子只好走回来时候的苦楚，觉得今天真是一步登天一样，她芳心里的忧愁、痛苦、悲伤，什么都没有了，她觉得从今以后，她是步入幸福的乐园了，因此坐在车厢里，她独个儿的也会笑出声音来了。

乐明陪了秋兰在外面吃饱了点心，方才送她一同回到家里，把她介绍给了母亲和爸爸。今天原是星期，乐天也在家内没有出外。当下大家招呼过了，秋兰自然显出特别幽静的样子。高太太见秋兰容貌不亚于白苹，当下拉了她手儿，问长问短，表示无限亲热。利民也很欢喜，自然也看中她做大房的媳妇了。

为了恐怕物价向上飞涨，所以利民的意思，预备在最短期间内给他们两个儿子举行婚礼。当下征求了白志仁的同意，至于秋兰这一方面，当然绝无问题。于是在十一月十五日那一天，假座大东酒楼，给乐明弟兄俩一同结婚。这时候的米价，每担已经由二十元高升到一千元，别的物价也均上涨了二三十倍以上，真仿佛春天里的草木一样，欣欣向荣地蓬勃起来。

这天晚上，乐明乐天洞房花烛，新婚燕尔，真所谓：玉人在抱，暖谷生春，其甜蜜温情之滋味，不足与外人道也。但际此生活高涨的时代，能有几个人像他们这么舒舒服服过着芙蓉帐暖、如鱼得水那么的快乐生活呢？试看那街头巷尾，流浪着飘零的一群饥无食、寒无衣的人，不必说什么玉人在抱，暖谷生春，在这秋风凄厉、叶落梧桐之时，这整个的民生问题，该怎么样去解决呢？

附　　录

从鸳鸯蝴蝶派谈到冯玉奇小说

裴效维

《民国通俗小说典藏文库·冯玉奇卷》将收录冯玉奇的百余种小说作品，此举极其不易。现在，我愿以这篇文章给出版者呐喊助威。尽管我人微言轻，但我毕竟是一个中国文学的研究者，为鸳鸯蝴蝶派说些公道话是我的责任。

冯玉奇是一位鸳鸯蝴蝶派作家，因此我们要想了解冯玉奇，必须首先厘清有关鸳鸯蝴蝶派的一些问题。

一、何谓鸳鸯蝴蝶派

鸳鸯蝴蝶派作家平襟亚在《关于鸳鸯蝴蝶派》（署名宁远）一文中对鸳鸯蝴蝶派的来历说得很清楚：

> 鸳鸯蝴蝶派的名称是由群众起出来的，因为那些作品中常写爱情故事，离不开"卅六鸳鸯同命鸟，一双蝴蝶可怜虫"的范围，因而公赠了这个佳名。

——载香港《大公报》1960 年 7 月 20 日

可见鸳鸯蝴蝶派并不是一个有组织有宗旨的小说流派，而是因为当时流行的言情小说多写一对对恋人或夫妻如同鸳鸯蝴蝶般相亲相爱，形影不离，因而民间用鸳鸯蝴蝶小说来比喻这种言情小说，那么这种言情小说的作家群当然也就是鸳鸯蝴蝶派了。这种说法应该是可信的，因为民间常用鸳鸯和蝴蝶来比喻恋人或夫妻，很多民间文学作品中不乏其例。这一比喻非常形象生动，但并无褒贬之意，因此不胫而走。

传到新文学家那里，便加以利用，并赋予贬义，作为贬低对手的武器。但新文学家对鸳鸯蝴蝶派的界定并不一致，大致有两种看法。

一种看法认同民间的比喻说法，即将鸳鸯蝴蝶派小说局限为通俗小说中的言情小说，将鸳鸯蝴蝶派局限为言情小说作家群。鲁迅是这种看法的代表，他在1922年所写的《所谓"国学"》一文中说："洋场上的文豪又作了几篇鸳鸯蝴蝶派体小说出版"，其内容无非是"'卿卿我我''蝴蝶鸳鸯'"（载《晨报副刊》1922年10月4日）。又于1931年8月12日在社会科学研究会做了《上海文艺之一瞥》的长篇演讲，其中对鸳鸯蝴蝶派小说更做了形象而精辟的概括：

这时新的才子＋佳人小说便又流行起来，但佳人已是良家女子了，和才子相悦相恋，分拆不开，柳阴花下，像一对蝴蝶、一双鸳鸯一样。

——连载于《文艺新闻》第20、21期

此外，周作人、钱玄同也持这种看法。周作人于1918年4月19日在北京大学文科研究所小说研究会做《日本近三十年小说之发达》

的演讲中，就说现代中国小说"还有《玉梨魂》派的鸳鸯蝴蝶体"（载《新青年》第 5 卷第 1 号）。次年 2 月，周作人又发表《中国小说里的男女问题》（署名仲密）一文，认为"近时流行的《玉梨魂》，虽文章很是肉麻，（却）为鸳鸯蝴蝶派小说的鼻祖"（载《每周评论》第 5 卷第 7 号）。与周作人差不多同时，钱玄同在 1919 年 1 月 9 日所写的《"黑幕"书》一文中也说："人人皆知'黑幕'书为一种不正当之书籍，其实与'黑幕'同类之书籍正复不少，如《艳情尺牍》《香闺韵语》及'鸳鸯蝴蝶派小说'等等皆是。"（载《新青年》第 6 卷第 1 号）这种看法后来被人称之为"狭义的鸳鸯蝴蝶派"看法。

另一种看法却将鸳鸯蝴蝶派无限扩大，认为民国年间新文学派之外的所有通俗小说作家都是鸳鸯蝴蝶派，他们的所有通俗小说都是鸳鸯蝴蝶派小说。这种看法的代表人物是瞿秋白和茅盾。瞿秋白从小说的内容方面来扩大鸳鸯蝴蝶派小说的范围，他在《财神还是反财神》一文中说，"什么武侠，什么神怪，什么侦探，什么言情，什么历史，什么家庭"小说，都是鸳鸯蝴蝶派小说（见人民文学出版社 1953 年 10 月版《瞿秋白文集》）。茅盾则从小说的形式方面来扩大鸳鸯蝴蝶派小说的范围，他在《自然主义与中国现代小说》一文中认定鸳鸯蝴蝶派小说包括"旧式章回体的长篇小说""不分章回的旧式小说""中西合璧的旧式小说""文言白话都有"的短篇小说（载 1922 年 7 月《小说月报》第 13 卷第 7 号）。这种看法后来被人称之为"广义的鸳鸯蝴蝶派"看法，而且逐渐成为主流看法，以致后来的文学研究者都接受了这种看法。

新文学家不仅在鸳鸯蝴蝶派的界定问题上分成了两派，而且在鸳鸯蝴蝶派的名称上也花样百出。如罗家伦因为徐枕亚等人好用四六句的文言写小说，便称其为"滥调四六派"（见署名志希的《今日中国之小说界》，载 1919 年《新潮》第 1 卷第 1 号），但无人响应。郑振铎因为《礼拜六》杂志为鸳鸯蝴蝶派的主要刊物之一，便称其为"礼拜六派"（见署名西谛的《新文学观的建设》一文，载 1922 年 5 月 21 日《文学旬刊》第 38 号）。这一说法得到了周作人、茅盾、瞿秋白、朱自清、阿英、冯至、楼适夷等人的响应，纷纷采用，以致使用频率越来越高，知名度越来越大，终于成为鸳鸯蝴蝶派的别称了。于是"鸳鸯蝴蝶派"和"礼拜六派"两个名称便被新文学家所滥用。如郑振铎在《新文学观的建设》一文中称"礼拜六派"，而在《〈文学论争集〉导言》一文中却称"鸳鸯蝴蝶派"（见上海良友图书公司 1935 年 10 月出版的《新文学大系·文学论争集》卷首）。还有人在同一篇文章里既称鸳鸯蝴蝶派，又称礼拜六派。如阿英在 1932 年所写的《上海事变与鸳鸯蝴蝶派文艺》一文中说：张恨水的所谓"国难小说"，与"礼拜六派的作品一样，是鸳鸯蝴蝶派的一体"，"充分地说明了鸳鸯蝴蝶派的作家的本色而已"（见上海合众书店 1933 年 6 月出版的《现代中国文学论》）。

茅盾在 20 世纪 70 年代觉得统称鸳鸯蝴蝶派或礼拜六派都不合适，于是提出了一个折中的看法，他在《紧张而复杂的生活、学习与斗争（上）——回忆录（四）》中说：

> 我以为在"五四"以前，"鸳鸯蝴蝶派"这名称对这一派人是适用的。……但在"五四"以后，这一派中有不少人也来"赶潮流"了，他们不再老是某生某女，而居然写家庭冲突，甚至写劳动人民的悲惨生活了，因此，如果用他们那一派最老的刊物《礼拜六》来称呼他们，较为合式。

——载 1979 年 8 月《新文学史料》第 4 辑

事实是该派在"五四"前后没有根本变化，都是既写言情小说，又写其他小说，将其人为地腰斩为两段，既显得武断，又无法掩盖当时的混乱看法。

这些混乱的看法导致后来的文学研究者无所适从：或沿用"鸳鸯蝴蝶派"的说法（如北大本《中国文学史》和《中国小说史稿》、复旦本《中国文学史》和《中国近代文学史稿》等）；或沿用"礼拜六派"的说法（如山东师院本《中国现代文学史》等）；或干脆别出心裁地称之为"鸳鸯蝴蝶—礼拜六派"（见汤哲声《鸳鸯蝴蝶—礼拜六小说观念的价值取向及其评价》，载《苏州大学学报》1992年第2期）。这可真算是中国小说史上的一出有趣的滑稽戏了。

二、如何评价鸳鸯蝴蝶派

鸳鸯蝴蝶派的开山作品是1900年陈蝶仙的言情小说《泪珠缘》，因此鸳鸯蝴蝶派应该是指言情小说派，这也就是后来的所谓"狭义的鸳鸯蝴蝶派"，但被新文学家扩大为"广义的鸳鸯蝴蝶派"，实际上也就是民国通俗小说派。

鸳鸯蝴蝶派与同时期的"南社"不同，既没有组织，也没有纲领，而是一个在思想倾向和艺术风格上大体相同或相近的小说流派，连"鸳鸯蝴蝶派"这一招牌也是别人强加给它的。然而客观地说，鸳鸯蝴蝶派确实是一个产生过巨大影响的小说流派。在"五四"以前的近二十年间，它几乎独占了中国文坛；在"五四"以后的三十年间，虽然产生了新文学，但新文学只是表面上风光，而鸳鸯蝴蝶派却一派兴旺发达景象。我对"广义的鸳鸯蝴蝶派"做过不完全的统计：该派作家达数百人，较著名者有一百余人，所办刊物、小报和大报副刊仅在上海就有三百四十种，所著中长篇小说两千多种，至于短篇小说、笔记等更难以计数。在此前的中国文学史上，还没有哪个文学流派有过如此宏大的规模，产生过如此巨大的影响。

鸳鸯蝴蝶派由于规模宏大，又处在历史的一个巨变时期，其成员的确鱼龙混杂，其作品也良莠不齐，但总体来说，它形象地记录了中国二十世纪前五十年的历史，为中国读者提供了丰富的精神食粮，对中国小说的传承起过积极作用，因此应该给予充分的肯定。

鸳鸯蝴蝶派小说已经不是中国传统通俗小说的复制，而是一种改良的通俗小说。在形式方面，它既采用章回体，也采用非章回体，甚至采用了西洋小说的日记体、书信体等，至于侦探小说则更是完全模仿自西洋小说。在艺术手法方面，受西洋小说的影响非常明显，如增加了人物形象和景物描写，结构与叙事方式也趋于多样化，单线和复线结构并用，第三人称和第一人称叙述法兼施，还采用了倒叙法和补叙法。在内容方面，鸳鸯蝴蝶派小说已经扩大了描写范围，反映了当时社会生活的各个方面，甚至已经紧跟时事，及时反映当前的社会现实，被称为"时事小说"。如李涵秋的《广陵潮》描写辛亥革命，而他的《战地莺花录》则描写五四运动，这种及时反映当时发生的重大政治事件的小说，与多写历史故事的古代小说完全不同，显然是一大进步。鸳鸯蝴蝶派的言情小说，也不同于古代的才子佳人小说，而是一种新才子佳人小说。古代的才子佳人小说因面对森严的封建礼教，只能写才子与佳人偶尔一见钟情，以眉目传情或诗书传情的方式进行交流，最后皆是有情人终成眷属的大团圆结局。而这种大团圆结局完全是人为的：或出于巧合，或由于才子金榜题名，皇帝御赐完婚，这就完全回避了封建包办婚姻的问题。而民国年间的封建礼教已经在一定程度上松绑，尤其像上海、北京等大城市得风气之先，恋爱自由和婚姻自主思想已经渐入人心。因此有些鸳鸯蝴蝶派的言情小说也突破了古代才子佳人小说的窠臼，才子佳人已经敢于"相悦相恋，分拆不开，柳阴花下，像一对蝴蝶、一双鸳鸯一样"。其结局也不再全是有情人终成眷属的大团圆，而是"有时因为严亲，或者因为薄命，也竟至于偶见悲剧的结局……这实在不能不说是一个大进步"（鲁迅《上海文艺之一瞥》，连载于1931年7月27日、8月3日《文艺新闻》第20、21期）。言情小说由大团圆结局到悲剧结局的确是一个大进步，因为前者是回避封建包办婚姻礼制，而后者是控诉封建包办婚姻礼制。而这一进步的开创者是曹雪芹和高鹗，他们在《红楼梦》里所写的婚姻差不多都是悲剧。因此胡适称赞《红楼梦》不仅把一个个人物"都写作悲剧的下场"，而且最后"作一个大悲剧的结束，打破了中国小说的团圆迷信"（《〈红楼梦〉考证》，见1923年亚东图书馆版《胡适文存》）。可见鸳鸯蝴蝶派的言情小说在一定程度上继承了《红楼梦》开创的爱情婚姻悲剧模式，因而具有相当的反封建意义。我们可以徐枕亚的《玉梨魂》为例加以说明，因为该小说被新文学家指为鸳鸯蝴蝶派的代表性作品。

《玉梨魂》的故事很简单——清末宣统年间，小学教员何梦霞与年轻寡妇白梨影相爱，但两人均认为他们的这种行为是不道德的。为了得到感情的解脱，白梨影想出个"移花接木"的办法，即撮合何梦霞与自己的小姑崔筠倩订了婚。然而何梦霞既不能移情于崔筠倩，白梨影也无法忘情于何梦霞，结果造成了一连串的悲剧——白梨影在爱情与道德的激烈冲突下郁郁而死；崔筠倩因得不到何梦霞之爱而离开了人世；白梨影的公公因感伤女儿、儿媳之死而一病身亡；白梨影的十岁儿子鹏郎成了孤儿。何梦霞为排遣苦闷，先赴日本留学，继又回国参加了辛亥武昌起义（即辛亥革命），壮烈牺牲。

《玉梨魂》不仅描写了一个爱情婚姻悲剧，而且不同于一般的爱情婚姻悲剧。一般的爱情婚姻悲剧都是由封建势力造成的，即由包办婚姻造成的；而《玉梨魂》所写的爱情婚姻悲剧，其原因却是何梦霞和白梨影自身的封建道德。他们既渴望获得恋爱自由和婚姻自主的权利，又不能摆脱封建道德和封建礼教的束缚，两者激烈冲突，造成三死一孤的惨剧。从而揭露了封建道德和封建礼教的影响力是多么巨大，它已深入人们的骨髓，使其不能自拔。因此，它的反封建意义比一般的爱情婚姻悲剧更为深刻。

其实，新文学阵营也不是铁板一块，虽然大多数新文学家对鸳鸯蝴蝶派全盘否定，但也有少数新文学家态度比较客观，他们对鸳鸯蝴蝶派也给予一定的肯定。鲁迅是其中最突出的一位，他不仅认为某些鸳鸯蝴蝶派的悲剧言情小说是"一大进步"，而且不同意某些新文学家对鸳鸯蝴蝶派消极影响的夸大其词。他说：

> 至于说他流毒中国的青年，那似乎是过虑。倘有人能为这类小说所害，则即使没有这类东西也还是废物，无从挽救的。与社会，尤其不相干，气类相同的鼓词和唱本，国内非常多，品格也相像，所以这些作品也再不能"火上添油"，使中国人堕落得更厉害了。

> ——《关于〈小说世界〉》，载《晨报副刊》
> 1923 年 1 月 15 日

这种客观的观点与前述周作人无限夸大鸳鸯蝴蝶派作品能使国民生活陷入"完全动物的状态"乃至"非动物的状态"的观点形成了鲜明对比。当抗日战争爆发后，鲁迅更提倡文学界的抗日统一战线，主张团结鸳鸯蝴蝶派一起抗日。他说：

我以为文艺家在抗日问题上的联合是无条件的，只要他不是汉奸，愿意或赞成抗日，则不论叫哥哥妹妹，之乎者也，或鸳鸯蝴蝶都无妨。但在文学问题上我们仍可以互相批判。

——《答徐懋庸并关于抗日统一战线问题》，

载《作家》月刊第 1 卷第 5 期

鲁迅不仅提倡团结鸳鸯蝴蝶派一起抗日，而且主张新文学派与鸳鸯蝴蝶派在文学问题上"互相批判"，这种平等对待鸳鸯蝴蝶派的度量，也与那些视鸳鸯蝴蝶派如寇仇，必欲置诸死地而后快的新文学家形成了鲜明对比。

对鸳鸯蝴蝶派给予肯定的不只鲁迅，还有朱自清和茅盾。朱自清认为供人娱乐是中国传统小说的特点，因此不赞成将"消遣"作为罪状来批判鸳鸯蝴蝶派小说。他说：

在中国文学的传统里，小说……更是小道中的小道，就因为是消遣的，不严肃。不严肃也就是不正经，小说通常称为"闲书"，不是正经书。……鸳鸯蝴蝶派的小说意在供人们茶余酒后的消遣，倒是中国小说的正宗。

——《论严肃》，载《中国作家》创刊号

茅盾也承认鸳鸯蝴蝶派小说也"写家庭冲突，甚至写劳动人民的悲惨生活"。他还从艺术性方面对鸳鸯蝴蝶派小说给予一定肯定。

他认为鸳鸯蝴蝶派的有些长篇小说"采用西洋小说的布局法",如倒叙法、补叙法,以及人物出场免去套语、故事叙述"戛然收住"等等,这一切是对"旧章回体小说布局法的革命"。还认为鸳鸯蝴蝶派的有些短篇小说学习了西洋短篇小说"截取一段人生来描写,而人生的全体因之以见"的方法:"叙述一段人事,可以无头无尾;出场一个人物,可以不细叙家世;书中人物可以只有一人;书中情节可以简至只是一段回忆。……能够学到这一层的,比起一头死钻在旧章回体小说的圈子里的人,自然要高出几倍。"(《自然主义与中国现代小说》,载1922年7月10日《小说月报》第13卷第7号)

鲁迅、朱自清、茅盾毕竟属于新文学派,因此他们对鸳鸯蝴蝶派的肯定是有限的。我们应该摆脱成见与束缚,从中国文学史的角度,对鸳鸯蝴蝶派做出客观公正的评价。

三、如何看待冯玉奇的小说

我们澄清了以上有关鸳鸯蝴蝶派的三个问题,等于为介绍冯玉奇的小说提供了一个坐标,也等于为读者提供了一把参照标尺。读者用这把标尺,就可自行评判冯玉奇的小说了。

冯玉奇于1918年左右生于浙江慈溪,笔名左明生、海上先觉楼、先觉楼,曾署名慈水冯玉奇、四明冯玉奇、海上冯玉奇。据说他毕业于浙江大学(一说复旦大学)。1937年九一八事变后寄居上海,感山河破碎,国事蜩螗,开始写作小说以抒怀。其处女作为《解语花》,由上海春明书店出版。出版后旋即由东方书场改编为同名话剧,演出后轰动一时。那时他才十九岁。由此一发而不可收,至1949年7月《花落谁家》出版,在短短十来年时间里,他创作的小说竟达一百九十多种,平均每年近二十种,总篇幅应该不少于三千万字，只能用"神速"来形容。这时他只有三十一岁。近现代文学史料专家魏绍昌先生（已去世）所编《鸳鸯蝴蝶派研究资料（史料部分）》（上海文艺出版社 1962 年 10 月出版）开列的《冯玉奇作品》目录只有一百七十二种，也有遗珠之憾。不过我们从这一目录中仍可确定冯玉奇是一位以写言情小说为主的通俗小说作家，因为在一百七十二种小说中，言情小说占有一百二十二种，其他小说只有五十种：社会小说三十四种、武侠小说十四种、侦探小说两种。

　　冯玉奇不仅是一位写作神速且极为多产的通俗小说作家，还是一位热心的剧作家和剧务工作者。早在他二十六岁（1944 年）时，就担任了越剧名伶袁雪芬的雪声剧团的剧务，并为之创作了《雁南归》《红粉金戈》《太平天国》《有情人》《孝女复仇》五大剧本，演出效果全都甚佳。在他二十七到二十八岁（1945～1946）时，又与他人合作，前后为全香剧团和天红剧团编导了《小妹妹》《遗产恨》《飘零泪》《义薄云天》《流亡曲》等二十多个剧本，演出效果同样甚佳。可见冯玉奇至少写过十几个剧本。

　　冯玉奇一生所写的小说和剧本总计不下两百五十种，总篇幅可能达到四千万字以上，是名副其实的"著作等身"，是当之无愧的中国最多产的作家，号称多产的同派小说家张恨水也难望其项背。当时的文学作品已是一种特殊商品，冯玉奇的小说如此畅销，其剧本演出又如此轰动，这足可以证明其受人欢迎，这就是读者和观众对冯玉奇的评价，它比专家的评价更为准确，也更为重要。遗憾的是，我们无法看到他的剧作和三十岁以后的作品，也不知其晚景如何，卒于何年。

　　从冯玉奇的生活年代和创作时段来看，他显然是鸳鸯蝴蝶派的后起之秀，所以尽管他作品如此之多，影响如此之大，而同派的老前辈却很少提到他，这也是"文人相轻"的表现之一。

按说要介绍冯玉奇的小说，应该将其全部小说阅读一遍，但我没有这么多时间，也没有这么大精力，因而只向中国文史出版社借阅了《舞宫春艳》《小红楼》《百合花开》三种，全都是言情小说。因此我只能以这三种言情小说为例加以介绍，这可能会犯以偏概全的错误，因此只能供读者参考。

《舞宫春艳》写了两个纠缠在一起的爱情婚姻悲剧故事：苏州富家子秦可玉自幼与邻居豆腐坊之女李慧娟相恋，由于门第悬殊，秦可玉被其父禁锢，二人难圆成婚之梦。不幸李慧娟生下了一个私生女鹃儿，只好遗弃，自己则郁郁而死。鹃儿被无赖李三子收养，长大后卖到上海做伴舞女郎，改名卷耳。中学生唐小棣先是爱上了姑夫秦可玉家的婢女叶小红，不料叶小红失踪，于是移情于卷耳，但无钱为卷耳赎身，两人感到婚姻无望，于是双双吞鸦片自尽。

《小红楼》的故事紧接《舞宫春艳》：曾经被唐小棣爱过的叶小红的失踪，原来也是被无赖李三子拐卖为伴舞女郎，小棣、卷耳自杀后，小红才被救了回来，并被秦可玉认为义女。经苏雨田介绍，与辛石秋相识相恋而订婚。同时石秋的姨表妹巢爱吾也爱石秋，但石秋既与小红订婚在先，便毅然与小红结婚。爱吾为了摆脱难堪的地位，离家出走，下落不明。石秋奉父命赴北平探望二哥雁秋，在火车站被人诬陷私带军火，被军人押到司令部。可巧爱吾此时已成为张司令的干女儿兼秘书，便设法救了石秋一命。但张司令强迫石秋与爱吾结婚，二人既不敢违命，又固守道德，便以假夫妻应付。后来石秋回到家里，终于与小红团聚。

《百合花开》写了两个紧密相关的爱情婚姻故事：二十岁的寡妇花如兰同时被四十二岁的教育家盖季常和十八岁的革命青年盖雨龙叔侄俩所爱，而盖季常的十六岁侄女盖云仙又同时被三十六岁的银行家杨如仁和十九岁的革命青年杨梦花父子俩所爱。经过许多曲折后，终于两位长辈让步，盖雨龙与花如兰、杨梦花与盖云仙同场结婚。

由以上简单介绍可知，冯玉奇的这三种小说共写了五个爱情婚姻故事，其中两个是悲剧结局，三个是有情人终成眷属。这正如鲁迅所说："有时因为严亲，或者因为薄命，也竟至于偶见悲剧的结局……这实在不能不说是一个大进步。"其次，这三种小说的五个爱情婚姻故事，倒有四个是三角爱情婚姻故事，但它们的情况并不雷同。唐小棣、叶小红、卷耳的三角恋是一男爱二女，辛石秋、叶小红、巢爱吾的三角恋是两女爱一男，而盖季常、盖雨龙、花如兰和杨如仁、杨梦花、盖云仙的三角恋更为异想天开，竟然都是两辈嫡亲男人（叔侄、父子）同爱一个女子。可见冯玉奇极有编故事的才能，从而使作品更具吸引力和娱乐性。又次，这三种言情小说的描写极为干净，没有任何色情描写。除了秦可玉与李慧娟有私生女外，其他人都非礼勿言，非礼勿行。如辛石秋与叶小红因婚礼当天石秋之母去世，为了守孝，新婚夫妻在百日之内没有圆房。而辛石秋与姨表妹巢爱吾为了对得起叶小红，虽被张司令强迫成亲，却只做了几天假夫妻。

从表现形式和艺术手法来看，我觉得冯玉奇的小说与当时新文学的新小说都受了西洋小说的影响，基本相同。譬如：两者都突破了传统小说书名的套路，不拘一格，尤其采用了一字书名和二字书名，如冯玉奇有《罪》《孽》《恨》《血》和《歧途》《逃婚》《情奔》等；而巴金有《家》《春》《秋》，茅盾有《幻灭》《动摇》《追求》。两者的对话方式也突破了传统小说的套路，灵活自如：对话既可置于说话者之后，也可置于说话者之前，还可将说话者夹在两句或两段话之间。至于小说的结构法、叙述法与描写法，更是差不多的。譬如人物描写不再是"沉鱼落雁""闭月羞花""倾国倾城"之类的千人一面，景物描写也不再是"落红满地""绿柳成荫""玉兔东升"之类的千篇一律，而加以具体描绘。这里随便举一个例子：

> 小红坐在窗旁，手托香腮，望着窗外院子里放有一缸残荷，风吹枯叶，瑟瑟作响。墙角旁几株梧桐，巍然而立。下面花坞上满种着秋海棠，正在发花，绿叶红筋，临风生姿，可惜艳而无香，但点缀秋色，也颇令人爱而忘倦。

这是《小红楼》对莲花庵一角的景物描绘，虽然算不上十分精彩，但作者通过小红的眼睛描绘了院中的三样东西——风吹作响的"枯荷"、巍然挺立的"梧桐"、正在开花的"海棠"，从而衬托出莲花庵幽静的环境，曲折地表明了时在秋季。频繁使用巧合手法是冯玉奇小说的显著特点，可以说把所谓"无巧不成书"用到了极致。巧合手法有助于编织故事，缩短篇幅，增加作品的吸引力等，但使用过多则时有破绽，有损于作品的真实性。冯玉奇的某些小说也采用了章回体，但只是标题用"第×回"和对偶句，"却说""且听下回分解"之类的套语已不再经常出现，因此并非章回体的完全照搬。况且章回体并非劣等小说的标志，它在我国小说史上发挥过巨大作用，产生过杰出的四大古典小说。因此用章回体来贬低冯玉奇的小说，也是毫无道理的。

冯玉奇的小说也有明显的缺点。它们与其他鸳鸯蝴蝶派小说一样，主要注重小说的娱乐性，而忽视小说的社会性和艺术性，因此没有产生杰出的作品。他是南方人而小说采用北方话，加之写作速度太快，无暇深思熟虑，导致语言不够流畅，用词不够准确，还有许多错别字和语病。还有使用"巧合"法太多，有时破绽明显，这里不再举例。

总而言之，冯玉奇既不是"黄色"和"反动"小说家，也不是杰出小说家，而是一位勤奋多产、有益无害的通俗小说家，他应在中国小说史尤其是中国现代小说中占有一席之地。

2017 年 6 月 4 日于北京蜗居